文学における〈隣人〉

——寺山修司への入口——

葉名尻竜一

目次

II　寺山修司から野田秀樹へ（そして、自らの舞台創作を通して）

・本文に関しては、主に『寺山修司著作集』全5巻（監修：山口昌男・白石征　クインテッセンス出版二〇〇九・五）、『現代歌人文庫3　寺山修司歌集』（国文社　一九八三・十一）、『現代歌人文庫39　寺山修司短歌論集』（国文社　二〇〇九・八）、『岸上大作全集』（思潮社　一九七〇・十二）、『もうひとつの意志表示　岸上大作日記大学時代その死まで』（大和書房　一九七三・十二）を適宜参照した。
・引用中の著者による中略は「……」で示した。
・研究対象とした作品には、今日の人権擁護の見識に照らし合わせて、明らかに不当・不適切と思われる語句や表現が使われている。また、その作品を論ずるにあたり、そのような語句や表現を言い換えることをしなかった。そのような語句や表現が使われた時代の言説情況そのものを対象化することで、何が問題であったかをわかるようにしたまま論ずることを目的とした。

序章　要旨にかえて

家の近くのとある場所に年齢や性別のまちまちの人たちが、手にしたスマートフォンを見入るようにして集まっていることがある。ふだん挨拶を交わす間柄の人たちではないのでそっと観察してみるが、身なりや持ち物からはいずれの共通点も見いだせない。その場所では時々、テレビドラマやCMなどを撮影しているけれど、かといって機材を持ったスタッフが側にいるわけでもなく、何かイベントのようなことをしている気配もない。人が集まってくるのには時間帯があって、そのときにちょうど出くわすと、何かあるのですか、と聞いてみたくなるが、きっかけも見つからないまま黙って通り過ぎている。あるとき、お互いにスマートフォンを見せ合いながら会話している人たちの声を漏れ聞いて、理由がわかった。そこに集まる人たちは、話題になった流行のスマートフォン向けのゲームをプレイしていたのだ。それは、人が知覚する現実環境をコンピュータにより拡張する技術のAR（オーグメンティッド・リアリティ）機能をつかって、スマートフォン内に出現するゲームのキャラクターをキャッチすることができるようだ。特定の場に近づくと、スマートフォンの位置情報とAR機能が反応して、現実の世界では見えないのに、スマートフォンの画面上ではゲームのキャラクターが姿を現す仕掛けになっている。こちらのスマートフォンには、そのゲームアプリがインストールされていないから、その場に近付いても、自分の側にゲームのキャラクターがいるなんてことは全く分からなかった。事実、ほぼ毎日その近くを通っていたけれど、そこが珍しいキャラクターの出現する巣窟だってことさえ知らなかった。知らないまま、ふつうに生活を送っていた。

そんなことが気になったのも、この本の表題にある〈隣人〉といった言葉が頭の中をかけ巡っていたからなのかもしれない。〈隣人〉はもともと第一章の論考のキーワードであったが、このキーワードが自分にとって重きをなしてきたのには、きっかけがある。言葉としてはっきりと摑み直したのは、やはり二〇一一年の東日本大震災であろう。

未曾有の震災に直面し、その後なかなか進まぬ復興にともなって、地域が分断され人間関係に深い亀裂が生じるなか、多くの文学研究者が文学研究を省みたように、「文学」の対社会的な意味を問い直さざるを得なかった。そのときの思いや考えは、直接、論考へは表現されていないものの、こちらの文学研究の姿勢を深層で支えている。現在、立正大学のデリバリーカレッジで地方の文化センターへ出かけて行って講演をする機会に恵まれるが、そのとき、第一章のエッセンスだけをお話しさせていただくことがある。寺山修司についてのまとまった話を初めて聴く方々にも好意的に受け止めてもらえているのは、寺山修司に関する新鮮な知識というより、話の展開に隠れている、震災時に問い直したこちらの「文学」への考えが届いているからではないかと思っている。それゆえ、この本の表題を「文学における〈隣人〉」とした。

その表題のもといくつかの論考を章にして編み直したのだが、各章も読みやすくするために細かく節に分け、それぞれに名前をつけた。章や節の名前を見ていくと、助詞の「と」「の」が多いことに気付く。手書き文字に癖があるように、文章表現の癖だろうといってしまえばそれまでだが、なんとなく思い当たる節《ふし》がある。

書棚の本を手にとって頁を繰っていたら保昌正夫先生の著書に「和田芳恵の樋口一葉」というタイトルの書きものを見つけた。横光利一の研究者だった保昌先生には、学部時代から大学院時代にかけてお世話になったが、先生が「和田さんの一葉」といっていたことを思い出す。これからは「の、ですよ」と話されていたこともあった。保昌先生には「川端康成と横光利一」という書きものもあり、この「と」はペアといったことだけでなく

「コントラですよ」と強調していた。「横光と川端」がいつからか「川端と横光」との順で表現されるようになったことも、会食をしたときなどに繰り返し話されていた。助詞「と」には並列や対立の視点が、また助詞「の」には、所属や所有の視点があるとも説明できるが、それだけではすまない重層的な意味合いが、保昌先生の書きものには感じられる。きっと知らないうちに、拙い物まねをしていたのだろうと思う。

つまり、助詞の「と」「の」は考察の視点の表意である。さらに、寺山修司のようにジャンルを横断して創作活動を行った芸術家を対象とする場合、ジャンル間の境界から眺めないと指摘できない問題が多々あると考えるならば、〈隣人〉というキーワードとも相性が良いはずだ。

ここで『増補改訂　新潮日本文学辞典』（新潮社　一九八八・一）から、寺山修司の項を引き写してみる。

昭和一〇・一二・一〇—五八・五・四（一九三五—八三）　劇作家、歌人。青森県三沢生れ。高校時代から俳句、詩に早熟の才能を発揮し、詩誌、句誌を創刊。早大教育学部に入学した昭和二九年、『チェホフ祭』五〇首で短歌研究新人賞を受賞、前衛短歌の代表的歌人の一人として活躍し、歌集三冊がある。しかし十年足らずで短歌における〝私〟性への疑問から定型詩を離れ、〝私〟や定型を解体する方向を果敢にめざした。『山姥《やまんば》』（昭三九）をはじめとする放送劇、『書を捨てよ　町へ出よう』（昭四六）、『田園に死す』（昭四九）等の映画作品、さらに評論、写真等、その活動は多岐にわたる。特に情熱を注いだ演劇活動では、演劇実験室「天井桟敷」（昭四二創立）を主宰し、市街劇『ノック』（昭五〇初演）、『奴婢《ぬひ》訓』（昭五三初演）、『観客席』（昭五五初演）等で演劇に新しい地平を開き、国際的にも反響を呼んだ。『われに五月を』（昭三二刊）等の散文詩集や『遊撃とその誇り』（昭四一刊）等の評論集もある。『寺山修司の戯曲』全九巻。昭和五八—、思潮社刊。『寺山修司全歌集』昭五七、沖積舎刊。『寺山修司全詩歌句』昭六一、思潮社刊。

寺山修司の文学史的位置付けや全体像がコンパクトにまとまっている。この項目を執筆しているのは演劇評論家の扇田昭彦《せんだ》である。一九六〇年代以降の小劇場運動を評論の側から支えた立役者だ。朝日新聞社の学芸部に所属していた扇田は「昭和十年十二月十日に／ぼくは不完全な死体として生まれ／何十年かかゝって／完全な死体となるのである」からはじまる寺山の遺稿「懐かしのわが家」の原稿を受け取った人物でもある。扇田の『才能の森―現代演劇の創り手たち』（朝日選書　二〇〇五・十二）は二十四名の演劇関係者を一人ずつ論じた著作だが、その最初の人物は寺山修司である。本文に入る前に、その人物に関する説明が辞典項目のようにして付されているので確認すると「特に情熱を注いだ演劇活動では、67年以降、演劇実験室『天井桟敷』を主宰し」となっている。

他の辞典も見ておこう。

日本演出者協会副理事長・国際演劇評論家協会日本センター会長などを歴任した石澤秀二の『世界演劇辞典』（東京堂出版　二〇一五・十一）から一部を引く。

在学中から歌人として頭角を現し、ラジオ・ドラマも書き、60年に浅利慶太演出『血はたったま《ママ》ま眠っている』が劇団四季で初演され、注目を浴びる。63年に映画監督篠田正浩に紹介された女優九條今日子（当時は映子）と結婚。彼女を制作担当者として「見世物の復権」を提唱した「演劇実験室・天井桟敷」を結成、67年に丸山明宏（現・美輪明宏）主演の男娼劇『青森県のせむし男―浪花節による一幕』で4月に旗揚げ。

とあり、その他に渋谷三丁目に地下劇場「天井桟敷館」が開館したこと、一九七一年にナンシー国際演劇祭に招聘されたことなどに触れられている。「筆者にとっては童顔で津軽訛りで朴訥な笑顔でしゃべる彼の印象があり、太田省吾の『小町風伝』、冥の会公演『オイディプース王』なども見る真面目な姿が懐かしい」と書かれてあるように、扇田昭彦と同様、知人として寺山修司の活躍を近くで見ていたことがわかる。

もう一冊『日本戯曲大辞典』（白水社　二〇一六・九）を見ておく。

十九歳の頃、腎臓疾患のネフローゼ症候群にかかって新宿区の病院に三年間ほど入院したことが書かれたあと、次のように続く。

この間、五六年五月、早稲田大学の「緑の詩祭」で早稲田新人会が寺山の処女戯曲『忘れた領分』を上演した。これを観ていた詩人の谷川俊太郎は、何か得体の知れない才能を感じ、入院中の寺山を訪ねた。その谷川のすすめでラジオドラマを書き始め、ＲＫＢ毎日放送へ投稿。第一作『ジオノ・飛ばなかった男』が五八年秋に放送され、民放祭を受賞。第二作『中村一郎』は翌五九年二月、同放送局が放送して民放祭連盟会長賞を受賞した。ラジオドラマは分かっているだけで二十五本書いているが、二十二歳から十年間に集中している。ＮＨＫラジオ第二で六四年七月に放送された『山姥』は、イタリア賞のグランプリを受賞した。戯曲に関して寺山は『忘れた領分』を習作とみなしたのか、『血は立ったまま眠っている』（「文学界」一九六〇・7《ママ》）を処女戯曲（『寺山修司の戯曲3』思潮社の後書き）としている。この作品は劇団四季が同年七月、都市センターホールで初演した。この作品の成功で〈いつの間にか演劇の世界に深入り〉する。このほか、劇団四季にはこどものためのミュージカル『はだかの王様』（六四年五月、日生劇場）、同『王様の耳はロバの耳』（六五年五月、同劇場）を提供した。六〇年はまた、篠田正浩監督の映画『乾いた湖』で映画脚本家デビューを果たした年でもある。この作品の執筆中、寺山は篠田監督に松竹女優の九條映子（のち、今日子）を紹介される。六三年、寺山が二十七歳の時、二人は結婚する。彼らの前に早稲田大学の劇団「こだま」で『血は立ったまま眠っている』を演出した東由《ひがし》多加が現われ、劇団創設をすすめた。この結果、六七年一月一日、寺山は「見世物の復権」を旗印として九條映子、横尾忠則、東由多加らと演劇実験室・天井桟敷を結成した。旗揚げ公演は、その年の四月、青山の草月ホールで上演された『青森県のせむし男』。見世物芝居の第一弾は、寺山修司の作で東由多加の演出。舞台美術は横尾忠則だった。

執筆者は北川登園《たかのぶ》。著作に『職業 寺山修司―虚構に生きた天才の伝説』（日本文芸社、一九九三・四）がある。もちろん、内容の密度は項目欄の大きさに影響されるわけだが、最も詳細になっている。「緑の詩祭」での戯曲『忘れた領分』のこと、それを観た詩人の谷川俊太郎のすすめでラジオドラマを執筆し始めたこと、浅利慶太が『血は立ったまま眠っている』を演出したのがきっかけで劇団四季にいくつか作品を提供したこと、演劇実験室「天井桟敷」の旗揚げ公演で、戯曲は書くが、演出を東由多加に任せていること、その作の上演が青山の草月ホールであったことなどが説明されている。

しかし、これまで見てきた辞典には足りない事項がある。

それは一九五九年三月の出来事で、ちょうどラジオドラマ第二作『中村一郎』の放送と、『血は立ったまま眠っている』の初演との間に起こっている。寺山修司・堂本正樹・河野典生・嶋岡晨の四名で詩劇グループ「鳥」を、『血は立ったまま眠っている』と同じ草月ホールで旗揚げしていることだ。

これについての詳細は本文に譲るが、ここではそのことだけを指摘しておきたい。

第一部を「I　ここからの寺山修司」としたのは、多才な寺山修司をどこから論じるのかといった意味もあり、先に触れた助詞「と」や「の」に託したことと同様、この間《はざま》こそが考察の要になるということだ。一方で寺山修司の多彩な仕事を論じるために、何人もの寺山修司研究者たちと手分けをしなければならないと考えるなら、例えば、ここから寺山修司の仕事を論じたとしたら、これまでとは違った「寺山修司」が見えてくるはずだし、こちらはここから論ずることにするよ、といった宣言でもある。また、第二部に「そして、自らの舞台創作を通して」と言葉を添えたのは、学生時代に舞台創作をした経験から、そのときの手探りの作業が自分にとって何かを理解し研究するためにはとても重要だったからである。

以下、各章の簡単な要約を示す。

I　ここからの寺山修司

第一章　寺山の代表歌「マッチ擦る――」一首をめぐっての考察である。まず、高校国語教科書を例に、教室ではどのように読解されているかを確認し、その後、著名人たちによる代表的な鑑賞を批判検討する。また、初出から何度も再掲載されるこの短歌の変遷をおさえ、寺山がよく用いた技法「コラージュ」を問い直しながら、この一首がどのように意味を変えていったかを論じる。

その上で、「マッチ擦る――」一首が「コラージュ」ではなく、実体験によって制作されたという鑑賞文を取り上げ、なぜこのような鑑賞文が書かれたのか、その謎を寺山の著作とその著述方法から解明し、この一首が再掲載されるときに起きた同時代の事件を引き込んで、疎外された者への、寺山の眼差しを意味づける。

第二章　寺山は歌人としてデビューしながら、ラジオドラマや映画のシナリオなどさまざまなジャンルを越境して創作活動をした。国際的な評価を得るきっかけは、劇団「演劇実験室『天井桟敷』」の活動である。だが、劇団「演劇実験室『天井桟敷』」の前に、詩劇グループ「鳥」の活動があったことが、現在の研究状況では忘れられていはしないか。そのメンバーの一人であった詩人の嶋岡晨を取り上げ、寺山との間で行われた前衛短歌論争の「様式論争」を問い直す。

この「様式論争」は、短歌における重要な問いを抱えこみながらも、両者の議論が嚙み合わないまま終了する。ところが、その後、二人は他に二名を加えて詩劇グループ「鳥」を共同で立ち上げる。このとき上演された寺山と嶋岡との作品は「様式論争」の第二戦の様相を呈したのではないか。二人の作品を比較分析することによって、お互いがもつ詩精神（ポエジー）の異質性を炙り出す。

第三章　寺山は作品を、よく「コラージュ」によって制作した。その寺山の作品を「コラージュ」して制作したような短歌がある。縊死した学生歌人・岸上大作の「意志表示――」一首だ。この一首をめぐっての考察である。詩句「声なきこえ」をポイントに、一九六〇年代の時代の問題とその時代に翻弄される一人の学生の思いを、岸上の短歌から考える。

第三回『短歌研究』の新人賞で第二席の推薦となった岸上大作は評論「寺山修司論」をしたためる。寺山を批判する筆は若書きゆえ論法にほころびがみえるが、それがかえって岸上の問題意識を前面に押し出す。その論理展開には「様式論争」における嶋岡晨の寺山批判の影響が大きいのではないか。岸上が「様式論争」をどのように読み、また、どのように読めなかったのかを論じる。

第四章　一九六〇年前後から始まる小劇場運動において、寺山修司は第一世代に分類される。野田秀樹は第三世代、平田オリザは第四世代として演劇史上では括られることが多い。平田オリザが言及した寺山修司のエッセイをきっかけに、「アングラ演劇」と評された寺山が前世代の何を批判して演劇を始めたのか、また、「静かな演劇」と評された平田が何を批判して演劇活動をしているのか、その演劇論を比較しながら、「近代リアリズム演劇」観の問題を考える。

第五章　ライトミステリ小説『ビブリア古書堂の事件手帖5～栞子さんと繋がりの時～』（三上延）で、寺山修司の第一作品集『われに五月を』が取り上げられている。物語では、寺山直筆の草稿がその価値のわからない者によって消され、上書きされるという事件が起きる。さまざまな種類の事件があるなか、作者の三上延が選んだ、この消して上書きするというポイントは、実は寺山修司を理解するのに最も大事な視点である。その理由とともに、小説の世界だけではなく学術研究においても同様な謎があることを示し、なおかつ寺山修司の大衆文化への接近を意味づける。

Ⅱ　寺山修司から野田秀樹へ（そして、自らの舞台創作を通して）

第六章　寺山修司と野田秀樹との接点を論じる。野田秀樹の劇団「夢の遊眠社」の公演を晩年の寺山は観ており、その批評を書いている。その演劇批評をきっかけに、ふたりに共通する「少年」をキーワードとして寺山修司の短歌一首を鑑賞し、寺山と野田との作為を考察する。

第七章　デビュー間もない頃の野田秀樹は坂口安吾の生まれ変わりを自称していた。その安吾の小説「桜の森の満開の下」の演劇化をめぐっての論考である。安吾の小説では〈首遊び〉のシーンが常に考察の対象となってきた。さまざまな演劇作品における〈首遊び〉のシーンの演出から、文学研究とは異なる創作側の視点に立った読解の可能性を探る。

第八章　野田秀樹は、安吾の小説「桜の森の満開の下」と小説「夜長姫と耳男」と安吾のいくつかの評論を下敷きにして演劇「贋作《にせさく》・桜の森の満開の下」を制作する。一九八九年の昭和天皇の崩御を背景として、その舞台に描かれた国づくりの問題を指摘しながら、野田秀樹が坂口安吾から継承したと思われる問題意識を問い直す。

第九章　学生時代に自らが舞台化した小説「桜の森の満開の下」の脚色と演出をとりあげ、小説に登場する「女」と「鬼」との関係を〈面〉を中心にして考察する。小道具としての〈面〉の表現の可能性から、安吾の小説が抱える「主体」の問題を考える。

この序章の最初に、こちらのスマートフォンにはゲームアプリがインストールされていないために、近くにいた珍しいキャラクターに気付かなかったと書いたが、これは想像力についてもいえることではないだろうか。文学を読んでいるときにはそれがどんな意味なのかわからなくても、読んでいることによって想像力の働きに影響を与え、見えなかった問題が見えてくることがある。文学を読んでいなかったらキャッチできなかったことが、文学を読んでいたことによって想像力の網に引っかかるのだ。発見しなければならない〈隣人〉はすぐ近くにいる。文学はそのことを教えてくれるはずだ。

I

ここからの寺山修司

第一章　歌人・寺山修司の〈隣人〉　――「マッチ擦る――」一首の変遷と意味――

第一節　国語教科書への掲載

マッチ擦るつかのま海に霧ふかし身捨つるほどの祖国はありや

右の一首は、寺山修司の作で最も人口に膾炙《かいしや》した短歌の一つだといっていいだろう。この一首をめぐって、考察をしたい。まずは、認知度を示す一例として、高等学校の国語教科書への掲載をおさえておこう。二〇一五年度現在で掲載している教科書[1]は、教育出版、桐原書店、大修館書店、三省堂、数研出版、第一学習社、東京書籍、明治書院の八社十三冊[2]。寺山の短歌で同様に多いのが、「海を知らぬ少女の前に麦藁帽のわれは両手をひろげていたり」の一首である。

前の検定教科書になるが、二〇〇七年三月に検定された桐原書店『展開　国語総合　改訂版』『展開　現代文改訂版』には、Ⅱ部「8　短歌と俳句」の章段で「短歌―寺山修司十首」が設けられている。Ⅰ部「8　短歌と俳句」の章段は「短歌十二首」で、一歌人一首の選歌を基準に、正岡子規、与謝野晶子、長塚節、斎藤茂吉、前田夕暮、釈迢空、葛原妙子、岡井隆、石田比呂志、岸上大作、穂村弘、辰巳泰子の短歌が掲載されている。近代短歌史を学びながら、現代短歌へと道筋が通るようなラインナップであろう。

Ⅰ部における以上の歌人たちと比べても、Ⅱ部の「短歌―寺山修司十首」は少々異例の扱いではないだろうか。

並列されている「俳句―虹の俳句七句」は一俳人一句の掲載になっており、I部「俳句十二句」(3)での扱い方と変わらない。

その「短歌―寺山修司十首」の選歌は、次のようである。

森駈《か》けてきてほてりたるわが頰《ほお》をうずめんとするに紫陽花《あじさい》くらし
君のため一つの声とわれならん失いし日を歌わんために
そら豆の殻一せいに鳴る夕《ゆうべ》母につながるわれのソネット
一本の樫《かし》の木やさしそのなかに血は立ったまま眠れるものを
一粒の向日葵《ひまわり》の種まきしのみに荒野をわれの処女地と呼びき
向日葵《ひまわり》は枯れつつ花を捧《ささ》げおり父の墓標はわれより低し
マッチ擦るつかのま海に霧ふかし身捨つるほどの祖国はありや
地下水道をいま通りゆく暗き水のなかにまぎれて叫ぶ種子あり
村境《むらざかい》の春や錆《さ》びたる捨て車輪ふるさとまとめて花いちもんめ
かくれんぼの鬼とかれざるまま老いて誰《だれ》をさがしにくる村祭《むらまつり》

(傍線・太字―筆者)

教科書には、後ろに「学習の手引き」が付いており、四つの「読解」を学習するように指導されている。その四番目で、「マッチ擦る―」一首が扱われている。

4 「マッチ擦る」「村境の」の歌には、それぞれ「祖国」「ふるさと」へのどのような心情が込められているか、まとめてみよう。

「村境の―」一首と合わせて、「祖国」「ふるさと」への心情を考えさせる問いかけであるが、なぜこの二首を組み合わせて学習させるかといえば、詩句として使われた「祖国」と「ふるさと」との語がもつイメージの違いを学習者に想像させたいからではないだろうか。例えば、「身捨つるほどのふるさとはありや」「祖国まとめて花いちもんめ」というように、音数律を気にせずに二つの単語を入れ替えてみれば、それぞれの短歌としての出来映えは、元の短歌に比べて劣ってしまう。それは、二語のイメージが重なりながらも、相容《あいい》れないところがあるからだとわかる。

教科書には、通常、出版社が作成した教師用指導書が付随しているので、その解説を確認しておく。

答、「マッチ擦る…」は、祖国というものへの不信感。「村境…」は、ふるさとの貧窮に対する悲しみ。
▽前者は、祖国に忠誠を尽くして身命を賭した人たちに対して、その思いを受け止めながらも、本当に祖国に身を捨てる価値があったのかどうか問い直している。
後者について作者は「花いちもんめ」が花代、つまり人身売買の代金を意味し、本来農村の貧窮から生まれたものだと、ある女子大生から教えられたという。
舞台――「日本」という国家的イメージの世界。(4)

「祖国」への不信感と、「ふるさと」の農村が抱える貧窮への悲恨とを、学習者に読み取らせたいことがわかる。

舞台はともに「『日本』という国家的イメージの世界」とあるが、「祖国」の観念的な抽象性に比べて、「ふるさと」には感覚的な経験がともなっていよう。ただし、学習者に「花いちもんめ」から「人身売買の代金」を導き出させるためには、指導者による知識の補足が必要だと思われる。

それらを踏まえた上で「マッチ擦る―」の情況を想像するならば、日本の領土を取り囲む大洋を俯瞰的に捉えつつ、同時に、眼前に横たわる海港を思い描きながら、短歌上の〈私〉は、霧に遮られた視界に象徴されるように、「祖国に忠誠を尽くして身命を賭した人たち」との、心情的な断絶を実感しているのだと考えられる。

第二節　代表的な鑑賞や批評

ここで、代表的な鑑賞や批評をいくつか確認しておく。

早稲田大学時代の親友で、脚本家の山田太一[5]は次のようにいう。

「マッチ擦るつかのま海に霧ふかし身捨つるほどの祖国はありや」という有名な歌がありますね。虚心に見ればいい短歌だと思うんだけど、最初は日活映画みたいな気がして「何だかメロドラマみたいな短歌だね」なんて言ったら不愉快な顔してたな（笑）。小林旭が霧の中でレインコートの襟を立てて煙草の灯をつけてるみたいで「ちょっと俗っぽいんじゃない？」なんて言ってたらだんだん代表作になっちゃって、そんなことを言いにくくなっちゃったけど、もっといい歌があると思うけどな。[6]

これは、寺山没後に行われた伊丹十三[7]との対談での発言である。のちに映画監督として活躍した伊丹十三も、若き日に俳優として寺山の演劇と映画とに出演しているので、このような企画が立てられたのであろう。二人の回想には、寺山の存命中には聞けなかったような意見も見受けられるが、このエピソードもその一つか。

引き合いに出される「日活映画」の作風[8]や「小林旭」の役柄は、同時代の人でないとイメージしづらいかもしれない。霧の波止場で、船を留めるボラード（舫《もや》い杭《ぐい》）に片足をかけた伊達男が一人、静かに物思いに耽る。遠くに響く汽笛、船を導く灯台の明かり、足下にはレインコートにかたどられた男の影。そんな光景を思い浮かべればいいだろう。

だが、この光景はこの一首を初めて読んだ人の多くが、頭のなかで思い描いたイメージに近いのではないか。ため息のように呟《つぶや》く「身捨つるほどの祖国はありや」は、虚無的な雰囲気をもった場面にこそ似つかわしい。ちっぽけなマッチの火に託された男の憂思と、それを霧のように覆う巨大な国家の影とが、映像的に対比されることで下句の意味に奥行きが生まれる。

では次に、映画監督の篠田正浩[9]の評を見てみよう。

寺山と篠田とが初めて組んで制作した映画が「乾いた湖」である。寺山はこの脚本を書くにあたって、篠田と神楽坂の旅館に泊まり込んでいる。そのときに、妻となる松竹歌劇団の九條映子（のち今日子）を紹介してもらったようだ。

> この短歌を発見したときの驚愕をいまも忘れてはいない。私のなかで完全に滅び去ったと思っていた短歌が、その強固な形式と古色な風雅のために到底受け入れ難い現代の《新しさ》を突破して生命を蘇らせたのである。
>
> それまでの短歌は、私や私の同時代人には皇国史観を賛美するための霊力を備えていた。

……その短歌が、私より若い世代の青年によって蘇ったのである。青森県の僻地の暗い海から上京したこの少年の気負が、小さなマッチの先の炎に祖国の残影をのぞきこむ、その視点のテロルな不気味さは、かつて私が知っていた短歌の概念を全く破壊する響きを持っていた。何よりも寺山修司の出現のインパクトは、彼の育った風土が私たちの忘却した前近代であることであり、その土地で純粋培養されることによって生れた異形の姿にある。短歌形式はすでに新聞の投稿家たちの趣味の端くれ位に考えていた私には、それは思いもかけぬ復活であった。[10]

戦前「皇国史観を賛美するため」に利用された短歌は、敗戦後に「新聞の投稿家たちの趣味の端くれ」へと変貌する。国体護持のイデオロギーを先導した短歌形式は芸術としての影響力を失い、庶民の生活を彩るためだけの、小さな世界へと追いやられる。安保闘争を背景にした榛葉《しんば》英治原作の映画「乾いた湖」を監督した篠田にとって、それは使い古され忘れ去られた形式に見えた。鬱屈した個人の心情を、社会に訴えかけるメッセージへと変換できる力は、短歌形式にもうほとんど残っていない。現代の《新しさ》は短歌を過去の遺産として埋葬したと考えたのだろう。

ところが、寺山の短歌には「その視点のテロルな不気味さ」が漂っていた。世界を変革し得る暴力的なエネルギーが貯えられていることを、篠田は嗅ぎとったのである。それは「祖国の残影をのぞき」込んで巨大な国家の霧と対峙できる力が、この芸術形式にまだ残っているのを再発見したということだ。短歌は骨董化していなかったと。

篠田はこの一首に、政治の季節に息づく生命力を感じ取っている。

それでは、詩人の大岡信《まこと》はどうであろうか。大岡信は短歌総合誌『短歌研究』が企てた前衛短歌論争で、歌人の塚本邦雄と「方法論争[11]」をしている。詩人と歌人との間で行われた前衛短歌論争は三つ仕組まれたが、第三回の論争の歌人が寺山修司である。

『空には本』（昭三三）所収。高校時代俳句を作り、また短歌を作った。大学在学中に短歌研究新人賞を受け、才華ある十代の新人として一躍注目を浴びた。右（「マッチ擦る」の短歌―筆者注）も当時の作。この深い霧には、作者の故郷青森の海の思い出が感じられるが、「ふるさとの訛りなくせし友といてモカ珈琲はかくまでにがし」と歌う彼は、同時に、右の歌にうかがわれるように、故郷や祖国にべったり付くような執着を振り捨てて生きていこうと決意した青年として歌っている。(12)

ここでは「作者の故郷青森の海」といった具体的な場所が指摘されている。寺山は青森県の古間木《ふるまき》（現・三沢市）で誕生した。大学入学のために上京するまで青森県内を転々とするものの、幼少から青年期の初めまでの生活は青森県である。大岡は、短歌が描出する「海」に作者の出身地を重ねて、一つの解釈をしているといえよう。

また、「ふるさと」の語が用いられている寺山の短歌を引き、「ふるさと」と「祖国」とを並列させながら、「故郷や祖国にべったり付くような執着を振り捨てて生きていこうと決意した青年」を読み取っているが、こちらは寺山の個人史だけの問題では片づかない。確かに寺山は幼い頃、戦争で父を亡くし、出稼ぎに行く母に置き去りにされて、親戚の家で寂しい日々を過ごしていた。寺山がふるさとへの愛憎を抱えながら創作に励んでいたことは周知の事実である。だがここには世代間の問題も深く関わっている。

篠田正浩は短歌に「皇国史観を賛美するための霊力」を見ていたが、篠田や篠田の「同時代人」にとって「祖国」という語は戦前・戦中のイデオロギーの中心にあった。短歌形式はその形式のなかに「祖国」と個人とを「べったり」くっつけて閉じ込め、思想的に美化し個人の生き方を規定していた。「祖国」は個人のためにあるのではなく、個人が「祖国」のためにあった。篠田の世代にとって「祖国」を離れて個人の幸せを思い描くことは困難であったろう。篠田はそういう時代に、青年期を過ごさざるを得なかったということだ。

篠田は「私より若い世代の青年によって」という。大岡が寺山のなかに読みとったことも同様に、このような世代の差であろう。この一首は十代の新人として脚光を浴びたころの作である。すぐ下の世代の青年は先輩世代の「故郷や祖国」とのあり方を批判継承して、「生きていこうと決意」していると読んでいる。

もう一点、「ふるさと」と「祖国」それぞれの語がもつイメージの対比の問題がある。仮に、親和性という尺度で二語を比べてみれば、「青森」といった地方名に親和性が高いのは「祖国」ではなく「ふるさと」の方であろう。一般的に「ふるさと」の語から連想されるのは生まれ育った風土ではないか。それは山川草木の自然や人の手でつくった田園風景、より人工的な都市の場合だってある。そして、それらの景色を背景に、父母をはじめとする親類縁者、また、お世話になった地元の人々や旧友たちの顔を思い浮かべることが多いように思う。作者の寺山に限るならば、それこそ「青森」の思い出だ。逆に「ふるさと」の語からは篠田のいう「皇国史観」を導き出すのは難しい。「皇国史観」は「祖国」という語と、より親和性が高いと思われる。

先に、国語教科書の指導書の一例を取り上げ、そこでは「祖国」と「ふるさと」へのそれぞれのイメージや心情を学習者に確認させていることについて述べた。そのような指導のきっかけをつくったのは、『折々のうた』で示された、この大岡の視点ではないか。「祖国」を「青森」と取るか「日本」と取るかでは、短歌のイメージが相当に変わってくる。だが、大岡の視点は語の違いに線引きをし、どちらかに意味を限定することで読みのイメージを制限するというより、語の微妙な違いそのものを意識するための、詩人としてのこだわりであろう。大岡の指摘によって「祖国」と「ふるさと」との二語が並置されることで、読み手の想像の幅はより広がりを見せるわけだから。

第三節　初出と単行本

ここで、この一首の初出を確認しておく。

最初は短歌総合誌『短歌研究』の一九五六年四月号に、三十首のうちの一首として掲載された。表題は「猟銃音」である。

マッチ擦るつかのま海に霧ふかし身捨つるほどの祖国はありや
さむきわが望遠鏡がとらえたる鳶遠ければかすかなる飢え
一団の彼等が唱うトロイカは冬田の風となり杭となる
頬つけて玻璃戸にさむき空ばかり一羽の鷹をもし見失なわば
火を焚きてわが怒りをばなぐさめぬ大地を鳥の影過ぎてゆき
晩夏光かげりつつ過ぐ死火山を見ていてわれに父の血めざむ
誰か死ねり口笛吹いて炎天の街をころがしゆく樽一つ
汗の群衆哄笑をして見ていしが片方の犬嚙み殺されぬ
電話より愛せめる声はげしきとき卓の金魚はしずかに退る
鰯雲なだれてくらき校廊にわれが瞞せし女教師が待つ
うしろ手に墜ちし雲雀をにぎりしめ君のピアノを窓より覗く
biginess《ママ》のごとき告白きゝながら林檎の幹に背をこすりおり
縦長き冬の玻璃戸にゆがみつゝついに信ぜず少年は去る

逢わぬ間も沼に鱒の子育つごとくかづこ歌えりわが内にして
胸病むゆえ真赤な夏の花を好く母にやさしく欺されていし
跳躍の選手高飛ぶつかのまを炎天の影いきなりさみし
日傘さして岬に来たり妻となりし君と記憶の重さならぬまゝ
わが野性たとえば木椅子きしませて牧師の一句たやすく奪う
胸にひらく海の花火を見てかえりひとりの鍵を音立てて挿す
わが知れるのみにて春の土ふかく林檎の種はわが愛に似る
夏蝶の屍をひきてゆく蟻一匹どこまでゆけどわが影を出ず
冬鵙の叫喚ははげし椅子さむく故郷喪失していしわれに
黒蝶はかづこの天使なりと決む丸太挽く音ひゞかせながら
山を見るわれと鋤ふる少年とつなぎて春の新しき土
青空におのれ奪いてひゞきくる猟銃音も愛に渇くや
目つむりて春の雪崩をききいしがやがてふたゝび墓掘りはじむ
レンズもて春日集むを幸とせし叔母はひとよりおくれて笑う
ノラならぬ女工の手にて嚙みあいし春の歯車の大いなる声
少年工のあるいは黒き採油機の怒りあつまり向日葵は立つ
愛されていしやと思うまといつく黒蝶ひとつ虐げてきて

(傍線・太字―筆者)

表題の「猟銃音」は、後半にある二十五番目の一首「青空に―」から採られた。連作の短歌にはロシアの三頭立て馬そりの「トロイカ」や、ノルウェーの作家イプセンの「人形の家」の主人公「ノラ」など、西洋をイメージさせる単語が見受けられる。「マッチ擦る―」の一首は巻頭に置かれていることがわかる。

次に掲載されたのが、一九五七年一月刊行の第一作品集『われに五月を』（作品社）である。第一歌集ではなく第一作品集とするのは、この単行本が短歌だけでなく、十代のときに書かれた俳句、詩、日記類を集めて編まれているからである。寺山を見いだした『短歌研究』の編集長・中井英夫は『われに五月を』が処女作でありながら遺作になるかもしれないと考えていた。[13] このころ、寺山は不治の病といわれていたネフローゼのために、三年間ほどの入院を余儀なくされていたからだ。

祖国喪失

五月に死んだ友だちのため
これからはたゞ彼らのために　　アラゴン

マッチ擦るつかのま海に霧ふかし身捨つるほどの祖国はありや
雨季来たり黒き帽子を脱ぐときの神父にもふとけものの匂い
亡き父の勲章のみを離さざり母子の転落はひそかにはやし
非力なりし諷刺漫画の夕刊に尿まりて去りき港の男
籠の桃に頬いたきまで押しつけてチエホフの日の電車に揺らる
莨火を床にふみ消して立ちあがるチエホフ祭の若き俳優

チエホフ祭のビラの貼られし林檎の木かすかに揺るる汽車通るたび
音たてて墓穴ふかく父の棺下ろされしとき父目覚めずや
桃うかべし暗き桶水のぞくとき還らぬ父につながる想い
口あけて孤児は眠れり黒パンの屑散らかりている明るさに
包みくれし古き戦争映画のビラにあまりて鯖の頭が青し
煙草くさき国語教師が言うときに明日という語は最もかなし
夏蝶の屍をひきてゆく蟻一匹どこまでゆけどわが影を出ず
胸にひらく海の花火を見てかえりひとりの鍵を音立てて挿す
さむきわが望遠鏡がとらえたる鳶遠ければかすかなる飢え
小走りにガードを抜けてきし靴をビラもて拭う夜の女は
冬鴎の叫喚はげし椅子さむく故郷喪失していしわれに
青空におのれ奪いてひびきたる猟銃音も愛に渇くや
少年工のあるいは黒き採油機の怒りあつまり向日葵は立つ
日がさせば籾殻の浮く桶水に何人目かの女工の洗髪
巨いなる地主の赤き南瓜など蹴りなぐさむや少年コミュニスト
アカハタ売るわれを夏蝶越えゆけり母は故郷の田を打ちていむ
山小舎のラジオの黒人悲歌を聞けり大杉に斧打ち入れしまま
バラックのラジオの黒人悲歌のしらべ広がるかぎり麦青みゆく
桃太る夜はひそかな小市民の怒りをこめしわが無名の詩

啄木祭のビラ貼りに来し女子大生の古きベレーに黒髪あまる
一団の彼等が唱うトロイカは冬田の風となり杭となる
頬つけて玻璃戸にさむき空ばかり一羽の鷹をもし見失なわば
他人の血すこしにじみし聖書の上わが頬杖はたそがれやすく
わが野性たとえば木椅子きしませて牧師の一句たやすく奪う
浮浪児が大根抜きし穴ならむ明るくふかく春日たまれる
酔えばわれラスコーリニコフ電柱に頭おしつけひとり笑えり
鯖一尾さかさに提げて帰りゆく教師をしづかなる窓が待つ
春の水を祖国とよびて新しき血にさめてゆく日をわれも持つ

（傍線・太字——筆者）

「マッチ擦る——」の一首は三十四首中の巻頭に置かれている。太字で示した十首が「猟銃音」の選歌と重なっているが、[14] そのなかに表題に使われた「猟銃音」の語が入った一首も含まれている。しかし、表題は改められ、「祖国喪失」となっている。ただし、三十四首のなかに「祖国喪失」の語が使われた短歌はない。「故郷喪失」なら見つかるが、その一首は、すでに「猟銃音」のときに選ばれている。最後の三十四番目の一首に「祖国」の語だけは見つかる。

第一作品集『われに五月を』では、表題が改められただけでなく、さらに詞書きのような引用文が付された。アラゴンとは、ルイ・アラゴン、フランスの詩人で小説家のこと。芸術運動のパリ・ダダイズムでは中心的役割をし、シュルレアリスムにおいても詩人ブルトンの最も忠実な共鳴者であった。

寺山は一九五四年十一月、短歌総合誌『短歌研究』の「第二回五十首応募作品」で特選を受賞して歌壇デビューを果たす。応募原稿の表題は「父還せ」であったが、編集長の中井英夫が応募作から十六首を削除し、表題を「チェホフ祭」へと改めた。

この『われに五月を』での選歌は、その応募原稿の流れを汲む「チエホフ祭」や「父の棺」「還らぬ父」の語が見つかる。また「トロイカ」やドストエフスキーの小説『罪と罰』の主人公「ラスコーリニコフ」、アメリカ南部のブルースを想わせる「黒人悲歌」の語が見られる。ここでもやはり欧米をイメージできるが、「コミュニスト」や「アカハタ」などの語が一緒に並ぶことで、思想的な傾きがつけられたことがわかる。

一九五八年六月に第一歌集『空には本』（的場書房）を刊行する。ここにも「マッチ擦る―」の一首は掲載された。

祖国喪失

七月の蝿よりもおびただしく燃えてゆく破片。「中国！」と峯は気恥かしい片想ひで立ちすくんでゐた。

武田泰淳

I

マッチ擦るつかのま海に霧ふかし身捨つるほどの祖国はありや
鼠の死蹴とばしてきし靴先を冬の群衆のなかにまぎれしむ
鷗とぶ汚れた空の下の街ビラを幾枚貼るとも貧し
すこし血のにじみし壁のアジア地図もわれらも揺らる汽車通るたび
寝にもどるのみのわが部屋生くる蝿つけて蝿取紙ぶらさがる

群衆のなかに昨日を失いし青年が夜の蟻を見ており
地下室に樽ころがれり革命を語りし彼は冬も帰らず
外套のままかがまりて浜の焚火見ており彼も遁れてきしか
非力なりし諷刺漫画の夕刊に尿まりて去りき港の男
コンクリートの舗道に破裂せる鼠見て過ぐさむく何か急ぎて
何撃ちてきし銃なるとも硝煙を嗅ぎつつ帰る男をねたむ
一本の骨をかくしにゆく犬のうしろよりわれ枯草をゆく

（傍線・太字——筆者）

やはり、十二首中の巻頭に置かれている。太字の二首が『われに五月を』の選歌と重なるが、「猟銃音」から三回掲載されているのは「マッチ擦る——」の一首のみである。「革命」の語が見られ、思想的な傾きは継承される。しかし、「アジア地図」の語もあり、欧米のイメージは消えている。表題は「祖国喪失」で変わらない。ところが表題横の引用文は武田泰淳の一節に変わっている。「中国！」とあるので、欧米のイメージは、アジアのイメージに移ったといえよう。武田泰淳は、竹内好、岡崎俊夫らと中国文学研究会の創設に関わった。応召され、中国へ派遣された体験をもつ小説家である。

さらに、一九六二年七月刊行の第二歌集『血と麦』（白玉書房）にも「マッチ擦る——」の一首は掲載される。

わが時、その始まり

そら豆の殻一せいに鳴る夕母につながるわれのソネット
マッチ擦るつかのま海に霧ふかし身捨つるほどの祖国はありや
煙草くさき国語教師が言うときに明日という語は最もかなし
すこし血のにじみし壁のアジア地図もわれらも揺らる汽車通るたび
ふるさとの訛りなくせし友といてモカ珈琲はかくまでにがし
胸病みて小鳥のごとき恋を欲る理科学生とこの頃したし
海を知らぬ少女の前に麦藁帽のわれは両手をひろげていたり
一粒の向日葵の種まきしのみに荒野をわれの処女地と呼びき
わが通る果樹園の小屋いつも暗く父と呼びたき番人が棲む
桃いれし籠に頬髭おしつけてチエホフの日の電車に揺らる
チエホフ祭のビラのはられし林檎の木かすかに揺るる汽車過ぐるたび
父の遺産のなかに数えむ夕焼はさむざむとどの畦よりも見ゆ
冬の斧たてかけてある壁にさし陽は強まれり家継ぐべしや
外套を着れば失うなにかあり豆煮る灯などに照らされてゆく
北へはしる鉄路に立てば胸いづるトロイカもすぐわれを捨てゆく
勝ちながら冬のマラソン一人ゆく町の真上の日曇りおり
サ・セ・パリも悲歌にかぞえむ酔いどれの少年と一つのマントのなかに
胸病めばわが谷緑ふかからむスケッチブック閉じて眠れど
口あけて孤児は眠れり黒パンの屑ちらかりている明るさに

ラグビーの頬傷は野で癒ゆるべし自由をすでに怖じぬわれらに
すぐ軋む木のわがベットあおむけに記憶を生かす鰯雲あり
蝶追いきし上級生の寝室にしばらく立てり陽の匂いして
雲雀の血すこしにじみしわがシャツに時経てもなおさみしき凱歌
やがて海へ出る夏の川あかるくてわれは映されながら沿いゆく
わが内の少年かえらざる夜を秋菜煮ており頬をよごして
胸にひらく海の花火を見てかえりひとりの鍵を音立てて挿す
ぬれやすき頬を火山の霧はしりあこがれ遂げず来し真夏の死
ある日わが貶めたりし夫人のため蜥蜴は背中かわきて泳ぐ
うしろ手に春の嵐のドアとざし青年はすでにけだものくさき
夾竹桃咲きて校舎に暗さあり饒舌の母をひそかににくむ
うしろ手に墜ちし雲雀をにぎりしめ君のピアノを窓より覗く
俘虜の日の歩幅たもちし彼ならむ青麦踏むをしずかにはやく
夏蝶の屍をひきてゆく蟻一匹どこまでゆけどわが影を出ず
缶に飼うメダカに日ざしさしながら田舎教師の友は留守なり
誰か死ねり口笛吹いて炎天の街をころがしゆく樽一つ
晩夏光かげりつつ過ぐ死火山を見ていてわれに父の血めざむ
わが撃ちし鳥は拾わで帰るなりもはや飛ばざるものは妬まぬ

（傍線・太字——筆者）

今度は三十七首中の二番目に置かれる。「アジア地図」も「トロイカ」も「チエホフ祭」も「サ・セ・パリ」も並列されるが、親子関係を描写した短歌も頻出しているので、表題の「わが時、その始まり」のイメージに従って、短歌上の〈私〉が青少年期に当たるように選歌したと考えられる。代表歌になっていく短歌もいくつか見られ、また、歌人としての経験も積み重ねた頃であるから、作者としての寺山修司〈像〉も意識しての連作になっている。

これまで見てきたように、寺山は「マッチ擦る―」の短歌をほとんど連作の巻頭に置いた。それだけ思い入れの強かった一首だったはずだ。

第四節　表題と引用文の謎

もともと、表題「猟銃音」の連作の一首として発表された「マッチ擦る―」は、発表のかたちを変えることで、短歌の読みの可能性を変えてきた。特に、表題の変化とその横に付された引用文の影響は大きい。

この引用文の、引用の仕方に疑問を挿《はさ》んだ論考がある。小池光は第一歌集『空には本』の引用に対して、次のようにいう。

歌に入る前にタイトルの脇に小さい活字でブラ下がっている引用に注意したい。
武田泰淳の名が寺山修司の引用に出てくるのはやや意外だが、そのことは置く。出典が明示されていないがこれは峯という登場人物からして『風媒花』の一節である。

『風媒花』は武田泰淳の代表的長編で、昭和二十七年に発表されて話題を呼んだ(15)。「武田泰淳」と「峯」との語から出典の長編小説を予想している。「昭和二十七年」の発表なので、『空には本』の刊行の六年前である。『風媒花』は一九五二年の一月から文芸誌『群像』に連載され、同年、単行本になった。中国文学研究会の会合に発端するこの作品には、武田泰淳の「政治と文学」論が如実にあらわれている。埴谷雄高は「それは、会の指導者『頭の大きな男』軍地と『エロ作家』峯の対立であり、また、毛沢東と、夢の中で殺される小毛の対立にも置き替えられ、市井の無頼の徒もみな生きたいのだという端的な抗議となってまず提出される(16)」として、「政治と文学」の主題を抽出する。

小池はその『風媒花』を手に取って引用箇所を探す。

だが。それでは『風媒花』のどこにこの一節があるかと現物を尋ねると、この通りのくだりは実は『風媒花』のどこにもないのである。全くないわけではない。しかし微妙に改編を施され、アレンジされている。この「引用」は「七月の蠅よりもおびただしく燃えてゆく破片」と「『中国!』と峯は気恥かしい片想ひで立ちすくんでゐた」の二つのセンテンスから成っているが、それぞれのセンテンスは実は別のところにあるのだ(17)。

引用はそっくりそのまま引くのがルールである、しかし、寺山の引用の仕方はそうではない。これは作品の印象深かった箇所を記憶で引用したからそうなったのではない。寺山は十分に計算をして、あえて改編して引用しているのだ。

いずれにしても別のところにあるふたつのセンテンスを切り取り、繋がりやすい改編を施し、あたかも正確な引用のごとく差し出しているわけである。マジメな人間はみんな引っ掛かってしまう。こういうイタズラが寺山修司のトリックスターたるゆえんである。[18]

小池はこのように結論づける。寺山は「武田泰淳」の名を記すことで、引用文がその作家の文章であることを保証してみせる。しかし、引用文は完全にその作家の文章だとはいい切れない。作家の文章を引用者が改編し、アレンジを加えてしまっているからだ。「ふたつのセンテンスを切り取り」繋げる作業は「コラージュ」と呼んでいいのかもしれない。

ここで「コラージュ」について簡単な確認をしておく。巌谷國士によれば、「コラージュ」の本来の意味は「貼ること」である。[19]つまり、既成の図版の一部を切り取って貼りこむことを意味するのだが、しかし、これは誤解もされやすい。巌谷はこの方法を芸術的に先鋭化したドイツの画家マックス・エルンストを取り上げ、その誤解を解いていく。巌谷の説明を解釈しながら整理してみよう。

好きなように切り貼りするだけなら、それほど難しくないので、だれがやっても似たような作品ができそうに思えるが、エルンストの「コラージュ」はまったく違う。「主観にもとづいた勝手な幻想をつくるために既成の図版を利用するというものではありません。そんなふうだったらそれは単にシュジェ（主体）の芸術ですけれども、エルンストが見いだしたのはオブジェ（客体）のほう」だった。既成の図版の、ある部分とある部分とを「自分が主観的に結びつけ」るのではなく、それらの部分同士が「おたがいに結びついてる状況を自分が観客のように見た」と論じるのがエルンストであると。創作者は作品の主人ではない。「観客のように客観的に見ながら、創造に参加する」と考えるのが「コラージュ」なのである。

この背景には思想的な問題も隠れていよう。

近代人は、美術作品とは人間主体が創造するのであって、人間というのは神のように創造する力をもっていると考えるが、それは一種の神話である。創造とは、創造される、ということ。詩人のアルチュール・ランボーが「見者の手紙」で、「私は考える（Je pense）」を否定したうえで「だれかが私において考えている（On me pense）」と示したことが、思想史的な直系にあたるであろう。[20] 巌谷は「『オン（On）』という不定の何かによって創造される何かに立ちあうのが画家なのだ」というエルンストの認識が重要だと解説する。考えるとは、〈私〉という主体のもとに置かれていることではないのである。

この「コラージュ」に対する捉え方を踏まえて、小池光が『風媒花』の本文を引用しながら説明している箇所を読み直してみよう。

三人はほとんど同時に、その純物理的な明るさで燃え上る鶏頭の葉に、きわめて生理的な感動を以て、ほとばしる鮮血の色を認めた。蜜枝は桃代の血を、守は三田村の血を、峯は自分自身の血を、その紅の天然染料の上に妄想したのだ。『チョロちゃん！』と、蜜枝は男の愛情を求めて、身もだえして叫びたかった。『革命！』と、守はひたすら念じた。『中国！』と、峯は気恥しい片想いで立ちすくんでいた。だがその三つのせつない願いから、三人は共に、いまだ遠い距離に在った。

（講談社『われらの文学』からの引用なので新かな遣いになっている。）

『風媒花』の内容に立ち入る余裕はなく、蜜枝も、守も、峯も人物紹介できないが、三人の主要人物が燃え盛る炎を見つめてそれぞれ異なった夢と幻想に浸るところで小説が終わる。寺山修司の引用は三人の希求のうち、峯の部分だけを取り出したのである。

七月の蠅の方はその一ページほど前にある。鶏頭の葉に移る前、炎はまず（重要な二通の）手紙を燃やす。その場面。

ひそやかに湿地帯にたむろしていた風は、焚火に吸い寄せられたかのように、庭の片隅から起ちはじめた。三人の肩さきや頭髪にも、紙片の屍は積もっていた。死して甦った紙片の花々は、七月の蠅よりもおびただしく、風の勢いと風のたるみに乗って、舞い昇り舞い移った。

（傍線—筆者）

この引用のあと、小池は「ふたつのセンテンス」のそれぞれの引用元が離れていることと、寺山の「破片」は「紙片」の誤記か誤植であることとを指摘する。先に引いた小池の論考を振り返ればわかるが、「いずれにしても」と断って進める論の焦点は寺山の改編作業であり、『風媒花』の内容には立ち入っていかない。確かに改編作業の指摘は看過できない。しかし、『風媒花』の本文にこちらが傍線をつけた箇所を繋げて連想していけば、寺山の改編は「主体」が好きなように切り貼りしたものではなく、「観客のように客観的に見ながら、創造に参加する」「コラージュ」になっていることがわかる。例えば、次のように小池の説明を読み直してみる。

「燃え上る鶏頭の葉」の「炎」に感動した三人の主要人物は、その色に「ほとばしる鮮血」を見る。身体を流れる血は炎のように燃え上がり、『チョロちゃん！』と叫ぶ恋や、『中国！』『革命！』といった切ない「幻想」かもしれないが、大きな「夢」を見る力を蓄えている。だが、それぞれの情熱の源である血は一つになって大きな炎を燃え上がらせることはない。「七月の蝿よりもおびただしく」チリヂリバラバラの「紙片の屍」となって風に流れてゆくだけだ。「夢」は「破片（寺山）」となって現実の前に倒れるしかないのだろうか。そのような連想のもとで、寺山は「コラージュ」を行ったといえよう。

エルンストは作者が誰とも知れない図版やカタログを眺めていたら、目の前のオブジェがそれぞれ結び付いたり離れたりしながらまったく自発的に浮動し始め、幻覚のように自分にとりついてきたといった体験を語る。寺山にとって『風媒花』のセンテンスは、言葉のオブジェとして、まったく自動的に浮動し始めたのかもしれない。寺山の引用文は客体によって連想させられた改編なのではないか。言葉のオブジェが幻覚のように寺山へとりつくとき、そこには「マッチ擦る――」の一首を巻頭に置きたいとの強い思いも少なからずあったはずだ。

そして、「武田泰淳」と作家名が記されたあとに「マッチ擦る――」の一首が並べられる。マッチの炎は小さいかもしれないが、そのマッチを擦るという所作は情熱の源である真っ赤な血をイメージする炎を、この引用文から受け継ぐことになる。夢は本当に現実の前で倒れてしまったのか。否、そんなことはないのか。と沈思しながら続く連作を読み進めていけるように、短歌は配置されている。

第五節　もう一つの引用文

祖国喪失

では、その前の、第一作品集『われに五月を』の引用文はどうであろうか。

五月に死んだ友だちのため
これからはたゞ彼らのために
アラゴン

これは「アラゴン」の名前と、詩句の「五月」「死んだ友だち」とから予測がつく。

「五月」に死んだ友らのために　Pour mes amis morts en Mai
以後はただ彼らのために　Et pour eux seuls désormais

韻をふむぼくの詩が武器のうえに　Que mes rimes aient le charme
涙を流すほどの魅力をもつように　Qu' ont les larmes sur les armes

右に挙げた翻訳は詩人でフランス文学者の嶋岡晨の著作[21]から引いた。寺山の引用文と比べればすぐにわかるが、ほとんど違わない。寺山は原詩から自分で翻訳したのかもしれないし、または誰かが訳した日本語をそのまま引用してきたのかもしれないが[22]、ここには第一歌集『空に本』の『風媒花』のときのような改編はないといえる。嶋岡の著作からもう少し引いてみる。

レジスタンス時代の詩集『祖国のなかの異国にて』に収められた作品「詩法」のなかで、アラゴンは押韻詩（rimes）のもつ魅力に大きな期待をかけてうたった。この作品「詩法」自体、規則的に脚韻をふみ、音綴数をあわせていった定型詩であり、フランスの伝統的な詩法をあたらしいスタイルによって受け継いだものである。

……アラゴンは、シュルレアリスムに訣別したあと、一九三二年に執筆した『ウラル万歳』で、すでにいちはやく伝統詩型の復活を試み、八音綴詩《オクトシラーブ》や十二音綴詩《アレクサンドラン》を採用している。祖国の民衆のいわば共有財産としての定型詩によって、実験に実験を重ねることで民衆から離れていった現代詩を、ふたたび民衆に返すことで、詩人のコミュニスムの思想をひろく訴えようという意志に始まったものにちがいない。

嶋岡の説明から、寺山の引用はルイ・アラゴンの「詩法」からで、その詩は詩集『祖国のなかの異国にて』に収められているとわかる。

先に、連作表題の「祖国喪失」という語が三十四首中には見つからないことを確認した。「故郷喪失」と「祖国」は見つかるが、「祖国喪失」そのままでは見つからなかった。また、「コミュニスト」や「アカハタ」などが詩句にある短歌が選ばれていることから、思想的な傾きが加わったことも確認した。だが、アラゴンの詩集名が『祖国のなかの異国にて』であり、嶋岡の言うようにアラゴンその人が現代詩を祖国の民衆に返すことで「詩人のコミュニスムの思想をひろく訴えよう」としたのなら、アラゴンの引用文こそ、表題と選歌との導きだったと考えられる。さらに、第一作品集『われに五月を』のタイトルへの広がりも見られよう。しかし、ここでもやはり、連作の巻頭歌は「マッチ擦る――」のままでいこうと考えていたに違いない。「身捨つるほどの祖国はありや」と響き合う表題は、「猟銃音」ではなくアラゴン経由の「祖国喪失」であるのだから。

小菅麻起子も「身捨つるほどの祖国はありや」という問いかけは、「祖国喪失」の表題と並べられてこそ活きてくると指摘し、その「祖国」という言葉への捉え方が世代によって違っていることを、『昭和萬葉集』[23]の「祖国」が詠まれている短歌を年代別に拾い上げながら、次のように論じている。

戦中を外地で過ごし、苦難の末に帰還した人々にとっては、夢にまでみた「わが祖国」である。しかし、寺山ら戦後世代の若者にとって、「祖国」の意味は大きく転換する。

……「祖国」への懐疑は、「祖国喪失」という戦後的な命題（タイトル）に行き着く時に決定的なものとなろう。

ここに、「祖国喪失」のタイトルと「マッチ擦る—」一首の組み合わせは、『われに五月を』編集時に誕生したものであり、作品集が歌集誕生の準備を担ったことを確認しておきたい(24)。

寺山らの戦後世代の若者にとって、「祖国」という言葉からは戦前・戦中世代が抱えるような重さが消える。「祖国喪失」の意味のうちには「祖国」への懐疑を含んでいた。小菅のこの認識は、先に取り上げた大岡信の「故郷や祖国にべったり付くような執着を振り捨てて生きていこうと決意した青年として歌っている(25)」の系譜に連なるだろう。そして、この「祖国」に対する心情的な断絶への理解が、国語教科書の指導書へと繋がることで、「マッチ擦る」一首を鑑賞する場合の標準となっていったのではないだろうか。

ここで、「マッチ擦る—」一首から少し離れるが、別の連作表題に付けられた引用文で、同様な問題があることに言及した評論を見ておこう。

寺山の歌壇デビューは、「第二回五十首応募作品」への投稿原稿がきっかけだった。応募原稿の表題は「父還せ」であったが、その応募原稿にも表題の横に引用文が付されていた。

父還せ

青い種子は太陽の中にある　ソレル

手がかりは「ソレル」である。これも即座に思いつく人がいるだろうが、フランスの作家スタンダールの小説『赤と黒』の主人公ジュリアン・ソレルのことだ。彼は軍隊での栄達の道が閉ざされた時代、理知と強い意志とによって社会的な成功を得ようとする野心家の青年である。「青」の色も「種子」も、成長や成熟を内に秘めた青年を喩えていよう。「種子」は芽吹くまでに大地のなかでエネルギーを蓄える時間が必要であるが、その大地がここでは「太陽」になっている。あらゆる生命の源であり、強烈なエネルギーを放出する「太陽」こそ、野心に溢れた青年が社会進出への時機を待つ場所としてふさわしい。「太陽」は野心の激しさを受け止める隠喩として選ばれたのだろう。

これも、小説『赤と黒』にその一節を探すことができる。しかし、寺山が逝去した一九八三年、堂本正樹は副題を「万引騎手流離譚」とした論考で次のようにいう。

……ジュリアン・ソレルというからには、スタンダールの『赤と黒』であろうが、そのどこに出ているのか。

これを物好きにも、丹念に調べた人間がいるのだそうだ。しかし、どこにも発見できなかった。そこでその人物は、寺山修司の所に手紙を書いた。「私の見落としでしょうか。それともジュリアン・ソレルという作家が別にいるのでしょうか。世界人名事典の類にはまだ登場していませんが」

寺山は困った。当時のファンレターにはいちいち返事を書いていたのだが、これだけは書けない。

……

この間に、私は寺山の口からこのエピグラムの正体を聞いた。

――あれは、僕がコサえたんだ。

……つまり、

青い種子は

太陽の中にある

ジュリアン・ソレル

寺山修司

という山頭火風の「句」だというのである。……唖然とした。[26]

これも、学生時代に友人だった山田太一のように、寺山の身近にいた者だけが知り得るエピソードである。堂本の記すところによると、二人の交友が始まったのは昭和三十二年頃。関西に拠点を置く内田朝雄の劇団・大阪円形劇場「月光会」が東京で堂本の詩劇『甲賀三郎』を上演した。そのとき、会場にいた寺山が声を掛けてきたそうだ。「その前にも『これはペニシリン的ファンレターです』という手紙を貰っていたのですぐ分り、忽ち意気投合して、数年間親友でいた」[27]という。このエピソードについては、堂本が問い詰めたものではなく、寺山自身からいい出したものらしい。

先に言及した小池光[28]もこのエピソードを知っていたかどうかわからないが、同様な疑問をもった一人のようで、武田泰淳の引用文の分析のあとにこのジュリアン・ソレルの引用文を扱っている。そして、これらの引用文が書物の中には実在しないと指摘されることを、寺山自身、待っていたのではないかと推し量る。「そのとき、ではジュリアン・ソレルとは誰か、峯三郎とは誰か、作中人物とはいかなる存在か、といった本質的な事柄についてトリッキーでスリリングな論を準備して待ち構えていた[29]」のに誰も気付いてくれなかった。「寺山は淋しかったに違いない」と、寺山の狡知な戦略として引用のからくりを捉えている。

このジュリアン・ソレルに関しては、さらなる指摘がある。栗原裕一郎の『〈盗作〉の文学史[30]』に紹介されているが、イエール大学のスティーブン・クラークは次のようにいう。

寺山のこの偽エピグラムについては、いまだ指摘されていない、もう一つ興味深い事柄があります。それは、スタンダールの『赤と黒』の小説も偽エピグラムだらけな作品ということです。各章はエピグラムで始まり、そのほとんどは名前が違うか、まったくの創作です。

……つまり、寺山は『チェホフ祭』で草田男の俳句内容を引用した上で、スタンダールの方法をも引用したということでもあるのです。前に指摘した二重の剽窃〔草田男などからの模倣および自作句からの自己模倣のこと〕はもうひとつ加わり、三重の剽窃だったのではないでしょうか?[31]

『赤と黒』の「偽エピグラム」を寺山が知っていてその方法までを意識的に引用したとは思えないが、偶然にしても寺山の作為を超えたからくりが仕込まれた点が興味深い。スタンダール以外にも「偽エピグラム」を使う作家が多数いたとしたら、寺山の行為は決して特異なことではなく、それほど声高に批判することでもないであろう。

ここまで見てきたことを簡単にまとめておく。

「マッチ擦る――」の短歌は一九五六年『短歌研究』に発表された。その後、第一作品集『われに五月を』、第一歌集『空には本』、第二歌集『血と麦』の二冊に掲載される。表題が替えられることで詩句「祖国」が前景化すると同時に、レジスタンスや革命の薫りをまとう。また、詞書きのような引用文が改編され順次取り替えられることで、選歌の方向性が変わり、連作として纏められる作品舞台が欧米からアジアへと移って来たといえよう。
短歌の成長ともいえるこの変遷が実は解釈に大きな影響を与えるのだ。

第六節　教師用指導書の歌意

マッチ擦るつかのま海に霧ふかし身捨つるほどの祖国はありや

第一節[32]で、右記の寺山修司の代表歌が高校の国語教科書にどの程度掲載され、どのような「学習の手引き」のもとで学ばれているかを検討した。そのとき、教師用指導書[33]を取り上げたが、そこには次のような「歌意」が載っている。

うつむいて両手で囲むようにしてマッチを擦ったその一瞬の間だけ見えた目の前の海は、霧がかかってぼうっとかすんでいる。その深い霧の中でさっきから思い続けている。
果たしてこの世界には命を捨てるに値するほどの祖国というものがあるか。

上句の「マッチ擦る」という所作から広がる光景と、下句にあらわれた「祖国」に対する心情とが、短歌ではドラマティックに結ばれている。このイメージの飛躍を、散文に落として説明するだけで終わらないように注意して鑑賞の指導をしなければならないのだろう。

現代詩作家の荒川洋治は下句が感情の解放という終着点ではなく、次の世界への強烈な始点になるところに、寺山短歌の特徴を見て取る。そこに至るまでのことばの並びや緩急のつけ方は他にないという。内容も、人の世界に起こり得ないことに及んだり、自分だけにある狭い世界には終始しない。異常な、特別な情景が描かれるわけではないのに、寺山の手にかかると「劇的」になる。実は人の光景はどれも「劇的」なものだが、人はそれをすっかり忘れている。寺山はそこを短歌で示すのだと指摘する。

「海のそばで、煙草を一本吸った」ことが、作者の「想像力」を介して拡大し、異常にふくれあがり、さらに拡大し、「祖国はありや」という段階にまで「発展」したのではない。「祖国はありや」という問いかけの世界がまずあり、それがトンボが枝先にとまるように、現実の「海のそば」の一本の煙草に、たどりつく。そのように考えるべきだ。ふつう人はそうは考えない。寺山修司の華麗な才能が「祖国はありや」を造り出すのだ、わたしらにはできないし、ちがう世界だと、みる。でもそれは逆である。(34)

荒川はここで、上句の光景と下句の心情のあらわれとの時間的順序を問い直している。ふつう人は「マッチ擦る」所作によって灯った小さな明かりに触発されて、「祖国はありや」といった心情が浮かんできたと理解しているのではないか。しかし、そうではない。「祖国はありや」は「マッチ擦る」所作の前からあったのだ。「祖国はありや」という問いかけがまずあって、マッチの先に小さな炎としてたどり着く、と荒川は考える。

これは何を意味しているのか。「祖国はありや」といった問いかけは、ふと思いついた考えではないということだ。心の奥底でずっと「祖国はありや」と実感し続けていたのであり、その時々にしたがってマッチの炎のように前に押し出されてきた。だから、単なるひらめきではないし、次に浮かぶであろうもっと優れたインスピレーションによって取って代わられる着想でもない。それは静かに熟慮され黙考されてきた。心の深いところではマッチの炎が灯る前からあり、炎が消えた後もあり続けることを意味している。

荒川の読解は、思想家の吉本隆明の批評を踏まえて展開したのではないかと思われる。吉本は「マッチ擦る」一首を次のように論じた。

寺山修司の作品では、

「マッチ擦るつかのま」

作者と作中のマッチを擦るものとの関係はまだはっきりとわからない状態にある。

「海に霧ふかし」

ここでも、作中の〈誰か〉がマッチを擦るつかのまに霧のふかい海をみたのか、作者の位置から海のふかい霧をみたのか定かではなく、二重の含みをたもっている。そして、おそらく「ありや」ではじめて作者の位置からの表出に集約され、作中の〈誰か〉という含みはきえる。この作品では、上句は下句の暗喩になっていない。作品の意味は、霧のふかい夜の海辺でマッチを擦ったとき、たまたま、じぶんに身を捨てるにたりる祖国はあるのだろうか、という考えが浮んだという程のものでしかありえない。それにもかかわらず、上句は下句にたいして言語の連合性を印象づけるのは、作者が、いちばんあとの「ありや」まで、作者の位置と作中の〈誰か〉とを分離せずに懸垂させ、最後の「ありや」で、作中の〈誰か〉という含みをいっぺん

に消失させているからである。(35)

事物を客観の表出体でのべた上句と、作者の主観体でつらぬかれた下句との対比の深さと、そのあいだを繋げる飛躍と粘りが最大限に発揮されている短歌の一つとして、吉本はこの一首を取り上げる。そして、当時の実験的な歌人たちが伝統的な短歌の美の特質である変わり身の早い転換や連合にあきたらず、上句か下句かを主観的な述意として自立させたい欲求をもちながらも、どうにか短歌として成立させるためにこの対比のかたちが選ばれていったと考える。先に、上句と下句との対比に関して寺山の短歌はとてもドラマティックであると捉えたが、吉本がいうように対比の飛躍がこれ以上進められれば、短歌的な表現としては分解するしかない。付かず離れずではないが、離れ過ぎず付く、離れているのに付いている、と考えればわかりやすいだろうか。上句と下句との微妙な離れ具合をイメージの飛躍によって結ぶ。そこに寺山短歌の特徴がある。

しかし、「作品の意味は、霧のふかい夜の海辺でマッチを擦ったとき、たまたま、じぶんに身を捨てるにたりる祖国はあるのだろうか、という考えが浮かんだという程のものでしかありえない」と吉本は評する。荒川の読解はこの点を批判していることになる。「たまたま」ではない、と。

教師用指導書の「歌意」は、「さっきから思い続けている」と説明する。この「さっきから」をいつからだと捉えるか、学習者に考えさせてもいいだろう。吉本のように「たまたま」だと捉えるか、荒川のように「問いかけの世界がまずあ」ってと捉えるのか。教室ではそのようにして、教師用指導書の「歌意」は利用できる。

第七節　一つの鑑賞文

第五節で、連作表題に付した引用文が実は寺山自身による創作だったことを、友人の堂本正樹が本人から聞いていたことにふれた。これとよく似た事例が「マッチ擦る—」一首にはある。表題に付した引用文よりも作品それ自体にこそ「トリックスター」[36]としての寺山の流儀は発揮されているのだ。論者たちが些細な引用文にまで疑いの目を向けるのも、彼らがそのことを熟知していたからだと思われる。

演劇評論家の堂本は古典だけでなく、ほぼ同時代の表現さえも自作に引き入れて使う寺山の方法を、世阿弥の『花伝書』をもじって「訛伝《かでん》」と評する。世阿弥が「本説正しく」と指南するとき、謡曲作者は典拠通りに拵えなければならない。しかし、「訛伝」とは訛《なま》って伝わるの造語だから「本説歪《ゆが》んで」ということだろう。その「訛伝」の一つとして、「マッチ擦る—」一首を取り上げている。

……「意識」した脱化に対して、無意識の傾倒が作品を「風景」として眺めてしまったが故に、一種無原罪の盗作をしている例に、かの、

マッチ擦るつかのま海に霧ふかし身捨つるほどの祖国はありや

がある。これは、

夜の湖ああ白い手に燐寸の火　（西東三鬼）

一本のマッチをすれば湖は霧　（富澤赤黄男）
めつむれば祖国は蒼き海の上　（同　右）

を合成したものだが、『寺山修司全歌集』（風土社）の箱の背文字の横に一行書きにしている程の自信作である。そこに「盗作意識」は全くない。富士山や月見草を写真に撮って、何が盗作なものか。(37)

「マッチ擦る――」が西東三鬼《さいとうさんき》と富澤赤黄男《かきお》の俳句を「本説」としながら寺山流に歪めて拵えたと捉えているが、(38)盗作や模倣とはいわず、独自に「訛伝」と名付けたり、もっと一般的に「コラージュ」「本歌取り」(39)といった用語で説明したりする場合、その違いは作品の重なり具合の判定以前に、作者の寺山修司に対する評価が大きく響いているように思われる。ただし、寺山の短歌を評価するのかしないのかのいずれにしろ、この一首が先行する作品を元にして生み出されたといった認識は変わらない。寺山は自分が気に入った俳句や短歌、印象深いいい回しなどをノートに書き留め、そのノートを見ながら創作に励んでいたわけだから、その推察は誤りだとはいえない。

この点を踏まえると、歌人・下村光男の次のような〈秀歌鑑賞〉が気にかかる。下村はこのなかで「マッチ擦る――」一首について興味深いエピソードを紹介している。

これも愛唱歌のひとつである。長いこと、寺山の劇的想像力による歌と思っていたが、これは韓国人の友人とアルバイトにでかけた横浜港での実体験をそのまま歌にしたものだという。友人が煙草をすうために擦ったマッチの火を見、瞬時にこのような歌に仕立ててしまう寺山の才に、あらためて感心させられた一首で

ある。二十一歳のときの作であることも、尋常ではないと思う。(40)

（傍線―筆者）

下村はこの一首が「寺山の劇的想像力」によって作歌されたのではなく、「韓国人の友人とアルバイトにでかけた横浜港での実体験」にもとづく短歌であると解説している。「劇的想像力」とは「コラージュ」や「本歌取り」、そして「訛伝」などの技法を包括する想像力のことで、この一首がフィクション（虚構）として創造されたと捉える用語である。その一方で、「実体験」とは前衛歌人としての寺山から見れば、対するアララギ派が唱えた技法の一つである〈写生〉と相性のいい用語であろう。もし、寺山が「実体験」にもとづいて即興的に〈写生〉し、多少言葉の修正を施したとしても、この一首の背景に実際の出来事があったとするなら、「コラージュ」も「本歌取り」も「訛伝」も、寺山修司がよく用いた技法を示す批評用語を、この一首にそのまま当てはめて理解してしまったに過ぎない。短歌を既知の特徴に合わせて都合良く評しただけで、読解したことにならないだろう。それは歌人・寺山修司の特徴ではあるが、「マッチ擦る―」一首の特徴ではないのだから。

では、なぜ下村はこのエピソードを知っていたのか。先の堂本正樹のように知人であったからなのであろうか。

第八節　創作的自叙伝

寺山のエッセイ「逃亡一代キーストン(41)」には次のような記述がある。

私の友人のバーテンをしていた李という男は、「夕陽よ、急げ」ということばが好きで、下宿の壁にマジックで大きく書いて貼ってあったが、「どういう意味なのだ」と訊くと答えてくれなかった。だが祖国韓国にいた頃、貧しくてかっぱらいを働き、少年院にぶち込まれ、それ以来〈逃げる〉ことだけを青春として生きてきた男だけに、このことばにはひとしおの悲しみと恨みとが込められているように思われたのだった。

李は「オレは弱いので逃げてばかりいた」と言った。「強かった仲間たちは、今でも政府のファシズムと戦っているよ」

この李に競馬を教えたのは私であった。李は競馬新聞の脚質の欄を見て、「逃げ」と書いてあるのを選んで買った。


……ダービーの日は朝からどしゃ降りの雨だった。激しくドアを叩く音に目を覚ますと、レインコートを着た李が立っていて、警察に追われているのだと言う。何をしたのか、と訊いても答えず、これから海峡を渡って祖国に密航するのだと言う。

「それで今日のダービーで、オレの残していく金全部でキーストンの単勝を買ってくれ」と李は言った。私は無茶だと思ったが、李には意見を差しはさませない切実な何かがあった。そして李は雨の中に消えて行った。

ダービーはダイコーター中心と思われていたが、キーストンが捨て身の逃げを成功させて勝った。私はキーストンの逃げ切りと、李の政治逃亡とを二重写しにして考えていた。


マッチ擦るつかのま海に霧深し身捨つるほどの祖国はありや

（傍線・太字――筆者）

「キーストン」とは一九六五年の日本ダービーにおいて、ライバルで一番人気のダイコーターと争い、逃げ切りで優勝したダービー馬の名前である。しかし、その後のレースで左前脚を脱臼し、予後不良と診断されて薬殺の措置がとられる。故障発生後、落馬して昏倒する山本正司騎手の様子をキーストンが気遣うようにして寄り添ったことが美談となり、語り継がれていく。寺山修司もその出来事に心震わせた一人だ。[42]

寺山は韓国の友人のことを、この逃げ馬のキーストンの物語と重ねてエッセイに書いている。ここから具体的にわかることは、友人は「バーテン」をしており「祖国」は「韓国」で、名前は「李」という。警察に追われているので「これから海峡を渡って祖国に密航する」ようだ。李は「政治逃亡」するわけだが、キーストンのように逃げ切れるのか。そんな物語を抱えるようにして「マッチ擦る―」一首が置かれている。

ところが、寺山は創作的な自叙伝「消しゴム」[43]のなかの一節「センチメンタル・ジャーニー」で、次のようにも書いている。

ノミ屋の電話番の次は、デーラーだった。たまたま、酒場のカウンターでトランプの一人占いをしているのを見た支配人に、

「おまえ、なかなか筋がいいじゃないか」

と言われたのである。

子供の頃からカード遊びの好きだった私は、ポーカーだけでも四十通り位のバリエーションを知っていたし、セットカード（カードを配るまえに、いかさまの配列に仕組んでしまうこと）も、素人の目ぐらいならごまかすことが出来た。

一通りカードさばきをしてみせると、支配人は私を、デーラー（カード配り）に抜擢してくれた。

……私はここで、ポーカーのデーラーをやりながら、いかさまを仕込むのが「仕事」だった。

私が五十二枚のカードにしるしをつけ終ると、李という若い男が、そのカードをセロハンで包んで再包装し、まるで何事もなかったように新品にしてしまう。そして、賭博で私は、一ゲームごとに新しいカードの封を切って客に配る、というまわりくどいやり方をするのであった。

……私も収入がふえたが、いささかは気がとがめないわけではなかった。チャイナタウンで、賭博用のカード卸業者をやっている李は、四十二歳の中国人だった。

ガンズケ[44]の仕事のあいまに、二人で横浜の海を見にいったことがある。その夜は、霧がふかく二人は、いつまでも黙って「べつべつの海」を見ていたのだった。


（傍線・太字――筆者）

マッチ擦るつかのま海に霧ふかし身捨つるほどの祖国はありや

「ノミ屋の電話番」をしたあと、支配人に腕を買われて「デーラー」の仕事についた寺山は、そこで「李」という名前の男に出会う。「李」は「チャイナタウン」で働く「四十二歳の中国人」である。いかさまをカードに仕込むこともしたデーラーの寺山と、そのカードの卸業者をやっていた「李」とは知り合いになり、ある日、仕事のあいまに「二人で横浜の海を見に」行く。ところが、その夜は「霧がふかく」、二人は黙ってそれぞれの海をじっと眺めていたようだ。

そんな回想のあとに「マッチ擦る――」一首が置かれている。

詩人の大岡信が『折々のうた』[45]でこの一首を解説したときには、寺山の故郷である青森の海を想像した。しかし、寺山自身は「横浜の海」だったと書く。

ここで、先に引いたエッセイ「逃亡一代キーストン」と比較してみよう。二つの文章は「マッチ擦る―」一首をめぐる物語であることがわかる。ところが、内容を比べてみると、一致する点と食い違う点があることに気付く。

寺山の友人の名前が「李」であることは変わらない。しかし、「逃亡一代キーストン」では「韓国人」で、一方の「センチメンタル・ジャーニー」では「中国人」になっている。職業が「バーテン」と「カードの卸業者」と違うので、同名の別人である可能性は確かにあるが、偶然にも同名の二人が一つの短歌の物語に関わってくる可能性は低いであろう。

短歌に詠まれた海が「横浜の海」であると断っているのは「四十二歳の中国人」を語った文章の方で、「逃亡一代キーストン」ではどこの海だったかは読み取れない。

「マッチ擦る―」一首は「実体験」による、とした下村の解説を今一度確認すると、「これは韓国人の友人とアルバイトにでかけた横浜港での実体験をそのまま歌にしたものだ」となっている。

寺山の二つの文章からわかるとおり、「横浜の海」に一緒に行ったのは「中国人」の友人であって「韓国人」ではない。また、友人の祖国が「韓国」であるとわかるのは短歌に詠まれた海が具体的にはどこだかわからない文章の方である。

つまり、下村の解説は「韓国人の友人」という情報を「逃亡一代キーストン」から得て、「横浜港」という情報を別の「センチメンタル・ジャーニー」から得ているのではないか。別々の文章からそれぞれに得た情報を、「マッチ擦る―」一首にまつわる物語として一つにまとめた。というよりも、記憶のなかで寺山の文章の内容が混同してしまったがゆえに、このような解説を書いたのではなかろうか。これは、記憶の混同に問題があるのではなく、そのような混同が起きてもしかたがないように寺山がこの短歌にまつわるエピソードを紹介していることに問題がある。

第九節　年譜と日記

そこで、寺山修司の年譜を確認しておこう。

まず初めに、寺山の生前から出版関係の仕事を手伝い、没後は著作集(46)の監修をした白石征が編んだ年譜(47)を見ることにする。

一九五六年（昭和三一年）二〇歳

病状好転せず、絶対安静の日が続く。五月、詩劇グループ「ガラスの髭」が早稲田大学緑の詩祭で上演するための処女戯曲「失われた領分」を書く。病状の小康を得て短歌を作る。自筆年譜には「スペイン市民戦争文献、ロートレアモン詩書、南北、秋成、カフカなど濫読する」とある。

一九五七年（昭和三二年）二一歳

一月、第一作品集『われに五月を』を、七月にメルヘン集『はだしの恋唄』を刊行する。

一九五八年（昭和三三年）二二歳

六月に第一歌集『空には本』を刊行。病院をぬけ出して新宿の街に出るほどに回復する。

七月六日退院。一時青森に帰省するも、再上京して新宿区諏訪町の幸荘に住む。賭博とボクシングに熱中する。ネルソン・オルグレンの『朝はもう来ない』に感動する。

（傍線・太字―筆者）

次に、編者自身が最も詳しい年譜だと解説[48]している高取英の編んだ年譜[49]を確認してみる。

１９５６（昭和31年　20歳）

絶対安静つづく。同病室の韓国人に賭博、競馬を教えられる。

１９５７（昭和32年　21歳）

入院中、「砒素とブルース」「祖国喪失」「記憶する生」「蜥蜴の時代」などを作歌。ネルソン・オルグレン『朝はもう来ない』に感動。中井英夫の好意で、第一作品集『われに五月を』が出版となる。ロートレアモン『マルドロールの歌』、オスワルト・シュペングラー『西洋の没落』、E・H・カー『浪漫的亡命者たち』、カースン・マッカラーズ『心は孤独な猟人』、トルーマン・カポーテ《ママ》『遠い声、遠い部屋』、アンドレ・マルロー『希望』『人間の条件』、ロレンス・ダレル『アレクサンドリア・カルテット』、ロアルド・ダール『あなたに似た人』、柳田国男、フロイト、サルトル、上田秋成、鶴屋南北、ジョン・コリア、サキ、カフカなどを濫読。

★作品集『われに五月を』作品社　1月

　エッセイ集『はだしの恋唄』的場書房

１９５８（昭和33年　22歳）

病院と新宿・歌舞伎町を往復生活。

夏、退院し一時、青森市に帰る。再上京後、新宿区諏訪町の六畳一間の幸荘というアパートに住む。ノミ屋の電話番、ディーラーなどの仕事をしながら賭博とボクシングに熱中する。

☆ 歌集『空には本』的場書房　6月

（傍線―筆者）

寺山は混合性腎臓炎で東京都立川市の河野病院に二ヶ月間入院したのち、十九歳の春にネフローゼ症候群を患い、今度は新宿の社会保険中央病院にて三年間ほどの入院生活を余儀なくされる。その間、病状が悪化し面会謝絶となる期間もあった。母のように慕い、お金の無心までして甘えた恩師の国語教師・中野トクと頻繁に往復書簡を交わすのもこの頃[50]。当時、親友の山田太一の訪問もたびたびあり、書簡も多数交換している[51]。その後で早稲田大学教育学部国文学科を中退している。

高取英編の年譜には「同病室の韓国人に賭博、競馬を教えられる」とある。「韓国人」といった単語を確認できるが、この「韓国人」は新宿の社会保険中央病院の「同病室」に入院していた人物であって、エッセイ「逃亡一代キーストン」で語られる「韓国人」で「バーテン」をしていた友人と同一人物である可能性は低い。それでも、この頃の寺山が最も親しくしていた外国籍の友人は「韓国人」であるかもしれない、ということがわかる。第一作品集『われに五月を』には日記形式の文章「森での宿題」が収められているので、それと照合してみる。

×月×日

癒りたがらない病人には病人としての資格がない、という。さしずめ隣ベッドの陳氏など「資格のない病人」の最たる人と言えよう。彼は醒めきったところで達観している。彼と僕のベッドの間の枕頭台に籠の鸚鵡が一羽いる。

その鸚鵡に今日、「Rurio」と呼ばせた。Rurio。

「弟さんの名ですか」と陳氏がきく。

「いや、そんな名の女の子もいるかも知れませんな」と藤村氏がにやにやする。

Rurio。それはもとより誰の名でもない。

（略）

×月×日

前のベッドの子が死んだ。それも自殺である。陳氏は、彼がプロバリンを弄んでいる間、笑っていただけに驚きも大きかった。

陳氏に僕はヘッダがピストルを撃ったあと「人間て、こんなことはしない筈だが」とつぶやいたブラックの映像を見る。


（傍線―筆者）


ここで語られているのは「隣ベッドの陳氏」だ。寺山は彼を「癒りたがらない病人」だと見ているので、入院中に知り合った人物だとわかる。執筆した日付はわからないし、日記そのままであるかどうかも判別できないが、この「陳氏」が「同病室の韓国人」なのであろうか。ただ、「陳」は韓国姓にもあるが、割合としては中国姓が圧倒的に多い。

エッセイ「逃亡一代キーストン」で政治逃亡した「韓国人」の名前は「李」であった。同じ「韓国人」でも政治逃亡者の「バーテン」と「癒りたがらない病人」とではまったくの別人だ。それなのに、寺山に「賭博や競馬を教え」たのは、競走馬キーストンを一点買いしてくれと頼んできた「バーテン」の「韓国人」ではなく、「隣ベット」にいた「韓国人」なのである。さらに、名前は同じ「李」でも自叙伝の一部「センチメンタル・ジャーニー」の「李」は「中国人」で「カード卸業者」をしていた。国籍は違うのに名前だけが同じなのだ。

寺山の書く文章をいくつか照合していくと、どこか食い違いながらも、どこかが一致している。それはまるで「コラージュ」のようである。

ここまで資料を確認してきた上で、下村光男の〈秀歌鑑賞〉に戻ろう。

下村は「これは韓国人の友人とアルバイトにでかけた横浜港での実体験をそのまま歌にしたものだという」と、伝聞形式で解説した。このとき、寺山の隣にいた人物は、いったい誰だったのだろうか。

仮に、これが実際には「実体験」ではなかったとしても、「マッチ擦る――」一首をめぐって書かれたさまざまな文章によって立ち上がる物語の〈隣人〉とは、果たして誰であったのか、と問うことはできるはずだ。作者の寺山修司の隣にいた人物というよりも「マッチ擦る――」一首に詠まれた〈私〉の隣にいた人物は誰なのか、という問いこそが重要であろう。そのような文学的な問いに対して、文学的な想像によって一つの読解を示すことがこの論考のねらいなのである。

第十節　一九五八年の社会的事件

高取英の編んだ先の年譜は、同時代の社会的状況を合わせて理解できるような工夫がなされている。その年譜をもとにして高取は自著[52]の巻末に次の年譜を付した。

一九五七年（昭和32）

入院中、「砒素とブルース」「祖国喪失」「記憶する生」「蜥蜴の時代」などを作歌。ネルソン・オルグレン「朝はもう来ない」に感動。中井英夫の好意で、第一作品集『われに五月を』（作品社）が出版となる。『はだしの恋唄』（的場書房）刊。

この年、美空ひばり、ファンに塩酸をかけられる。石原裕次郎「錆びたナイフ」流行。小松川高校女生徒殺害事件。(53)

（傍線――筆者）

一九五八年八月二十日朝、読売新聞社会部に高校生を殺害して捨てたという電話が入る。十七日の午後から、小松川高校定時制二年の女子生徒が行方不明になっていた。現在、「小松川（女子学生殺人）事件」と呼ばれる殺人事件が、寺山修司が社会保険中央病院を退院する同年の夏に発生しているのだ。

事件の経緯について推理小説家でもある野崎六助がまとめているので、参照しながらおおよその全体像を確認することにする。(54)

八月二十一日の朝、読売新聞社と同様の電話が小松川署に入る。指定された場所を捜索すると、行方不明の女子生徒の遺体が見つかった。たいへんいたましい事件となる。葬儀の日、被害者の櫛が郵送されてくるという非情な出来事が起こった。警視庁捜査一課には、女子高生の写真と鏡と手紙とが届く。この猟奇的な極悪犯を逮捕すべく、警察は奔走しマスコミは都民に協力を呼びかけた。

犯人究明の気運が高まったころ、一人の在日朝鮮人が容疑者としてあがる。彼の名前は「李珍宇」、当時十八歳の青年だった。

すぐに自供は始まり、図書館から世界文学全集五十三冊を盗んだ余罪、そして、同年の四月に起きた賄い婦殺しの容疑も付け加わった。また、「李珍宇」は自身の家庭環境を直接反映させた、原稿用紙にして十五枚程度の小説『悪い奴』を読売新聞第五回短編小説賞に応募している。

精神鑑定を受けるも異常は見つからず、知能指数の高い秀才と認定された上に自己顕示欲の強さや独断癖などの性格的特性まで指摘され、刑事処分の対象者として十分であると鑑定される。

初公判は十一月十五日、その約三ヶ月後の一九五九年二月十二日に死刑判決が出る。

「李少年をたすける会」が発足するが、一九六一年八月十七日、上告棄却、死刑が確定される。「李君の助命を願う会」、また韓国では「李珍宇君善導の会」が立ち上げられ、特別減刑嘆願書が提出される一方で「李珍宇」は自ら刑の執行を早めることを申し出る。雑誌『日本』や『週刊読売』で無実説が紹介される。韓国の「京郷新聞」でも無実説が取り上げられる。この間、朴寿南と獄中での往復書簡が頻繁に交わされた。

しかし、一九六二年十一月十六日の午前十時、死刑は執行される。

この事件は事実を曲げたり事件を捏造したりして無実の者を罪に陥れるフレームアップを疑われたこともあって、多くの著名人がその動向に関わっていった。野崎六助の著作に言及されている名前を拾い上げてみると、文学者では木下順二、三好徹、大岡昇平、大江健三郎、秋山駿、鈴木道彦、金達寿、金石範、映画監督の大島渚などがいる。「李少年をたすける会」に携わった国会図書館員の築山俊昭は、その後、裁判記録と報道記事を丹念に検討して無実説を立てている。[55] 李珍宇との往復書簡を交わした朴寿南は、書簡を公開するために本にして刊行した。[56]

ここでは、これらのうちから二つの言説に言及することで、「マッチ擦る――」一首をめぐって書かれた文章に出てくる「李」と同名の、実在する人物「李珍宇」の問題を追究していくことにする。

第十一節　朴寿南『新版　罪と死と愛と』のあとがきより

朴寿南は「新版のためのあとがき」[57]を「李珍宇」の言葉を引用するところから始める。それほど長くはない文章であるが、このあとがきには朴寿南の洞察と認識とが端的にあらわれており、一人の少年の個人的問題の裏に社会の影がどのように巣くっているかがわかる。まずは引用された「李珍宇」の言葉を確認してから、朴の洞察を見ていこう。

私がそれをしたのだった。
それを思う私がそれをした私なのである。それなのに、彼女たちは私に殺されたのだという思いが、どうしてこのようにヴェールを通してしか感じられないのだろうか。

朴は「李珍宇」の言葉にある「それをした私」と「それを思う私」との乖離《かいり》に着目する。殺人を犯したはずの主体は、殺人の体験を「ヴェール」の向こう側にしか感じられない。「私」に殺された彼女たちの死と、それを「思う私」とのあいだに深い断層があり、「李珍宇」はその断層を「私の恐ろしい本性」と名付けていた。小さな生き物さえ殺せなかった幼年期を過ごした少年が、決定的な体験に対して、なぜこのように無感動になってしまったのか。少年が「恐ろしい」と名付けたそれを朴は次のように解釈する。

わたしには、この「自分の意志によるものでない」「自分のものではないような」、あるいは、「夢であるかもしれない」、淡々とした、虚ろな犯行の体験は、自己から引き裂かれ存在の根から疎外された少年の、いわば主体のない――犯人不在の犯罪のように思える。

犯行の当事者がその行為から引き裂かれるといった感覚の底には、もとから自己を奪われていた「李珍宇」の主体の問題がある、と朴は考える。自分であっても自己自身ではないとの実感こそ「少年の存在の矛盾の裂け目」であり、在日として生をうけた「李珍宇」の境遇の問題である。自己から引き裂かれた少年は、自分のものと感じられない最初の犯行を、確かに自分のものとするために、小説に仕立てて外部に告白する。だが、応募原稿が没となり、事件が迷宮入りするのにともなって、その告白も不在の闇へと溶け込んでしまう。

投稿小説を「存在の矛盾の裂け目」を埋めるためのもがきであると捉える朴は、迷宮入りによって犯行が完全犯罪となったが故に、「李珍宇」にとっては、かえって失敗に終わってしまったのではないかとみている。それは言葉が存在の裂け目を埋めるために機能し損なったからだ。ただし、野崎六助によれば、裁判においては投稿小説『悪い奴』を犯罪者の手記とする判断の方が先に立っていたようで、その判断にそって賄い婦殺し事件の物的証拠として取り扱った向きもあるという。それでも、小説に鬱屈する少年の自己解放が扱われており、その解放のために素手で殺害する場面が描かれているとすれば、朴の読解は何よりも「李珍宇」本人の理解に向かっているといえよう。なぜ小説を書かざるを得なかったのか、小説を書くという行為にはどんな問題が潜んでいるのかを対象として、考察をめぐらせているのだから。

少年は、この極刑をも甘受する。この判決の直後書いた手記の署名は、金子鎮宇こと李珍宇である（「東京新聞」一九五九・二・一九）。

少年自身が、はじめて「金子鎮宇」ことと列記しながらも「李珍宇」であるもうひとつの名をしるしたの

である。(58)

少年は「金子鎮宇」として生活していた。「金子鎮宇」としてしか生きられなかった。この名こそ自己を引き裂くものであり、少年を存在の根から疎外した。その少年が今、極刑を甘受すると同時に、もうひとつの名である「李珍宇」を併記する。

だが、その「李珍宇」にも、やはり「〈悪〉であり、〈犯罪〉であり、〈殺人魔〉である〈チョーセン〉そのもの」としての、拭い難い影が覆い被さっていた。

厳しい差別の対象とされるなかで、少年は、自分であって自己自身ではない主体を取り戻すために、犯した行為の中心の座に就くべく極刑を甘受する。そして、その犯行は「金子鎮宇」ではなく「李珍宇」のものだと書き留める。しかし、「もうひとつの自分の貌」は「〈チョーセン〉そのもの」、つまり、他者が名指す〈悪〉でもあったと、朴は指摘する。

二審でも死刑がいい渡される。「李少年をたすける会」が発足し減刑嘆願の署名運動が始まり、「怪物〈チョーセン〉である李珍宇に、歴史の照明が当てられ」ていく。この運動に呼応した同胞たちが、同じ民族の一員として自己を確認するように少年に呼びかける。朴はその様相を次のように意味づけている。

はじめて出会う同胞のやさしい微笑に、凍りついていた少年の魂がかすかに身じろぎをはじめ、そして向き合うのである。第一審、死刑判決からわずか二年半、逮捕から三年で死刑が確定するという異常なテンポの裁判の過程で、しかし、独房の少年は、殺されていた、自己を回生していく。

少年は日々憎悪してきた「生まれながらの朝鮮人である自己の尊厳」を、同胞の差し伸べた優しい手に助けられながら回生していく。氷のように冷たく「恐ろしい本性」を、同胞の微笑が溶解させていく。そのとき「ヴェールを通してしか感じられな」かった彼女たちの死を、少年は自分の心のうちに獲得する。

「自分のものでない犯行」の体験は、目ざめた自己の主体とはじめて一体となり、少年は、他者とのいきいきと鼓動する関係を、純真な幼年の魂をとりもどすのである。この劇的な転生を経て、少年は、かたくなに拒みつづけていた恩赦出願に踏み切るが、提出と同時に抹殺され、翌日、いきなり絞首台のある執行場へ拉致されていく。

このように書いた後、朴は少年が直前に書き送ってきた手紙を引用する。

私はこの残された生をきちがいのように愛している！　最後のこのような時に、私は自分を「진우」と認めたのだった。私は「鎮宇《しずお》」として生きのこるよりも、리 진우として死ぬ自分を誇りに思う。

以上のことから、朴は少年がなぜ極刑を甘受したのかといった問いに対するひとつの解答を示していよう。それは「在日」という生まれながらにして自己を疎外された少年が、主体を奪還するために必要な過程であった、と。獄中の少年は活用する望みもほとんどないにもかかわらず、朝鮮語の学習を始めている。その熱い想いに応えるように朴も賢明に支援する。少年が本名をハングルで堂々と書けるようになったとき、少年の肉体はこの世から消えなければならなかった。しかし、その肉体と引き替えても、少年は朝鮮語の名前を自らの帰るところだと判断したのだ。

第十二節　鈴木道彦『越境の時―一九六〇年代と在日』より

朴寿南と「李珍宇」との往復書簡を基礎資料としながら、なぜ極刑を甘受したのかといった問いに、別の解答を導き出した論考がある。『越境の時―一九六〇年代と在日』[59]に再録されているが、フランス文学者の鈴木道彦は、ゼミナール機関誌[60]に「特集『李珍宇の復権』在日朝鮮人問題の内面化のために」と題した文章を寄せている。再録に関して、一九六六年の執筆当時は資料が足りないまま書いているところもあるが、基本的な認識については、現在もほとんど変わっていないと断っている。やはり、小論であるが、鈴木の洞察の骨子が顕わになっているので、ここから見ていこう。

鈴木もまた「半日本人化した朝鮮人李珍宇」に、疎外されて「自分の居場所を見い出し得ぬ人間」の姿を嗅ぎ取り、この点を問題視する。

だが、このことが直ちに犯罪に結びつくわけではない。李もまた「私の問題には二つの見方がある」と書いている。「一つは境遇はいかにして私に罪を犯させたか」、「もう一つは、私は境遇においていかにつとめたか」。

……つまり在日朝鮮人でなければ少年は「小松川事件」を起こし得なかった。しかしまた事件は、少年の選択と責任において行われたものでもある。

境遇は犯行の理由になるが、直接の原因として結び付けるには問題があると、鈴木は考える。これは「李珍宇」自身も同じで、犯行に及んだのは「在日朝鮮人」の一人である「李珍宇」であって「在日朝鮮人」なら誰もが犯行に及ぶわけではない、といった考えだ。鈴木が「少年の選択と責任において行われたもの」と書くとき、それは若い頃にサルトルに傾倒したと語る鈴木ならではの、実存の問題を、まず考察の俎上に載せるべきだという主張であろう。そして、鈴木はそこに想像の問題を介入させる。

「李珍宇」は図書館から世界文学全集を盗んだり、小説を創作するなど、想像の世界に価値を置いた。少年にとって想像の世界は自由を見いだすことのできる唯一の場であり、そのなかでは強者になることもできた。しかし、少年は想像の世界を、現実からの逃避の場にすることを望んでいなかったのではないか、と鈴木は問う。一時の逃避など、その後再び疎外された姿を現実に見いだすならば、何の価値もないであろう。それならば、彼が想像によって救おうしたものは何か。鈴木は「現実に主体を喪失して『他者』となった自分である」と述べる。

李はむしろ、想像によって現実の価値を逆転させることを考えたのである。もし悪の代名詞としての朝鮮人が、日本の社会から押しつけられたものであるならば、つまり外部から李に襲いかかるものであるとすれば、李は逆に内部から悪を渇望し、悪を自己の主体の目指すものに変貌させてしまう。与えられた悪を、選ぶべき悪に変えてしまい、こうして悪といっしょに差別の意味をはぎとろうと夢見るのである。

「与えられた悪」とは、朴寿南の言葉で説くならば「〈悪〉であり、〈犯罪〉であり、〈殺人魔〉である〈チョーセン〉そのもの」のことだ。それは他者が名指し、押しつけた「悪」である。その「悪」を「選ぶべき悪」に変えたいと望んだに違いない、と鈴木は考える。「内部から悪を渇望」するとは、自らを選択できる立場に置き替えることであり、「少年の選択と責任において行われた」行為として犯行を規定することだ。犯行の一歩手前で、「在日朝鮮人」の「李珍宇」はとどまることができたはずである。それでも犯行に及ぶとするなら、それは「在日朝鮮人」の境遇が選択させたのではなく、「李珍宇」の実存が選択させたのである。名指しされた「悪」とは位相が異なるが、犯罪の「悪」で「与えられた悪」を書き換えたのではないか、ということであろう。一般的に、選択できることを主体があるといっていい。

そこで李は、悪を想像することに意を注ぐ。ひょっとして、この想像が現実を侵蝕し、半日本人化した朝鮮人としての自分がいつか別人となり、他者から自己へと復帰することがありはしないかと希望をつなぎながら、考えられる限りの最大の悪、つまり殺人をことこまかに夢想する。李の犯行はこの事情を除いて私には理解できない。

しかし、「考えられる限りの最大の悪」を「夢想」し、それが実存的な選択によって行われたとしても、この選択は果たして真に選択だったといえるのだろうか。というのも、この犯行の一歩手前には、犯行に及ぶか及ばないかの選択肢しかなかったのではないか、と思えるからである。

存在の根から疎外された少年が自己の尊厳を取り戻し「他者から自己へと復帰する」ための、まさに主体が立ち上がる場において、その選択肢が犯行に及ぶか及ばないかしかないのだとしたら、それはあまりにも辛い。「在日朝鮮人」の境遇と、その境遇にある実存の問題との間には、確かに隔たりがある。「李珍宇」自身も自問していたように、それは「一つは境遇はいかにして私に罪を犯させたか」「もう一つは、私は境遇においていかにつとめたか」のことである。

「李珍宇」がその境遇においてつとめたこと、つまり境遇に抗《あらが》い、主体性を取り戻そうとしたことが「考えられる限りの最大の悪」ならば、そこには何かが足りないように思う。「現実を侵蝕」する想像は「悪を想像すること」だけではないはずだ。この足りない点については、改めて問い直さなければならないが、今は指摘するに留めて鈴木の論考に戻ろう。

鈴木は「祖国」や「民族」についても、「与えられた悪」を「選ぶべき悪」へと転換するために用いたこの想像と密接に関わっているとみる。

私がかつて「否定の民族主義」と名づけたのも一面ではそのことを指しているのだ。もとより、罪を悔悟した少年が、獄中で徐々に民族意識に目ざめたなどという図式は、ことの本質から遠いと思われる。李は悪に徹するために、つまり否定的に朝鮮人であることを貫くために、ポジティヴな「祖国」や「民族」を必要としたにすぎない。

……李の短い生涯は、否定性を貫いて民族の連帯を見出すという彼独特の歩みと理解すべきではないだろうか。

「罪を悔悟した少年が、獄中で徐々に民族意識に目ざめたなどという図式」は「独房の少年は、殺されていた、自己を回生していく」と捉えた朴寿南の認識であろう。鈴木は二人の往復書簡を基礎資料のひとつとしながら、なぜ「李珍宇」は極刑を甘受したのか、との問いに対して、朴寿南とは別の解を導いている。「李は悪に徹するために、つまり否定的に朝鮮人であることを貫くために」「祖国」や「民族」のアイデンティティにこだわったのだ、と。

往復書簡に見られるように、「李珍宇」はポジティブな「祖国」を語るたびに「この話はこれでうちきり。頭が痛くなってきた」とつけ加えている。この苦悩を見逃してはならない、と鈴木はいう。なぜなら、「李珍宇」の主体とは「悪をなす主体」であり、「否定性を貫いて」同胞と連なることを意識しているからである。孤独な少年が自己の尊厳のうちに回生していくのなら、このような苦悩の壁にぶつかりはしないであろう。鈴木は「李珍宇」が朝鮮人を選択することは「悪」を選択する過程にしかなかったと捉えている。それ以外に「他者」となった「半日本人化した朝鮮人」の自分を救う道は想像できなかったと考察する。

この考察は、犯行の一歩手前に実存的な段階を見いだすことによって、「李珍宇」が「李珍宇」であることを証明する。しかし、それは犯行を踏みとどまれた可能性を指摘することにもなり、その上で自分を取り戻すためには不可避の行為であったと分析することで、犯行の責任を境遇ではなく「李珍宇」個人に投げる。「李珍宇」は犯行の責任を取ることで、「否定的に」朝鮮人へ回生するしかなかったと分析するのだ。

朴寿南と鈴木道彦との両洞察を比較しながら思うことは、小松川（女子学生殺人）事件に対して果たした二人の役割である。この事件が多くの知識人たちが指摘したように「李珍宇は民族差別裁判によってフレーム・アップされ、国家による合法手段によって命をとられたのである[61]」のなら、二人の役割を歴史的な出来事に擬《なぞら》えて理解したくなる。

キリスト教の教義によれば、イエス・キリストは人類の罪の身代わりに、ゴルゴダの丘で磔刑にあう。そのとき、聖母マリアは死んで十字架から下ろされたキリストを胸に抱き、その苦難を受け止めた。その光景をミケランジェロやティツィアーノ、ドラクロワらが大理石に彫ったり、絵画として描いたりした。美術の世界ではピエタと呼ばれている。また、聖人の一人であるパウロはキリストの言行の意義を世に問うために『新約聖書』をしるし、異邦人へ伝道するなどキリスト教発展の礎を築いた。

「李珍宇」の極刑に対して、朴寿南は聖母マリアのように「李珍宇」の苦難を受け止め癒やしたのではないか。一方で、鈴木道彦は「李珍宇」が否定性を貫かねばならなかった国民国家の問題を炙り出し、次世代の学生が集うゼミでその意義を問うたのではないか。二人の果たした役割をそのように理解したい。

第十三節 「幸福論」

寺山は先に取り挙げた創作的な自叙伝「消しゴム」(62)のなかの章段「ねずみの心は、ねずみいろ」で、次のように書いている。少し長くなるが引用する。


一九五八年の夏、私は風呂敷包み一つを持って病院を出た。

……とりあえず、仕事をさがさなければならない、と思い、その日のうちに名刺の酒場を訪ねてみることにした。むし暑い日だった。

目あての酒場は、山手線のガード沿いにあって、すぐわかった。

私が名乗ると、相手は「金さんから電話をもらってる」と言ってくれた。仕事は、電話番で、週三回(金、土、日)だけでよい、ということである。

……カウンターの下にテープレコーダーが一台あって、その会話を録音するようになっている。要するに、私の仕事は私設馬券屋(ノミ屋)のウケ番なのであった。

……しかし、私の心をもっとも強くとらえた事件は、一人の韓国人の少年が、小松川高校の女生徒を姦して絞殺した事件だった。犯人の李珍宇の孤立は、そのまま病院帰りの私のものであるようにさえ思われた。

私は、自分もまた李珍宇のように、遠い国からやって来た局外者のような疎外感を味わっていたのである。私の「遠い国」は、自分自身の腎臓の疾患のなかにあった。その意味では、私は人に逢うたび、「退院してきて、すみません」とあやまって歩かねばならないような、肩身のせまい思いをしていた。だが、ちょっとしたゆきがかりから、窮鼠は猫を噛む。飢えた私は、ほとんどやけっぱちで、すぐに喧嘩をはじめる鼠であった。

（傍線―筆者）

またしても、「金さん」といった、韓国人だか中国人だか判別がつかないアジア人の名前が出てくる。もう、限定する必要はないであろう。なぜなら、この文章で最も注目すべき名前は「李珍宇」であるのだから。

一九五八年の夏、寺山修司の心を強くとらえた事件は、「一人の韓国人の少年が、小松川高校の女生徒を姦して絞殺した事件だった」。この事件を知った寺山は「李珍宇」の孤立を自分自身の孤立と重ね、入院によって世間の時間の流れから取り残された感覚や、父を喪い母に去られた少年期、そして上京によってさらに強く感じた疎外感のことを書き留めた。エッセイ「逃亡一代キーストン」で描かれた政治逃亡する「李」のイメージも、寺山は「韓国人」と書いているが実はこの「李珍宇」がモデルだったのではないかと思えてくる。

寺山は「李珍宇」についてはあまり多くを書いていない。一九五八年は、寺山が二十二歳だったからかもしれない。その一方で、約十年後に連続ピストル射殺事件を起こし、逮捕当時、十九歳の未成年ながら死刑判決を受けた永山則夫については、永山本人と誌面上で論争をし、永山が『反―寺山修司論』[63]を書くまでに発展した。

ここで『反―寺山修司論』にも再録されている「連載　さらば、津軽2　永山則夫の犯罪」を取り上げ、寺山が永山則夫の犯罪をどのように見ていたかを確認しておこう。

自分の面倒を見てくれなかった母親に「死んだ人さ、手えついてあやまれっ」と怒鳴り、「手紙出しても、金はもとより返事さえも送られてこない」兄弟たちを殺そうと思い、そして「自分のようなルンペン・プロレタリアートを生み出した国家が犯人だ」とひらき直る永山には、つねに「私」という視点が欠落している。何一つ、「自分の選択」と見做さないのが永山の弁証法なのだ。

……まず、「何かが起こり、それからすべてはじまる」のである。私は私自身の原因である。この認識をもたぬ限り、永山はいつまでも、他人の不始末に原因をもとめつづけて、自分の無主体性を、正当性だと言いはろうとする。だが、「私は、私自身の原因である」と言い切れるものだけが、歴史的思考をあらたに生成する自由をもつのである。[64]

「つねに『私』という視点が欠落している」や「私は私自身の原因である」「自分の無主体性を、正当性だと言いはろうとする」などは、鈴木道彦が「李珍宇」の犯行を実存的な段階で分析した手腕と同様ではないだろうか。鈴木がそこにある種の意気地を見つけだし、「否定性」と名付けたそれを、寺山は「永山の弁証法」だと断言し、国家を犯人だとひらき直る永山の、私性からの逃亡だと批判する。後にこのような批判的な姿勢をもつに至った寺山は、では「小松川（女子学生殺人）事件」をどのように見たのか。永山のように国家を犯人だと告発しなかった「李珍宇」を、鈴木とは別のかたちで評価したのであろうか。自己の孤立感と重ねるだけではない、朴寿南や鈴木道彦などの洞察に匹敵するような見方を、寺山から抽出することはできないだろうか。

ひとつだけヒントがあるように思われる。先の野崎六助の著作[65]にも取り上げられている映画「絞死刑」[66]への評である。その映画評は『幸福論』[67]と名付けられた単行本に収められている。

「私たちは、一度処刑されて死ななかった人間―R―を創造した」と監督自身が語っているように、映画「絞死刑」は「小松川（女子学生殺人）事件」を題材に、死刑制度や民族問題、戦争責任等の国家の矛盾を黒いユーモアで描いた大島渚の一九六八年の代表作である。

寺山は「大島渚の『絞死刑』という映画のなかで、Rという犯罪少年が、ひどく滑稽に見えるのは、空想と現実との地平線を探しだそうとする、『醒めた眼』をもたなかったということである」と述べた後、Rの告白「ただ現実を想像に一致させたい。それが欲望といえば、欲望だったのかも知れません」を含む一連の台詞《せりふ》を引用してから、次のように批評した。

ここではRは、現実に想像の再現を強いようとしている。しかし、現実と想像とを一致させた瞬間に、彼のなかでそのいずれかが死んだのである。やがて起るべき現実の準備でしかなかった想像の世界の、何というみすぼらしさ！　それはRにとっては体験でも生活でもなく、ただの計画にすぎなかったという印象さえ与えるのではないだろうか。

寺山はRの想像は現実に従属しており、現実の延長でしかないと見ている。想像は現実の延長ではなく、現実を書き換えるものでないといけないと考えているからであろう。「ただの計画にすぎなかったという印象さえ与える」とはまさにそういうことで、「空想と現実との地平線」こそが想像の現実への従属関係を断ち切るものである。想像と現実とのあいだには二つを隣接させながらも境界があることを示す「地平線」が横たわっているのだ。鈴木道彦が「李珍宇」は小説を創作するなど、想像の世界に価値を置いたと指摘していたのを思い出しておいてもよい。寺山はさらに続ける。

Rの犯罪――いわば彼の「不幸論」は彼の想像が産み出したものだという考え方をつきつめてゆけば、なるほど彼の想像を歪めたのが朝鮮人を疎外している今日の社会状況だということになり、政治悪がRを操り人形的に殺人事件をひき起させたという論理も成り立つだろう。しかし、それではRはさまざまの時代感情を吹き抜けさせる煙突人間にすぎないのか？　Rをそれほど軽蔑しなければ、映画「絞死刑」の主題は成り立たないのか？

「彼の想像を歪めたのが朝鮮人を疎外している今日の社会状況だ」や「Rはさまざまの時代感情を吹き抜けさせる煙突人間にすぎないのか？」は、「李珍宇」が自問し、鈴木道彦が考察の基盤とするために引用した「一つは境遇はいかにして私に罪を犯させたか」といった視点であろう。しかし、この視点だけではRの実存の問題が消えてしまう。寺山も鈴木道彦も、この視点だけを深めても「私」の問題が見えてこないと論じた。「国家が犯人だ」という永山則夫を寺山が批判したのもこの視点においてである。もう一つの「私は境遇においていかにつとめたか」を問わなければ「自分の無主体性」に気付くことなどできないし、「現実に主体を喪失して『他者』となった自分」を救うことなど、さらにできない。

おお、想像力よ！　おまえはイヌであったのか！

それにしても、Rがここではじめて口にしている「幸福」とは一体何なのであろうか？　お菓子をたべ、いい洋服を着て、それら物質的充足が幸福だと思いこむのは、まさに「幸福論」の不在というものであろう。幸福論の不在がRを犯罪に追いつめて行ったという問題を、映画「絞死刑」はなぜ見落したのだろうか？

たとえばＲにとって、被害者の女学生は女性の性器としてしか扱われていないが、愛の問題はＲにはなかったのだろうか？　「おねえさん」を精神的なあこがれの対象として、被害者を性欲の対象としたＲからは、一度も愛の問題が出てこないが、愛することを知らなかったＲに、憎悪だけを与えようとしたのは、いわば大島渚の犯罪である。

Ｒには、「幸福論」を必要とする切実な孤独が巣くっていたはずではなかったか。

「幸福論の不在がＲを犯罪に追いつめて行ったという問題を、映画『絞死刑』はなぜ見落したのだろうか？」。ここが映画「絞死刑」において、寺山が一番に問題とした点であろう。その点を想像と関わらせて考えてみたい。映画「絞死刑」が見落とした「幸福論」の不在に向かって、映画制作者は本来なら想像を働かせなければならなかったということだ。

先に「李珍宇」がその境遇においてつとめたことが「考えられる限りの最大の悪」ならば、そこには何かが足りないと指摘した。鈴木道彦が想像したように「否定性」では、「幸福論」にならないのではないか。女性を「精神的なあこがれ」や「性欲の対象」とした「Ｒからは、一度も愛の問題が出てこないが、愛することを知らなかったＲに、憎悪だけを与えようとした」のが間違っていると、寺山は考えている。朴寿南や鈴木道彦の洞察を踏まえて、「選ぶべき悪」への転換ではない想像を、今、われわれも考えなければならない。

第十四節　〈隣人〉とは誰か

マッチ擦るつかのま海に霧ふかし身捨つるほどの祖国はありや

右記の一首をめぐって、考察をしてきた。一九五六年『短歌研究』四月号に初掲載されたあと、連作の改編、再掲載を繰り返し、教科書にも採用され、また短歌にまつわるいくつかの物語を抱えてこの一首は成長し、寺山修司の代表歌になっていった。

第一作品集『われに五月を』では「祖国喪失」の連作表題の横に、アラゴンの詩の一節「五月に死んだ友だちのため／これからはたゞ彼らのために」が引用された。第一歌集『空には本』では「祖国喪失」の連作表題の横に、武田泰淳の小説『風媒花』の本文をコラージュした一節「七月の蝿よりもおびただしく燃えてゆく破片。『中国！』と峯は気恥かしい片想ひで立ちすくんでゐた」が引用された。入院先から中野トクに送った葉書[68]にも、「『人間は耐えがたい苦痛の香気にふれて傲慢さを失う』とは混血の少年（風媒花）の言葉だけど、本当だね」と、『風媒花』の「混血の少年」の台詞を、原文とは微妙に違うが記憶して綴っている。その小説『風媒花』には「峯」を含めて三人の登場人物が集う場面がある。この場面で小説は閉じられる。今一度確認しておこう。

> 三人はほとんど同時に、その純物理的な明るさで燃え上る鶏頭の葉に、きわめて生理的な感動を以て、ほとばしる鮮血の色を認めた。蜜枝は桃代の血を、守は三田村の血を、峯は自分自身の血を、その紅の天然染料の上に妄想したのだ。『チョロちゃん！』と蜜枝は男の愛情を求めて、身もだえして叫びたかった。『革命！』と、守はひたすら念じた。
>
> 『中国！』と、峯は気恥しい片想いで立ちすくんでいた。だがその三つのせつない願いから、三人は共に、いまだ遠い距離に在った。

「蜜枝」「守」「峯」の三人は、燃え上がるひとつの炎を見つめて、それぞれ異なった夢を見ている。ひとつの炎を見つめているが、お互いの距離はいまだ遠い。

エッセイ「逃亡一代キーストン」の韓国人の「李」は「政治逃亡」し、創作的自叙伝「消しゴム」の「中国人」は一緒に横浜港へ行きながらも、深い霧のなかで「いつまでも黙って『べつべつの海』を見ていた」。治りたがらない「隣ベッドの陳氏」は同室の自殺した子のことで意気銷沈している。

そして、生死をさまよった病気で入院していた寺山修司が社会へ復帰したとき、心に最も強く残った人物は、社会に復帰できなかった在日朝鮮人の「李珍宇」であった。

さて、「マッチ擦る―」の一首だが、マッチを擦ると、その小さな炎の先には深い霧がたちこめていることがわかる。しかし、霧を前にして立っているのは以上見てきたことからわかるとおり、一人ではなかったのだ。短歌上の〈私〉の隣には、世の中から疎外された人がいたのである[69]。短歌上の〈私〉は深い霧が自らの行く先を遮っていることには気付いたのだが、自らの隣に疎外された人がいたことには気付いていなかった。なぜ、われわれは「身捨つるほどの祖国はありや」の「祖国」の前に隠れている言葉を〈我が〉だと思ってこの一首を読んでいたのだろう。なぜ、「祖国」の前に隠れている言葉を〈君の〉と想像することができなかったのだろう。疎外された〈隣人〉へ、なぜ、想像を働かせることができなかったのだろうか。寺山修司の代表歌をそのように読むことに支障はないように思う。そして、そのように読むとき、閉塞的な「現実」を超える「想像」の力を得ることができると考える。仮に「李珍宇」が、犯行の一歩手前の実存的な段階で、疎外された〈隣人〉が自分以外にもいると想像できたのなら、また、自らの隣に愛さずにはいられない人がいると想像できたのなら、果たして犯行に踏み切ったかどうか。「Rからは、一度も愛の問題が出てこないが、愛することを知らなかったR」「Rには、『幸福論』を必要とする切実な孤独が巣くっていたはずではなかったか」と寺山が問うとき、〈隣人〉への愛こそが「想像」の答えであるといいたい。

注

（1）二〇一二〜二〇一四年に文部科学省の検定を受けている教科書を対象とする。

（2）『国語総合』（教育出版）、『探究国語総合　現代文・表現編』（桐原書店）、『精選国語総合』『現代文A』『現代文B』（大修館書店）、『国語総合　現代文編』『精選国語総合』（三省堂）、『国語総合』『国語総合　現代文編』（数研出版）、『標準現代文B』（第一学習社）、『精選国語総合』『国語総合　現代文編』（東京書籍）、『精選国語総合　現代文編』（明治書院）。

（3）掲載されている俳人は、水原秋桜子、大野林火、山口誓子、石田波郷、津田清子、高柳重信、堀葦男の七名。

（4）第四分冊Ⅱ部②（桐原書店　二〇〇八）

（5）教育学部国文学科の同級生、当時、寺山とは往復書簡を交わす間柄。寺山脚本の映画「夕陽に赤い俺の顔」（監督・篠田正浩、一九六一）、「わが恋の旅路」（監督・篠田正浩、一九六一）では、山田が助監督を務めている。

（6）「言葉使いの劇場〈寺山修司〉という演劇を読む」（『現代詩手帖』臨時増刊　思潮社　一九八三・十一）

（7）代表作に「お葬式」（一九八四）、「タンポポ」（一九八五）、「マルサの女」（一九八七）、「あげまん」（一九九〇）、「ミンボーの女」（一九九二）、「静かな生活」（一九九五）などがある。「お葬式」の配給は、前衛的な映画を提供してきたATG（日本アート・シアター・ギルド）によるが、寺山の遺作「さらば箱舟」の次にATGの配給で上映された作品が「お葬式」である。伊丹十三が俳優として出演した作品は、演劇「中国の不思議な役人」（西武劇場　一九七七）とその再演、映画「草迷宮」（一九八三）である。

（8）当時、大手の映画会社が、監督や俳優に関して専属制の協定を結んでいたために（五社協定、その後、日活も参加）、各社は、独自に専属の新人スターを発掘しなければならなかった。日活は、石原慎太郎原作の「太陽の季節」（一九五六）で、原作者の弟である石原裕次郎が、脇役ながら注目されるのをきっかけに、小林旭、浅丘ルリ子、赤木圭一郎、二谷英明、岡田真澄、和田浩治など、次々とニューフェイスを見いだし、低予算で若者向けのアクション映画を中心に制作するようになる。石原、小林、赤木、和田の四人は、日活ダイヤモンドラインと呼ばれた。

（9）寺山を脚本に迎えての監督作品に「乾いた湖」（一九六〇）、「夕陽に赤い俺の顔」（一九六一）、「わが恋の旅路」（一九六一）、「涙を、獅子のたて髪に」（一九六二）、「無頼漢」（一九七〇）などがある。

（10）篠田正浩「寺山修司論」（『現代短歌大系』第九巻　三一書房　一九七三・一）

（11）一九五六年の企画。第二回が一九五七年の岡井隆と思想家の吉本隆明との「定型論争」、第三回が一九五八年の寺山修司と詩人の嶋岡晨との「様式論争」。

（12）大岡信『折々のうた』（岩波書店　一九八〇・五）。一九七九年一月二十五日から、「朝日新聞」朝刊に連載された分が掲載されている。

（13）「寺山がいつ不治の難病といわれたネフローゼとなり、大久保の中央病院にいつ入院したのか、病室のたたずまいはまだ目に残っているが退院の日時も覚えがない。もう助からぬといわれ、顔はむくみ腹はふくれるだけふくらんだ〝不完全な死体〟を見ていると、なんとしてでも生きているうちに、このきらめく才能を一巻に結晶させ、手に持たせてやりたかった」（「毎日新聞」一九八五・四・十二）

（14）「冬鵙の叫喚はげし椅子さむく故郷喪失していしわれに」（『猟銃音』）→「冬鵙の叫喚はげし椅子さむく故郷喪失していしわれに」（『祖国喪失』）。「青空におのれ奪いてひびきくる猟銃音も愛に渇くや」（『猟銃音』）→「青空におのれ奪いてひびきたる猟銃音も愛に渇くや」（『祖国喪失』）とあり、校正程度の修正があるのみである。

（15）小池光「短歌を考える⑦―寺山修司のトリック1―」（『短歌研究』二〇〇七・十）

(16)『増補改訂　新潮日本文学辞典』（新潮社　一九八八・一）

(17) 注15に同じ。

(18) 注15に同じ。

(19) 巌谷國士『シュルレアリスムとは何か』（ちくま学芸文庫　二〇〇二・三）

(20) 注19同書。「シュルレアリスムにかなり直線的に影響をあたえているアルチュール・ランボー（略）の有名な『見者の手紙』のひとつにこういうことが書かれていますね。『ジュ・パンス（Je pense=私は考える）』というのはまちがいだと。つまり、デカルトの『コギト（われ思う）』はウソで、本当は『オン・ム・パンス（On me pense）』なのだという。私が考えているのではなくて、『だれかが私を考えている』あるいは『だれかが私に考えている』『だれかが私において考えている』なのだと」（巌谷國士）

(21) 嶋岡晨『愛と抵抗の詩人たち―アラゴンとエリュアールの道―』（第三文明社　一九七三・四）

(22)『現代フランス詩人集（1）』（書肆ユリイカ　一九五五・十二）には、橋本一明訳の「詩法」が載っている。寺山の引用した表現とまったく同一なので、おそらくここから引用したと思われる。発行年月を考えても寺山の蔵書にあったのではないだろうか。

(23)「昭和二〇年～二二年（『昭和萬葉集』」第七巻　講談社　一九七九年）

いのち生きて祖国に還る船に見し星条旗はためく沖縄の島　伊藤静思

朝雲に抱かれて見ゆかぎろひの波間にゆれてわが祖国見ゆ　中津賢吉

「昭和二三年～二四年（『昭和萬葉集』」第八巻　講談社　一九七九年）

祖国帰還知らせる声に作業やめ一散に駈ける麓めざして　岡本荘平

背に幼児炊事道具は胸にさげ祖国の土に夢かと立てり　松田末子

（小菅麻起子）

(24) 小菅麻起子「寺山修司第一作品集『われに五月を』の構成」（『寺山修司研究2』文化書房博文社　二〇〇八・

九）。小菅は歌集『空には本』から「祖国」への懐疑を示す短歌を「マッチ擦る―」一首を含めて三首あげている。他の二首は以下の通り。〈かなかな（ママ）の空の祖国のため死にし友継ぐべしやわれらの明日は〉〈地下室の樽に煙草をこすり消し祖国の歌も信じがたかり〉。

(25) 注12同書。

(26) 堂本正樹「寺山修司論序説―万引騎手流離譚―」（『芸能』芸能発行所　一九八三・六）

(27) 注26に同じ。「（ペニシリン的とは、今もって意味不明。あるいは、常人には副作用がないが、アレルギーの人はショック死するという意味か）」と記している。

(28) 注15に同じ。

(29) 『赤と黒』の物語は、ジュリアン・ソレルが殺人未遂の咎《とが》で斬首の刑に処されるところで終わるが、その瞬間に想起されるヴェルジーの森での思い出、その鮮明なイメージとともに、もしかしたら呟いたかもしれない言葉として、寺山が創作したのではないかと、小池はみている。また、小説の構成が第一部の三十章と第二部の四十五章とからなるが、ほとんどの章段で小題と先行の文学作品からの引用文とが付されているのに、最後のジュリアン・ソレル入獄以降は、なぜだか引用等がない。その欠損を寺山は自分で埋めてみようと思ったのではないかと、推定している。小池の推定が意味しているのは、寺山の改編が「主体」の好きなように切り貼りしたものではないということであろう。

(30) 栗原裕一郎『〈盗作〉の文学史―市場・メディア・著作権―』（新曜社　二〇〇八・六）

(31) 『剽窃・模倣・オリジナリティ―日本文学の想像力を問う』（第二十七回国際日本文学研究集会会議録　二〇〇四）

(32) 「第一節　国語教科書への掲載」参照。

(33) 注4に同じ。

(34) 荒川洋治「思われる歌」（『季刊銀花』二〇〇九・三）、のち荒川洋治『文学の門』（みすず書房　二〇〇九・

十二）所収。

(35) 吉本隆明『定本　言語にとって美とは何かⅠ』（角川選書　一九九〇・八）。最初の単行本は（勁草書房　一九六五年）

(36) 注15に同じ。

(37) 堂本正樹「胞詩訛伝—寺山修司の芸能伝承」（『現代詩手帖』臨時増刊　思潮社　一九八三・十一）

(38) 例えば、歌人の今西幹一は、石川啄木の「マチ擦れば／二尺ばかりの明るさの／中をよぎれる白き蛾のあり」（『一握の砂』東雲堂書店　一九一〇・十二）を挙げているし（「岸上大作『意志表示』論ノート—〈壁〉について—」『山梨英和短期大学紀要』一九八八・一）、久松健一は、田中冬二の詩「幻の艦隊」の最後の二行「一本のマッチを擦れば／海峡は目瞼の間に迫る」や斎藤茂吉の「あなあはれ寂しき人ゐ浅草のくらき小路にマッチ擦りたり」（『あらたま』）を挙げ、その共鳴関係を考察している（「原稿の下に隠されしもの」『明治大学教養論集』二〇〇九・三）。この中で最も古いのは、石川啄木の一首である。寺山が昭和の石川啄木になると憧れていた経緯を考えると、啄木の影響は多分にあったであろう。さらに、『岩波現代短歌辞典』の「マッチ【燐寸】」の項を引くと、寺山修司、斎藤茂吉の他に、宮柊二の「孤《ひとり》して椅子に倚るとき厨《くりや》べに妻がいく度《ど》も燐寸擦る音」と、寺山を明らかに意識して作歌された岸上大作の「意志表示せまり声なきこえを背にただ掌の中にマッチ擦るのみ」とを並べて解説している「現代は、生活様式の変化や安価なライターの出現もあり、数は減少し、タバコ用の広告マッチがほとんどになったが、マッチはひとつの情景や場面をよりドラマティックにもりあげる道具として多く詠まれている」（原陽子）とある。そうであるなら、寒い冬の夜空のもと、マッチの小さな火に心をあたためる夢を見たアンデルセンの童話『マッチ売りの少女』の影響がなかったとはいいきれない。

(39) 『岩波現代短歌辞典』（岩波書店　一九九九・十二）の「寺山修司」の項には、「発表当初は、模倣、剽窃という批判も浴びたが、現代俳句のコラージュだけにとどまらない寺山独自の世界が展開されることはあきらかであり、むしろ現在は、こうしたコラージュあるいは本歌《ほんか》取《ど》りの方法からどのような作意を読み取れるかということに読者の関心は大きく傾いている」（荻原裕幸）とある。

(40) 下村光男「ツルゲエネフをはじめて読みき」（『短歌』「特集・寺山修司の世界」角川書店　一九八八・十二）

(41) 寺山修司『競馬への望郷』（新書館　一九七六・十）所収。

(42) 引用の続きは次のようである。「だから昭和四十二年十二月十七日、阪神競馬場の三千メートルのレース、四コーナーを曲がったところでキーストンがもんどりうって倒れたとき、私の頭のなかには一瞬にして李のことがひらめいた。それははるか朝鮮海峡のかなたの空に響いた、一発の拳銃の音のこだまであった。キーストンはそのまま倒れ、私の親友の李は、プッツリと消息を絶った」（「逃亡一代キーストン」）。

(43) 寺山修司『黄金時代』（九藝出版　一九七八・七）所収。

(44) カードの裏に楊枝の先でしるしをつけておく、いかさまのやり方。

(45) 注12同書。

(46) 『寺山修司著作集　全五巻』（クインテッセンス出版　二〇〇九・五）

(47) 『私という謎―寺山修司エッセイ集』（講談社文芸文庫　二〇〇二・二）

(48) 『新文芸読本　寺山修司』（河出書房新社　一九九三・五）所収の「ブック・ガイド」での紹介文。

(49) 『寺山修司全詩歌句』（思潮社　一九八六・五）所収。

(50) 九條今日子監修、小菅麻起子編『寺山修司　青春書簡―恩師・中野トクへの75通』（二玄社　二〇〇五・十一）に収められている入院期間中の書簡に外国籍の友人についての記述はない。

(51) 山田太一編『寺山修司からの手紙』（岩波書店　二〇一五・九）「寺山から山田へ10　昭和三〇年一二月一〇？日」に「秋深し隣は何をする人ぞ／笑わせやがる。韓人が腎炎で、やっぱりオシッコを貯めています」とある。

(52) 高取英『寺山修司論―創造の魔神―』（思潮社　一九九二・七）

(53) 事件は一九五八年に起こっている。

(54) 野崎六助『李珍宇ノオト―死刑にされた在日朝鮮人―』(三一書房 一九九四・四)
(55) 築山俊昭『無実!李珍宇―小松川事件と賄婦殺し―』(三一書房 一九八二・八)
(56) 朴寿南には三種の刊行本がある。『罪と死と愛と』(三一書房 一九六三・五)、『李珍宇全書簡集』(新人物往来社 一九七九・一二)、『新版 罪と死と愛と』(三一新書 一九八四・七)
(57) 朴寿南『新版 罪と死と愛と』(三一新書 一九六三・五)
(58) 注57同書「新版のためのあとがき」
(59) 鈴木道彦『越境の時―一九六〇年代と在日』(集英社新書 二〇〇七・四)
(60) 鈴木道彦「特集『李珍宇の復権』在日朝鮮人問題の内面化のために」(『バタアル』創刊号 一橋大学 一九六六)
(61) 注54に同じ。
(62) 注43に同じ。
(63) 永山則夫『反-寺山修司論』(JCA 一九七七・十二)
(64) 寺山修司「連載 さらば津軽2 永山則夫の犯罪」(『現代の眼』一九七六・十二)
(65) 注54に同じ。
(66) 監督・大島渚、製作プロ・創造社、ATG、出演・佐藤慶、渡辺文雄、小山明子他 一九六八年二月三日公開。
(67) 寺山修司『幸福論』(筑摩書房 一九六九・十二)
(68) 昭和三十一年一月二十七日の消印。注50同書。
(69) 例えば、NODA・MAPの舞台「エッグ」(作・演出 野田秀樹、音楽・椎名林檎、出演・妻夫木聡、深津絵里、仲村トオル他、東京芸術劇場プレイハウス 二〇一二・九・五~十・二十八)は、「改修中の劇場の大きな梁に貼り付いていた寺山修司の未完の遺作原稿『エッグ』が発見され、その戯曲を芸術監督(野田秀樹)が自分で書き換えながら上演する、というメタ・シアター構造の中で進行していく。もとより寺山に『エッグ』という作品はなく、これは野田独特の虚構だが、いかにも寺山が喜びそうな大衆操作の政治的な罠の物語がスポーツの比喩を借りて展開し、やがて痛ましい戦争の負の歴史が問い直されることになる」（守安敏久）。この作品の最後に「マッチ擦る」一首が朗詠され、国家の問題が問い直されるのだが、舞台空間に「祖国はありや」との声が響き渡るとき、歴史上に一時存在し消えた、日本の傀儡国家であり隣国だった「満州国」がイメージされてくる。この「満州国」のイメージは「満州国」の運命を彷彿させるようにして、言葉の存在喚起力とともに立ち現れ、声の響きとともに消えていくのである。

野田秀樹と寺山修司との関係性は別の章段で論じることになるが、野田は寺山修司の短歌から、疎外された者たちの物語を紡ぎ出し、創作したといえるのではないだろうか。

第二章　演劇への入口　―詩劇グループ「鳥」の詩精神―

第一節　即物的な表現形式

『寺山修司の宇宙』(1)は、哲学者の市川浩と文芸評論家の三浦雅士の対談、演劇実験室「天井桟敷」の美術監督をしていた小竹信節《のぶたか》を交えての鼎談で編まれている。読んでいくと、演劇実験室「天井桟敷」の即物的な表現形式を論じる条《くだり》が随所に出てくる。例えば、「キャッチボールを舞台の上で実際にさせることによって対話を表現するというようなことです。その場合、ボールを取り上げちゃうことが言葉を奪うことであるとか」「自己意識というとすぐ鏡を持ってきて、『自分の映らない鏡はいらんかね』とか、ああいうことは、普通だったら恥ずかしくてできないですよ」というもの。また「お母さんのことを言う場合にも、団扇か何かに『母』と書いてあったり」「カタツムリとかリョウツムリとかは言葉遊びでしょう。言葉遊び自体を視覚化しちゃおうという幼児的というか野蛮なところが、寺山さんにはすごくあったんですよね」など。

これら一連の発言は三浦によるものだが、受ける市川は、「同一の物でもそれを巨大化すると異様になるし、現実の物とのずれによってメタ性が出てくる」と、ロシア・フォルマリスムの称える「異化作用」を視野に入れたような返答で話題を進展させる。

市川によれば、形而上学のメタとは、アリストテレスの講義録を編集した時に哲学的な部分が自然学（physica）の部分のあとに（meta）おかれたということから、もともとは横へずれることであったらしい。それがなぜ上になったかといえば、上のイメージを必要とする神学をつくるのに哲学を利用したからだというのが市川の説。そして、寺山の想像力の特徴として横へのずれがあると指摘する。この表現のいわんとするところには把握しづらい点もあるが、市川の「相対的な条件を絶対にするから、おかしくなる」や、超越によって「みんな鳥瞰できると思ったわけね」という三浦の言葉で押さえておくのがよいと思う。三浦はこの横ずれを修辞的に捉え直し、「メトニミーがじつは横ずれなんだと、メタファーは縦ずれなんだっていうところあるんじゃないんですか」と述べる。

三浦の言説は佐藤信夫の仕事[2]などに照らして考えれば、「隣接性」を特徴とするメトニミー（換喩）と「類似性」を特徴とするメタファー（隠喩）を踏まえての発想であり、言語の側面と失語症の型との関係を分析したR・ヤコブソンの、メトニミーと「連辞」、メタファーと「範列」という言語の働きを論じたもの[3]が背景にあるだろうし、それを発展させたJ・ラカンの、夢の作業における「置き換え」と「圧縮」[4]を読者に想起させる。

そのあと、二人の対話はシミリー（直喩）の語が出てくるところで、錯綜しながら微妙な対立を示し始める。あとがきで三浦が書いているように、五つに分かれた章段の、この話題の中心である「言葉と肉体」の章は同書のために企画されたもので「一読して明らかなように読者をほとんど念頭に置いていない。思いの走るままに話し込んだ記録というほかかない。私語の記録」であって、三つの語が整序立っては論じられない。

ただ、横ずれの想像力にこだわる市川がメトニミーを語り、「発生的に言えば、やっぱりメトニミーが最初かもしれないね」というと、三浦はすかさず「最初はメタファーなんだよ」と異議を呈する。三浦はシミリーというのはかなりな高度化、抽象化であって、メタファーのほうが原初的な名残をもっているのではと問い、続けて次のような注目すべき発言をする。

たとえば「花のようなAさん」って言った場合には、シミリーだけど、その前の段階は「花のAさん」って言っていたと思うんです。「Aさんは花だ」つまり、それは何かわかんないけどどこか似ているからなんですよ。たとえば、牡丹とか何か花を見ていた時に思ったのと、その人と会った時のイメージが同じだから、それを一緒にしちゃうと。それはメタファーなのよね。そのあとで、はっきりとこれはAさんのことを形容しているっていうふうな意識があって、それで「花のような」とか、たとえば「Aさんは何とか」っていうふうに言う世界ですよ。僕は、そっちのほうがあとになって成立したと思うんですよ。

詩的にはメタファーの方がより洗練されたレトリックに思われるが、あえてシミリーの過程に高度な抽象化を見る三浦は、先に、寺山の言葉の安易な視覚化を幼児的で野蛮だと指摘しながら、それを自身で捉えなおす思考を示し始めているように思う。三浦の内的な感受性の処理の変化に、寺山の、言葉の「実体化」の奥行きが炙り出されているのではないか。市川のメトニミーへのこだわりは世界を鳥瞰する視点、その超越の仕方を否定する寺山の物語形式に焦点を合わせた理解にとどめるべきであろう。同時多発的な市街劇[5]や観客として舞台を観ることに安住できない劇[6]、暗転（暗闇）を劇の中心に据えてマッチの灯り分だけ覗き見る劇[7]などを思い起こしてもよい。

三浦はさらに、「たとえば、『幸福』なら『幸福』でもいいよ。つまり、抽象概念を人間にしちゃうわけですよ」「『あ、事故が走って来ました』って言うと実際に事故というかたちのものが走ってくるわけですよ」「それに関して意識的になった場合にはじめて直喩が成立するわけね」と発言する。これに沿うようにして市川は「どっちかって言うと理性的な感じがする。だけど、現実にたとえば寺山が使っているシミリーを見た場合ね、ものすごく実体化しちゃうわけですよ。現実の物みたいに」と直喩に対しては共通認識を示す。

ここで、他の直喩に対する説明を見ておこう。野内良三は、直喩は二つのカテゴリーをパラレルな関係にとどめるが、隠喩は重ね合わせることであるという。「隠喩は主意と媒体の同定を提案する。同意を求める隠喩は基本的に説明ではなく、主張であり説得である」のだ。主意とは「喩えられるもの」のことで、媒体とは「喩えるもの」のことである。隠喩は類似性の根拠を隠すことにより、読者の想像力や知性に訴えかける。だから、根拠―指標を明示しないのはひとつの戦略である。そして、M・ブラックが指摘した「含意」に触れて、隠喩と直喩を分かつのは、この「含意」の有無にあると規定する。隠喩が媒体のもつ「ワンセットの連想された含意」を主意に投影するのに比し、「文字どおりの比較（＝直喩―筆者注）には雰囲気と暗示性が欠けている」。隠喩にとって根拠―指標の欠如が本質的な条件ならば、直喩はその逆で、意識的な根拠―指標の指示ということになるのだろう。これが隠喩の主張に対して、説明的と言われる所以《ゆえん》である。(8)

右の解説に沿えば、三浦と市川にとってシミリー（直喩）とは、根拠―指標を受け手に示すという意識的な行為であり、寺山が演劇空間において行うどこか稚拙な「実体化」は、主意と媒体のパラレルな距離感を観客に説明してしまう舞台表現であると、二人は感受していることになろう。だが、これが日常世界の現実味《リアリティ》を穿つ、モノそのものがもつ異形である種グロテスクな実在性《リアル》であることもきちんと理解しての発言だろう。(9)

第二節　演劇への志向

では、俳句や短歌を創作していた寺山が演劇を志向する過程を、三浦はどのように眺めていたのであろうか。

寺山にまつわる問題のひとつに剽窃・模倣問題がある。(10) 演劇実験室「天井桟敷」の初公演「青森県のせむし男」からのメンバーで制作・照明を担当し、マネージャーも兼ねた田中未知は「私は最近刊行された寺山修司の評伝、長尾三郎『虚構地獄　寺山修司』、田澤拓也『虚人　寺山修司伝』、杉山正樹『寺山修司・遊戯の人』などに対する苛立ちを書かずにはいられない。著者たちは同じように、半世紀を経た現在においてさえも石を投げ、寺山修司を傷つけ壊そうとしているとしか思えないからである」と、反復される問題の指摘に不満を漏らす。田中は「コラージュ」「コラージュ＝結婚せずに一緒に暮らしている男と女の置かれた立場（ジャック・プレベール）」を引用し、寺山の方法が「コラージュとしての共生」であることを強調する。「一語の些細な置き換えが、突然、思いがけない思想や感情をかたちづくって、少年時代の寺山の目を見張らせたことは想像にかたくない」。また、子供に世界旅行をしてこいといったところで、世界は広すぎてかえって自由にならない。あてのない自由の処理として、寺山は定型に身をまかせた。十代の寺山が俳句や短歌の「定型の枷に自由を感受」していたことを、田中は確認するのだ[11]。

剽窃・模倣問題を肯定的に意味づけようとするとき、必ずといってよいほどに出てくる形式が、この「コラージュ」である。それが内容を伴ってあらわれるときに「虚構の〈私〉」となる。象徴的に引用される詩には、例えば「わたしのイソップ」がある。

肖像画に
まちがって髭を描いてしまったので
仕方なく髭を生やすことにした[12]

〈私〉とは言語による仮構のことであるという認識。市川浩は「寺山修司にとって〈私〉が反省によってとらえられる〈内面の私〉でなかったことはいうまでもない」といい、「在った私とありうる私という二つの仮構のあいだにかけられた運動であるかぎり、直接性としての〈私〉はたえず虚構化され、かぎりなく複数化してゆく」と指摘する。[13] 田中未知は、市川の言葉を踏まえて、寺山に通底する問題意識を「私とは私をさがすこと」であると端的に述べるが、[14] 筆者は「私とは〈他人の言葉によって〉、私をさがすこと」であると、この言葉を解釈したい。

『寺山修司　鏡の中の言葉』[15]で、三浦雅士もこの「虚構の〈私〉」を追究している。「人は何でも書くことができる」が「それは思うようにではない」[16]わけで、そののち、書かれたものに、それを書いたものは支配されるようになる。寺山はよく自分の生い立ちを主題とした。母の不在を嘆かんために、生存している母を作品内で殺すなど、それは自己を虚構化していく言葉で埋められた。三浦にいわせれば「寺山が真に関心を持ったのは、この『生い立ち』そのものではなかった。自分と幻の作者との関係、すなわち、自分と自分自身との関係にほかならなかった」のである。「エッシャーの絵やメビウスの帯にも似た奇妙な空間」こそが、寺山の興味の対象であった。そして、世界がこの空間にほかならないことを示すための演劇だったのである。

> 寺山修司が詩から演劇へと移行する必然性はそこにあったといってよい。……寺山修司は、自分自身という謎を暴く過程で、この忘れられ隠蔽されていた事実をも暴いたのである。すなわち、演劇が危険な芸術であることを再び明らかにしてみせた。自分も社会も国家も、一瞬のうちに瓦解するほどに脆い虚構であることを、演劇を通じて明らかにしてみせたのである。[17]

首肯できる論の展開であるが、この「虚構の〈私〉」を早い段階で「〈私〉の不在」として批判した嶋岡晨の「空間への執着」[18]（以下、「嶋岡A」）があることも注意しておかなければならない。のちに〈様式論争〉と呼ばれる前衛短歌論争の、最初の論考である。三浦も「嶋岡晨の寺山修司批判が〈私〉の不在を突いたものであることはよく知られている」[19]との認識を示している。

第三節　嶋岡晨との「様式論争」

まずは論争の流れを整理しておこう。

一九五八年の『短歌研究』六月号に、寺山修司の「翼ある種子―四十八首」が掲載される。翌七月号には特集「作品を解く二つの鍵」が組まれ、上半期の問題作をめぐって、それぞれに二人の論者が批評を書いている。「翼ある種子」には嶋岡晨と舟知恵があたっており、これが先に挙げた論考である。批判を受けた寺山は八月号で「様式の遊戯性―主として嶋岡晨に」（以下「寺山A」）で反論する。九月号で嶋岡は「「楽しい玩具」への疑問―寺山修司へのコレスポンダンス」（以下「嶋岡B」）を書き、十月号において寺山が「鳥は生れようとして―嶋岡晨を含む数千人に」（以下「寺山B」）で応えるところで一応の終局を迎えている。『篠弘歌論集』[20]も参照しながら、その核心部分を見ていくことにする。詩人の嶋岡は、短歌界の次世代のエース候補を次のように批判する。

その傾向（私小説性の否定―筆者注）はおおよそ感じとれるが、多様な状況の設定のなかに選ばれた〝われ〟なるものが、フィクションの機能のもとにどれだけ真実の自我を生かしているかは疑問に思われる。（嶋岡A）

そして、「ムード的な自我」「モルモット的『私』」という表現で寺山の〝われ〟を捉え、そこには「古い形式を内部から壊して立ち現れる」はずの「新しいポエジイ」はなく、「こまぎれの『型』にとじこめられ」た生の諸相が浮かぶばかり。寺山は「短歌の形式に救われ得るポエジイの所有者」にすぎないと分析する。アイデアの多くも、飯島耕一や関根弘や谷川俊太郎ら詩人たちの労作からの「しゃれたヒョーセツ」まがいと思われるものだけ。感覚的な表現の新鮮さはあっても「強靭な批判精神はもとめられない」といい切った。

これに対して寺山は「遊戯性」を挙げてくる。幼い頃に誰もがした「ごっこ遊び」から発想された視点である。寺山の世代は戦争が終わって気がつくと、すべては自由であり、あてのない自由をもてあましたと感じた。それには方法をもって対処するしかなく、以前は「このあてのない自由の処理として、定型に身をまかせることによつて一つの規律を獲得し、その規律のなかゝら自由の意味をたしかめようと思つた」ようだが、それは誤りで、本当は「自由の退屈さが遊戯を思いついた」と告げる。「短歌とは遊戯」であって、遊戯こそが不条理を克服するための得策であると考えたのだ。

やむにやまれぬ感動や、追いつめた自我などうたうには、実は短歌という様式第一のジャンルは不適格なのだ。（寺山A）

このように宣言して、作歌の動機を「人間の劇的性格」であると規定する。先の「ごっこ遊び」を思い起こすと理解しやすい。寺山によれば「人間の劇的性格」とは、感動を定型にまとめるときに不可避的に生じる「造化」の意識のことであり、「スタイリスト意識」のようなものである。「ごっこ遊び」のなかで子供はお母さんや王様などになるために健気にも工夫を凝らすが、その役作りのときに行う意識的なアプローチのことだと考えてよいだろう。三浦雅士もこの点を「寺山修司は、短歌は演出と台詞《せりふ》の二つの要素から成り立っていると述べているのである」(21)とわかりやすくいい換えている。

> つまり人間の劇的性格こそ作歌の動機であり、「私」的なものの掘りさげから普遍的な「個」を生みだそうとする現代詩人とは二律背反であることを何よりも人は知るべきなのだ。（寺山A）

寺山にとっての「劇的」とは内的な高揚である激情や、ドラマティックな物語の展開のことではなくて、演出という作為であり、感動の再構築のことであった。

しかし、嶋岡はこの「劇的性格」の主張に異議を挟む。作歌の動機を人間の「劇的性格」に求めるとするならば、「詩劇を志す有能な詩人たち」にもあるし、視野を広くすればあらゆる芸術に妥当するわけで、創作行為に限っていえば「アンチ・ノミーはない筈で、まつたく何をバカなことをいつているのかといいたくなるくらいです。いつたい何をもつて短歌専売の劇的性格というのでしよう」と辛辣《しんらつ》な言葉でたしなめる。そして、「究極においてすべての芸術は『型』です」と切り返したあと、創り手にとって「型」は「発見するものであつて与えられるものではない」と主張する。寺山の「遊戯性」は、詩が散文の一部になりつつあると批判された「詩全体の大きな危機」からの逃避であり、「強靭な客観的精神」を放棄して「たのしい玩具」を弄ぶ装飾のことだと見据えた。

> ぼくのいう「自我」は決して単なる「私」ではなく「私」を創造する根底にあるもの、「私を変革する私」、一つの世界観であるということです。（嶋岡B）

「私を変革する私」、このいい方は、後年、嶋岡が繰り返す現代詩の理想、使命を表した言葉を類推させる。『詩とは何か』で、詩と詩論の史的評価を検証したあとに次のように語っている。

〈詩〉が、ほんらい〈非詩〉の挑戦によって新しい世界、未知の世界をきり開いてきたもの、既成価値をくつがえしてきたもの、とするなら、その史的把握の仕方もまた、変わって当然なのだ。[22]

寺山の最後の論考は、嶋岡との対立点をずらすかのように書かれており、持論を再説することで主張を強調することに終始している。

「私」と「変革する私」の関係は、この〈詩〉と〈非詩〉の関係と同じである。この〈非詩〉の越境行為こそが嶋岡の内に通底する「ポエジイ」であると断言できよう。

先の嶋岡の論考を読んだ能・歌舞伎評論家の堂本正樹から「とうとう君はポエジイがないことにされたな」と笑いながらいわれたことを引きながら、寺山は、自分は個人の自我やポエジイの問題からはなれて「様式の遊戯性について書きたかつたことを（嶋岡は―筆者注）まだ気づいていないのだろうか」と疑問を呈する。そして、短歌とはあくまでも「五七五七七という様式であり、それ以外の何ものでもない」ことを再確認する。それでは、寺山にとって様式とはいったい何か。

様式とは先にもウエイドレーを引いたが、決して個人としての天才が発見したパタンとか多数の合成的な努力ではなく、「深いひとつの共同性、諸々の魂のある永続なひとつの同胞性の外面的な現れ」である。ながい歴史がここに五・七・五・七・七という精神の同胞性の外面形態を遺産として伝承して来たことが問題であり、日本人の感受性の最大公約数のなかに、否定しようとしても消しがたい言葉の様式としての定型が在ることを誰が認めずにいられよう。（寺山B）

こう指摘したあと、現代の詩壇へ、芸術状況へと矛先を向ける。寺山にいわせれば「現代は様式喪失の時代」なのであり、人は破壊の中に秩序をといいながらも「その実、ありのままあることの安易さの中でのみ詩作」しているではないか。「遊戯性」とは「様式そのものの中にある劇的なものへのあこがれ、『決定的瞬間』へのあこがれ自体」である。優れた生き方はすべて遊戯的であって、恋愛も復讐も自殺も「その意識的操作の底に『遊戯性』が流れている」ことを嶋岡はわかっていないと熱くなる。その上で、寺山修司の資性と考えられるような言葉での告白がある。

人は誰も自然に生き、ありのまま生きることには堪えきれない。（寺山B）

これこそが動機なのではないかと筆者には思える。この動機に突き動かされた寺山は、これは今の議論から外れているとしながらも、新しい詩の問題へと考察の対象を移す。実はこういう傍らに、見るべきことが隠れていたりするのではないか。

新しい詩の問題でいえば、他者、彼岸からどれだけ自己を見つめうるかということなど問題ではなく、どれだけ今ある自分を変えられるか、が新しさの問題になるのだ。（寺山B）

奇妙なことに、寺山と嶋岡は同じ構造を語り始めるのである。ただ、ネガとポジとでもいうような決定的な違いをもって。

この点は次節で検討するが、その前に〈様式論争〉に対する篠弘の見識を引いておきたい。篠はこの論争には「おもしろい問題点がありながらも、これ以上深まらなかった」と評しながら、しかし、嶋岡と抗争することで寺山には収穫があったと見る。「短歌における私小説的な詠嘆性を払拭して、フィクショナルな『私』の設定」への試みが、ここにきて明確になったというのだ。[23] 寺山自身の問題意識がこれを契機に、より深化したということであろう。

では、三浦雅士はどうか。寺山における〈私〉の不在を指摘した嶋岡の正しさを認めながらも、嶋岡は「〈私〉の不在こそ人間の存在様式にほかならないということは理解してはいなかった」と論争を分析している。[24]

ここで嶋岡の最初の論考に戻ろう。寺山は四十八首の短歌を、エリュアールの童話集から借りたタイトル「翼ある種子」でまとめて、それを雑誌に掲載するとき、冒頭に「わたしはじつとしていない水が好き」ではじまるミヌー・ドルーエの詩句を置いた。嶋岡はその意味を解釈するところから批評を始めているのである。

この意味は自己の絶えざる脱皮変貌を予告するというより、一主題の多角的な表現を指すものと僕は受けとった。(嶋岡A)

「一主題の多角的な表現」と「自己の絶えざる脱皮変貌」という言葉遣いの違いにこそ、同じ構造ながらもネガとポジほどの決定的な認識の差異があると考えられる。三浦が積極的に解釈し直した「〈私〉の不在」に対して、嶋岡は実体的な、または実在的な〈私〉を想定し、信頼していたわけではない。この違いを理解するのに、二人が初めて協働した仕事——「詩劇」の活動を考察しなければならない。

第四節　詩「かくれんぼ」

二〇〇八年五月、嶋岡晨は詩集『影踏み』[25]を上梓した。「感興の核心はいつの間にか多くの年輪を重ねた自分のなかに持続するいわばbe childish——児戯的要素への愛着」であると跋文にしたためているように、全編が「石蹴り」「めんこ」「紙風船」「落し穴」など幼児の遊戯を彷彿とさせるタイトルの詩で編まれている。そのなかに「かくれんぼ」と題する、新しい詩も入っている。「かくれんぼ」は一九五一年、嶋岡が学生の頃に創作したといわれる五行詩で、最初の詩集『薔薇色の逆説』（一九五四年）に収められ、その後、現代国語の教科書に採られただけでなく、近年は笑福亭鶴瓶の創作落語「青木先生」にも使用された詩である。[26]

木の中へ　女の子が入ってしまった
水たまりの中へ　雲が入ってしまうように
出てきても　それはもうべつの女の子だ
もとの女の子はその木の中で
いつまでも鬼を　まっている

詩集『影踏み』に収められた詩は、これとは別の作品。しかし、同タイトルの詩二篇を並べると、年輪を重ねた末に獲得された「裏返しの老狂」（嶋岡）が透けてみえる。でも、なぜこの節はここから書き出さなければならなかったのか。

一九六五年八月、寺山修司が刊行した第三歌集『田園に死す』には「かくれんぼ」から始まる有名な短歌が一首入っている。

かくれんぼの鬼とかれざるまま老いて誰を探しにくる村祭

一九七四年に自身で監督した長編映画第二作「田園に死す」のオープニングシーンで、寺山はこの短歌を変奏した映像描写を創り(27)、翌年、その映画をカンヌ国際映画祭へ出品する。同年の一月には俳句集『花粉航海』(28)を発刊して、次のような句を生み出している。

かくれんぼ三つかぞえて冬となる

他にも「かくれんぼは悲しい遊びである」「このまま、鬼がやって来なかったら、何年もこの納屋の暗闇の中にかくれていなければならないのだろうか！」と不安と焦燥感を綴った物語「かくれんぼ」や、大人になってもかくれんぼを続ける老人の童話「かくれんぼの塔」など、寺山は〈かくれんぼ〉を題材にさまざまなジャンルで創作を行っている。

歌集『田園に死す』と同年の十一月には、詩の批評『戦後詩―ユリシーズの不在』を世に問い、嶋岡の先の詩に触れる[29]。そこでは、「レトリシアンというのは結局、気の弱い人間なのだ」と嶋岡をとらえ、「まだ無傷だった頃の大学生嶋岡晨はこんなに明晰な主題の詩『かくれんぼ』を書いていたのである」と皮肉交じりの批評を加えている[30]。

愛した言葉をそのまま自分の血肉とする寺山が、ここでもそのようにして〈かくれんぼ〉の主題を受容したのかどうかはわからない。ただ、歌集『田園に死す』と詩の批評『戦後詩―ユリシーズの不在』との刊行が同じ年というところから、当時の寺山の関心が近いところにあったのではないかと指摘することはできよう。そのうえで、嶋岡の詩を介在させてみると、寺山の扱ってきた〈かくれんぼ〉の主題を、より明確に浮かび上がらせて描き直すことができることも、また事実だ。

寺山の世界では、隠れる側の子どもであれ、探す側の鬼役であれ、影を潜めて相手の動きや気配を感じ取ろうとじっと待っている間に、途方もない時間の跳躍や共有していたはずの場が突然に齟齬《そご》をきたして亀裂のような「空白」を生む。その「空白」を、取り返しがつかないことへの驚きと諦念でもって描写する。

例えば、嶋岡の詩の言葉をつかって、寺山の短歌を読解してみよう。

自分のことを忘れないようにと願いながら、納屋の暗闇でひっそりと孤独に「いつまでも鬼をまっている」子どもたち。かくれんぼの終わりの合図を知らないまま老いるまで鬼役を続けていると、隠れていた仲間は「もうべつの女の子」へと成長してしまい、ひとりポツンと残される悲しさ。村祭に探し出さねばならなかったのは、一緒に遊んでいた旧友なのではなく、「木の中」に残された無償の思い出に似た「もとの女の子」、つまり、あの頃の自分自身なのではないのだろうか。

作家論に傾くならば、青森での、母と二人きりの生活における胸のうちを、また、十九歳（一九五五年）のときにネフローゼで入院し、絶対安静を余儀なくされた闘病生活の心情を、この作品世界に投影したくなる。

『短歌研究』の編集長で、前衛短歌運動のプロデューサー的役割を果たした杉山正樹は、寺山と〈かくれんぼ〉との関係を次のように論じている。

かれが終始くりかえした〈かくれんぼ〉という主題。本質的な孤独感は、人間が自我のめざめとともに味わったことがある、あの感覚に共通している。今ココニイル自分ハイッタイ何者ナノカ？　コノ今トイウ瞬間ハ、何ナノカ？　もしかしたらこの現実は夢ではないかと、誰でも子どものころに感じたあの名状しがたい不安。大人になるにつれて、世俗のなかに馴致させてゆくあの感覚を、寺山はどうやら終生持ちつづけたらしい。子どものときに抱いた疑問を、そのときの感覚のままで忘れることなく、くりかえし問いつづけた。その典型的な例が〈かくれんぼ〉の情景です。(31)

寺山修司の仕事には、このかくれんぼの主題が一貫してあったことを、杉山は確認している。杉山の指摘するところは、寺山を論じようとする誰もが認めるというだけではなく、寺山修司本人もまた〈かくれんぼ〉を主題として創作活動をしていたと、認めることなのではないだろうか。

ここで、歌集『田園に死す』の跋と、シナリオ『田園に死す』のノートとの寺山の記述を確認しておこう。まずは歌集から。

これは、私の「記録」である。
自分の原体験を、立ちどまって反芻してみることで、私が一体どこから来て、どこへ行こうとしているのかを考えてみることは意味のないことではなかったと思う。

もしかしたら、私は憎むほど故郷を愛していたのかも知れない。

次にノートを見ておこう。

これは一人の青年の自叙伝の形式を借りた「虚構」である。われわれは歴史の呪縛から解放されるためには、何よりも先ず、この記憶から自由にならなければならない。この映画では、一人の青年の「記憶の修正の試み」をとおして、彼自身の（同時にわれわれ全体の）アイデンティティの在所を追求しようとするものである。[32]

寺山は〈かくれんぼ〉の主題をとおして、私とは何か、を考えようとしていた。

第五節　詩劇グループ「鳥」

図録『寺山修司記念館①[33]』掲載年表の一九五九年の項に、「堂本正樹らと集団『鳥』を組織」とある。演劇実験室「天井棧敷」が設立されたのが一九六七年なので、その八年前のこと。メンバーは寺山修司、堂本正樹のほか、のちにハードボイルド作家となる河野典生と「様式論争」の論敵である嶋岡晨の四人である。

前年は、第一歌集『空には本』を発刊した年であり、その夏に、三年程の入院生活を終えて、青森市に一時帰省したのち、新宿区諏訪町の六畳一間のアパートに住み始めている。

詩人の谷川俊太郎の誘いでラジオドラマを書き始め、その作品「中村一郎」（ＲＫＢ毎日）が民放祭連盟会長賞を受賞したのもこの頃。再スタートの意欲、それに見合うように多忙化していく生活の兆しがうかがえる。

このあたりは嶋岡の『詩人という不思議な人々[34]』に詳しいので、参照しながら詩劇グループ「鳥」の活動を検討していくことにしよう。

パンフレット「鳥 VOL・1[35]」には次のような寺山修司の抱負が載っている。

> 現代では「言葉」がなくなり、記号と日常のシーニュだけが氾濫しているということに「詩人」である僕たちが激しい不満をもっていたことはたしかです。……僕は八百屋の御用聞きの挨拶の仕方、胃腸薬の宣伝文、電柱に頭を打ったときの悲鳴にも充分に「詩」の可能性があり、詩劇とは生活がそうなりえたときのすべての演劇への総称となるものだと考えていたのです。……僕たち四人が敢えて日常次元を捨て、抽象世界に「詩」をもとめたのは単なる手続きであり、人間を「原型」に還元して、言葉の物質性をできるだけシーニュの桎梏から解放してみたかったのです。
>
> 「鳥通信」

この言葉を含め、当時の寺山の問題意識をより深く探るのに、恰好な資料として『短歌研究』誌上で催された座談会がある。「鳥通信」の実際の執筆時点や座談会の発言時は定かではないが、奥付の発刊年によれば「鳥通信」が「昭和三十四年三月二十五日」、『短歌研究』が同年の「一月一日」なので、内容に重複するところがあってもおかしくはない。

座談会は「日本の詩と若い世代」と題され、編集長の杉山正樹を司会に、出席者は岡井隆、寺山修司、大江健三郎、江藤淳、堂本正樹、嶋岡晨の六名。のちにそれぞれのジャンルを牽引していく出席者で占められる。この企画の発案はどうも寺山であったらしい。副題に「〈若い日本〉の作家たちは、短歌をどう考えているのか？ 日本の伝統をどう見るのか？〈日本の詩と言葉〉をめぐる第一回討論会」とあるように、見るべき箇所は多々あるが、今は寺山と嶋岡の言葉に注目してみる。

江藤が、日本の近代「小説に散文性が乏しい」のと同じように、新体詩以後の詩というものは「どうも詩と言うにはあんまりお粗末であるように感じる」と投げかけたことを受けて、寺山は発言する。

> 散文の言葉っていうのは日常使われる言葉と同じ言葉が使われる。だからサルトルの言うシーニュ（徴）――ビンとかナベとかサラとか日常使われる言葉を、話をする時にそれらのものを代りに持つてくれば通じるわけです。ところが詩に於ては、ものとして言葉は言葉で一つのを《ママ》存在するのだ。たとえば、ぼくなんか短歌で〈空〉っていう言葉を使う時、ぼくの頭の上にある〈空〉は日常の空のシーニュだけのものでなく、むろん空という概念でもないそのどつちでもないものだということです。

この発言内容に対して、すぐさま江藤に「ハーバード・リードもそうですが、ぼくはサルトルの考え方はやや形式的だと思う」といなされ、サルトルは象徴派の影響を強く受けており「言葉をなんらかの意味で実体化してとらえている考え方です」と、典拠にした思想そのものまで批判されるが、それは同時に、寺山の詩（詩劇）観を炙り出す結果にもなってくる。

座談会における「ものとして」の言葉、「鳥通信」での「言葉の物質性」を前景化するのが、この時期の寺山のねらいならば、第一節で考察してきた、演劇実験室「天井桟敷」の舞台空間ですぐに「言葉を実体化する」と三浦雅士や市川浩に指摘された表現方法の発想の一端を、すでにここに垣間見ることができよう。

第六節　「鳥」第一回公演

では、寺山がこう宣言した「鳥」の第一回公演はどのようなものであったのか。一九五九（昭和三十四）年三月二十六日に、赤坂・草月会館ホールで催された演目は以下の通り。

「原型細胞」
作・寺山修司　音楽・秋山邦晴
演出・内本清治
少年・牧野ヨシオ　影・荒健夫ほか

「内ポケットの雪」
作・堂本正樹　音楽・湯浅譲二
演出・後藤栄夫
青年・原勉　女中・橋本朔子ほか

「青銅の二つの扉」
作・河野典生　音楽・荒木寛
演出・武智鉄二
青年・丸草英男　姫・大坪信子ほか

「蝶は蜘蛛ではない」
作・嶋岡晨　音楽・福島和夫
演出・後藤栄夫
蜘蛛・観世静夫

筆者は残念ながら（年齢的に）、これらの舞台作品を観劇することはかなわなかったが、この作品は当時大阪で活躍していた内田朝雄を中心とした劇団・大阪円形劇場「月光会」によって、演出等を改めるなどして再演された記録[36]もある。このような文字資料しか頼りにできるものはないが、前衛短歌論争の翌年に開始された詩劇の活動資料は、「様式論争」のその後の展開をみすえる想像力を孕んでいるように思われる。一応の終結をみせた「様式論争」が、姿を変えて継続されていたのだ。

まずは寺山の「原型細胞」から見よう。「月光会」のパンフレットに掲載されている作品のあらすじによると、一人の少年が船に乗って海へと出て行くところからはじまる。そこで少年は海の女に恋をする。その海の女に抱かれた少年は、まるで海と空とに分かれた青い色彩のように、いつしか二人になっている。頭の上にある空を恋いながら、二十歳を迎えた少年は、自分のなかの十七歳の少年に「風船はもうない」といい聞かす。少年は風船を破らねばならない。

ストーリーの構成や展開において、また、一人の少年が海の女のなかに入ることで二人に分かれる点など、どこか嶋岡の詩「かくれんぼ」を連想させる。もちろん、嶋岡の「かくれんぼ」だって、先行の魅力的な近似作品を読者に引かせる想像力を抱えているのだろうが。

「鳥　VOL・1」に書いた寺山自身の作品解説は貴重な資料なので全文を引用する。

ある朝目がさめたとき毒虫になっていたグレゴール・ザムザの神話はいまでは僕たち共有の出発点になった。

いくつかの季節を通って、幾度かの分裂のあと、もうそれがぎりぎりの〈原型細胞〉の僕が、あるときふいに〈死んでいる自分〉に気づく。

この作品のテーマは水中というういわば閉ざされた「密室」で原型の自分が、自分のアリバイのために他人をつくりだし、その他人に失望しながらそれに頼るしかないというかなり抽象的なものである。モノローグ劇で対立を外にもてぬため、自己の内部を形象化させてそれとの対立でドラマをつくった。また詩劇の何よりの特性として、日常語のシーニュとしての言語をできるだけ捨て、言語自体で一つの世界をつくるようにつとめた。鏡をつかったものにはコクトオの「オルフェ」やジュネの「鏡の前のアダム」があるが、僕は「鏡」を彼岸の世界の入口としてではなく、現実の象徴として扱ってみた。

母なる海で少年が分裂するという、母胎回帰を思わせる展開の軸を考えると、のちの「天井桟敷」の演劇「身毒丸」の有名な台詞「母さん、もう一度ぼくを妊娠してください」を想い出す。退行のイメージをともなった細胞分裂の果ての新生。そこから生みだされる他人は、どこまで行っても自己の内部の多角的な投影でしかないのかもしれない。そのことを知っている少年は、自分とは風船のように中身不在のことであり、成長とともにその甘いメルヘンの仕掛けを受け容れようとしているのだ。「自分のアリバイのために」つくりだす「他人」とは決して他者ではない。

では、嶋岡の「蝶は蜘蛛ではない」はどうか。これも「鳥　VOL・1」に載っている自身による作品解説を全文引くことにする。

森の中の一本の木の枝に一匹の蜘蛛が巣をつくっている。そこへたまたま一匹の蝶がとんできて、蜘蛛の詐術にかかって喰われてしまう。蜘蛛は満ち足りたまどろみにふける。だが不意に身うちをさわがせる奇妙な血のながれによって、彼は蝶に変身してしまったのである。日ごろのあこがれの美しい姿に変った彼は、飛び立つ前に楡の木にすむ大蜘蛛をよんで別れを告げる。だが大蜘蛛にとって蝶は蝶でしかない。みずからの巣にからみつかれ、蝶に変身した蜘蛛はかんたんに食われてしまう。—以上がこの詩劇のあらすじである。いわば寓話・童話風の題材で、きわめて単純化された構図であるが、象徴として提出された変身の蜘蛛は、実にさまざまの問題に結びつく。私・自我の問題、生存の意識の問題、現実の雌雄・強弱の力関係、美と醜の問題、それらを作者はドラマの形を持つ詩において暗示している。

蜘蛛は蝶を喰うことで、蝶を受容した。その結果、蜘蛛の姿は繭に入ったさなぎが羽化するようにして内破する。ところが、蝶に変身した蜘蛛は、かつて同類であった大蜘蛛に飲み込まれてしまうのだ。
嶋岡の言葉に従って寓話として読解するために、ここでも先の座談会を参照してみよう。
嶋岡は「現代詩の場合だと詩的でない要素を含むことによつて詩であろうとする矛盾をはらんでると思うんです」と、現代詩そのものを明確に規定するような発言から始める。そして、フランスの「ちゃんとした様式」をもった詩との対比の上で、P・ヴァレリィの「言葉のチャンスの純粋な結合による秩序」という提示を引用し、韻律構成でフランス語詩と比べて不利な日本の現代詩はこのような「抽象的な拠りどころしか」示せないのでは、と問う。その上で大江の疑問「フォルムというのは」に応えるようにして、「様式の面から突つ込まれると現代詩はもろい」ことを認め、「ポエジーは十分ありながらレキ《ママ》然たるポエムの形を取りえない」現今の、現代詩界の状態を自己批判的に見つめる。ただし、「ポエム抜きのポエジイ《ママ》論は独断的なものになり易い」との注意を添え、あくまでポエム（詩）を中心にポエジー（詩精神）の可能性を語るべきだと述べる。

嶋岡が「鳥　VOL・1」の作品解説で「蝶は蜘蛛ではない」は「さまざまな問題に結びつく」といっているが、この象徴的な物語は嶋岡の詩論の詩的なドラマ化、まさに詩劇なのではないだろうか。

例えば、蜘蛛を既存の詩を意味する〈既詩〉に喩え、蝶を未知の世界を切り開く〈非詩〉と置いてみるとしたら、〈非詩〉は時に、詩壇の既成価値をくつがえす力をもちえている。しかし、その新鮮な美しさはすぐに古び、類型化を免れることは難しい。鮮度が保てるのはほんのわずかな期間で、血を湧き立たせるさらなる美しい蝶を、つまり〈非詩〉へ向かって詩人は貪欲に進んでいかなければならない。自身の変貌を喜んでいる間に時代は己を呑み込んでしまうのだから。

座談会で、江藤が「輸入文化だということはフォルムが先に来てそれが規範化されることです。規範化されたフォルムに合わせていくことが詩を書くことになつている」と現代詩批判をしているが、その論理構造だけを敷《ふ》衍《えん》すれば、「蝶は蜘蛛ではない」はどこか詩論の論に沿いすぎた詩劇創作なのかもしれない。自身の詩論さえ裏切る（超える）程の詩が、詩の根源的な力であろうはずだから。

ただ、この寺山と嶋岡の詩劇の内容を検討することによって、二人の「ポエジー」と「様式」へのこだわりの比重は理解できる。

今一度、〈私〉の問題で考えるならば、寺山の〈私〉の新生が私の分裂の結果であるとするならば、嶋岡の「私を変革する私」とは私を内破する力、それこそ〈非私〉のことである。こまぎれの〈私〉ではなく、自己の絶えざる脱皮変貌のこと。そして、その新生が既存の世界に呑み込まれる運命にあるかもしれないことを、つまり覚悟をもっているかどうかも重要だ。同じ構造を語りながらも、ネガとポジほどの決定的な差異はここにあろう。自己から生み出される〈他人〉と、自己を破壊するかもしれない〈非私〉。嶋岡が「様式論争」で「強靭な批判精神」といったのは、このことを指す。

三歳年上の嶋岡はいう、「寺山には、〈前衛〉を称しながら、じつは『他人に理解されないこと』を恐れる気質があった[37]」と。そうであるなら、寺山にとって主知として用いた「コラージュ」には、第一節で考察した直喩の機能、その根拠―指標を読者に提示することによって、他者である読者の理解を強く求める告知のような側面が潜んでいたのかもしれない。寺山は「私を変革する私」よりも、理解されることを望んだともいえよう。

第七節　再び、詩「かくれんぼ」

第四節で言及した嶋岡の新しい詩「かくれんぼ」は次の通り。「同題作品とは全く別のもの」とは、作者の語るところ。

大きな木のなかに溶けこむ　女の子
土管をぬけ土のそこへ沈みこむ　男の子
（もういいかい……）
呼びかけにくたびれ　鬼は泣きだすが
だれもこたえてくれない

そのまま　十年　二十年　月日はながれ
待ちくたびれた女の子は　倒れ
ひき切られ　割られ
おそろしい炎そのものになり
待ちくたびれた男の子は　不発弾になり
だれかのシャベルで掘られるが
爆発しないためしは　ない

古い電柱みたいに立ちすくんでいた　鬼は
盲いたまま　手さぐりで歩きだす
半分に割れた地球の殻《から》を踏みながら
（もう　いい　かい……）

かつての同名の詩に感じられた、深淵を垣間見てしまったときのような胸の高鳴りと畏れは、土や涙や手垢にまみれ、例えば戦争がそうであるように、終わらない人間の愚行、その愚行に対する激しい怒りと呆れに転じている。期待から発したはずの「もういいかい……」の呼びかけは、「もう　いい　かい……」もう、終わりに、しよう、ではないかい、と老いぼれたしゃがれ声で、か細く響く。
寺山は嶋岡を次のように評していた。「彼は単刀直入にものをいうことができなくなっていて、レトリックで間接的に自分のいい方を暗示させようとする。だが、しばしばレトリックの方がいい方を上まわって、主題が転倒してしまうのである」と。もし、寺山が生きていたなら、依然として先の詩の方を評価するかもしれないし、「蝶は蜘蛛ではない」のだと批評するかもしれないが、ここには自身の詩論通り、かつての同名の、評価の高い代表的な詩を内破しようとする嶋岡の「手さぐり」の詩作行為があるのではないだろうか。

注

(1) 市川浩・小竹信節・三浦雅士『寺山修司の宇宙』(新書館　一九九二・五)

(2) 佐藤信夫『レトリック感覚』(講談社　一九七八・九)、『レトリック認識』(講談社　一九八一・十一)など。

(3) R・ヤコブソン『一般言語学』(川本茂雄監修　みすず書房　一九七三・三)

(4) J・ラカン「無意識における文字の審級、あるいはフロイト以後の理性」(『エクリII』佐々木孝次訳　弘文堂　一九七七・十二)

(5) 市街劇「人力飛行機ソロモン」(一九七〇・十一・二十〜三十)。街頭劇「地球空洞説」(一九七三・八・一〜四)。30時間市街劇「ノック」(一九七五・四・十九〜二十)ほか。

(6) 「観客席」(一九七八・六・二十九〜七・二)ほか。

(7) 「盲人書簡　棺桶篇・上海篇」(一九七三・九・十五〜二十三)ほか。

(8) 野内良三『レトリック入門—修辞と論証』(世界思想社　二〇〇二・十二)

(9) 守安敏久は、寺山の遺作となった映画「さらば箱舟」について、「ロートレアモン『マルドロールの歌』を偏愛する寺山は、資質的にはシュルレアリスムに近いだろう。その寺山がガルシア=マルケスの『魔術的リアリズム』によりそう形で映画『さらば箱舟』に取り組んだ」(『寺山修司論—バロックの大世界劇場』国書刊行会　二〇一七・三)と論じている。ここで指摘される「魔術的リアリズム」に関しては、種村季弘の『魔術的リアリズム―メランコリーの芸術』（ちくま学芸文庫　二〇一〇・二）の次の記述が理解の参考となろう。

「いまさらリアリズムでもあるまい、といわれても、そうはいかないだろう。さまざまなリアリズムがあり、リアリズムといえばそれがリアリズムであるかのような、つとに私たちの固定観念になってしまった十九世紀リアリズムだけが、リアリズムとはかぎらないからである。げんにここにドイツ二〇年代（一九二〇年代―筆者注）のリアリズムがある。それは、表現主義と抽象全盛の時代に突如として登場してきた異様なリアリズムであった。大気が突然アウラを失って、事物は真空のなかに置きざりにされる。世界関連から切りはなされて、いきなりそこにあるもの。その魔術的輝き。日常的現実のごくありふれた対象を描きながら、当の事物にこの世の外の、いわば世界関連外の光を照射して、事物を『形而上的妖怪的』（キリコ）空間のなかに立ち上らせるリアリズム」

「二〇年代のリアリズムは『ノイエ・ザハリヒカイト』もしくは『魔術的リアリズム』と称された。ノイエ・ザハリヒカイトとは、文字通りには、「新しい（ノイエ）即物性（ザハリヒカイト）」を意味しているが、その『ザハリヒカイト』は、もともとリアリズムということばがなかったドイツ語ではしばしば『リアリズム』の意味に用いられるので、要するに『新しいリアリズム』である。

この用語法自体に『魔術的リアリズム』と『ノイエ・ザハリヒカイト』の概念のちがいが現われている、といってもいい。ノイエ・ザハリヒカイトがいわばドイツ一国的な規定であるのに対して、魔術的リアリズムの方は、『スペインの魔術的リアリズム』、『ガルシア・マルケスの魔術的リアリズム』というようにかなり普遍的な使われ方もする」

「命名当初の二〇年代ではいざ知らず、現在ではむしろ次のように考えるのが当を得ているのではないかとも思う。すなわち、各時代にくり返し現われる精神史的常数が『魔術的リアリズム』であって、その特殊二〇年代ドイツにおける一局面を『ノイエ・ザハリヒカイト』とする、という概念規定である。すでにマニエリスムやバロックの概念について、精神史的美術史的常数としてのマニエリスムもしくはバロックと、その各時代にくり返し登場する特殊マニエリスム種または特殊バロック種とを区別する、美術史上の概念規定を知っている私たちには、その方がなじみやすい考え方かもしれない」

ここで説明されている「即物性」を、三浦雅士や市川浩は言語レトリックとの関係から論じていると捉えればいい。そして、この「即物性」への寺山の関心は、俳句や短歌を含む詩的行為のなかにも見られる（第四章「平田オリザの寺山修司」参照）。

ちなみに、詩人の村野四郎は一九三九年、スポーツを題材にした詩に、ベルリン・オリンピックの写真を組み合わせた『体操詩集』を刊行している。この詩集について「ノイエザッハリッヒカイト的視点の美学への実験」と自身で書いているが、この村野の『秀歌鑑賞十二ケ月』には、寺山の「ラグビーの頬傷は野で癒ゆるべし自由をすでに怖じぬわれらに」が選歌されている。

(10) 一九五四年、十八歳で『短歌研究』「第二回五十首応募作品」特選を受賞。同年十一月号に受賞作が掲載されると、「時事新報」の俳壇時評子が「どこかで見たような記憶があるので俳句雑誌をひらいて見たら『万緑』と『麦』に、寺山の短歌の原型のような自作の俳句が、すでに載っている」と批判する。若月彰「俳句と短歌の間」（『俳句研究』一九五五・二）で、中村草田男ら現代俳人からの盗作を指摘されるなど、「模倣小僧」「剽窃少年」と揶揄されるまでに至る一連の問題。

(11) 田中未知『寺山修司と生きて』（新書館、二〇〇七・五）

(12) 現代詩文庫『寺山修司詩集』（思潮社　一九七二・十）「初期詩篇」に所収。

(13) 市川浩「〈私さがし〉と〈世界さがし〉」（『テラヤマワールド』新書館　一九八六・四所収。）

(14) 注11同書。

(15) 三浦雅士『寺山修司　鏡のなかの言葉』（新書館　一九九二・一）を編むにあたって、章タイトルに副題が付されている。Ⅰに入れられた論考には、「俳句から短歌へ」「詩と物語」「演劇から世界へ」とジャンルの移行過程を考察するような命名がなされている。

(16) K・マルクスの「人間は自分自身の歴史を創るが、しかし、自発的に、自分で選んだ状況の下で歴史を創るのではなく、すぐ目の前にある、与えられた、過去から受け渡された状況の中でそうする」(『ルイ・ボナパルトのブリュメール一八日』植村邦彦訳　太田出版　一九九六・四)を連想させる。

(17) 注15同書。

(18) 嶋岡晨「空間への執着」(『短歌研究』一九五八・七)

(19) 三浦雅士「二重の連鎖―寺山修司の言葉」(注15の著書に所収)

(20) 篠弘『篠弘歌論集』(現代歌人文庫27　国文社　一九七九・八)。項目に「寺山修司と嶋岡晨の様式論争」がある。

(21) 注15同書。

(22) 嶋岡晨『詩とは何か』(新潮選書　一九九八・九)

(23) 注20同書。

(24) 注19同書。

(25) 嶋岡晨『影踏み』(書肆青樹社　二〇〇八・五・二十)

(26) 「落語の中に現代詩!」(「東京新聞」二〇〇七・十一・十四)

(27) 鬼役の子どもが顔を伏せて数を数えているわずかな間に、隠れていた子どもが成長し、もといた場所から大人の姿で現れるというもの。

(28) 寺山修司『花粉航海』(深夜叢書社　一九七五・一)。五十嵐秀彦は「寺山修司俳句論―私の墓は、私のことば―」(『現代俳句』二〇〇三・十二)で、『花粉航海』後書きの「ここに収めた句は、『愚者の船』をのぞく大半が私の高校時代のものである」という言葉を検討。高校時代のアリバイのある作品群と、句集発行以前に発表された痕跡のない作品群とを判別して、寺山独特の過去の書き換え作業を論じている。その小論では、「かくれんぼ」の句は高校時代のアリバイの無い作品とされている。

(29) 寺山修司『戦後詩―ユリシーズの不在』(紀伊國屋書店　一九六五・十一)、第四章「飢えて死ぬ子と詩を書く親と」。

(30) 同右書ちくま文庫版(一九九三・五)の解説を書いた荒川洋治は「同時代の仲間たちが気の毒なほどに、こてんぱんにやっつけられている」のに、「寺山修司の文章というのは不思議なことに冷たくないのである」と指摘している。

(31) 杉山正樹「寺山修司・遊戯の人」(『新潮』二〇〇〇・七)

(32) シナリオ『田園に死す』(フィルムアート社　一九七五・一)

(33)『寺山修司記念館①』(テラヤマ・ワールド　二〇〇〇・八)。新宿・小田急百貨店を皮切りに各地で開催された「寺山修司展」のパンフレット。三沢の寺山修司記念館でも常時販売されている。

(34) 嶋岡晨『詩人という不思議な人々』(燃焼社　一九九九・四)

(35) 編集・寺山修司、昭和三十四年三月二十五日発行。グループの事務所は豊島区高田南町二ノ四八三　石川方、寺山修司に置かれている。

(36)「円形劇場研究ノート―詩劇祭特集―、VOL・14」(一九五九・四・十六)。毎日大阪会館国際サロンにて、四月十六・十七日の二夜。嶋岡の作品は「樫の中将」に改題。寺山は「原型細胞」を、堂本は「青い火」を、河野は「堕ちた鷹」を、他に富岡多恵子作「祭」と三鬼歌子作「うつほ」を加えて上演されている。演出には和田勉や中島陸郎などが当たっている。

(37) 注34同書。寺山に関して「寂しさゆえに求める〈びっくり箱〉的な賑やかさ」との指摘もある。

参考資料――――――

図1　「鳥　グループ通信」表紙

図2　広告チラシの一部か。

図3 『山河』No.27
図4 「鳥 グループ通信」寺山修司作「原型細胞」作品解説
図5 鳥の会・詩劇舞台写真①
図6 鳥の会・詩劇舞台写真②作・嶋岡晨、演出・観世静夫「蝶は蜘蛛ではない」
図7 鳥の会・詩劇舞台写真③作・寺山修司、演出・内本清治「原型細胞」

※図1～7は、三沢市寺山修司記念館の所蔵資料。スクラップされたもの。九條今日子氏が保管されたものを収蔵した。もとは寺山修司が保管していたのではないかと思われる。

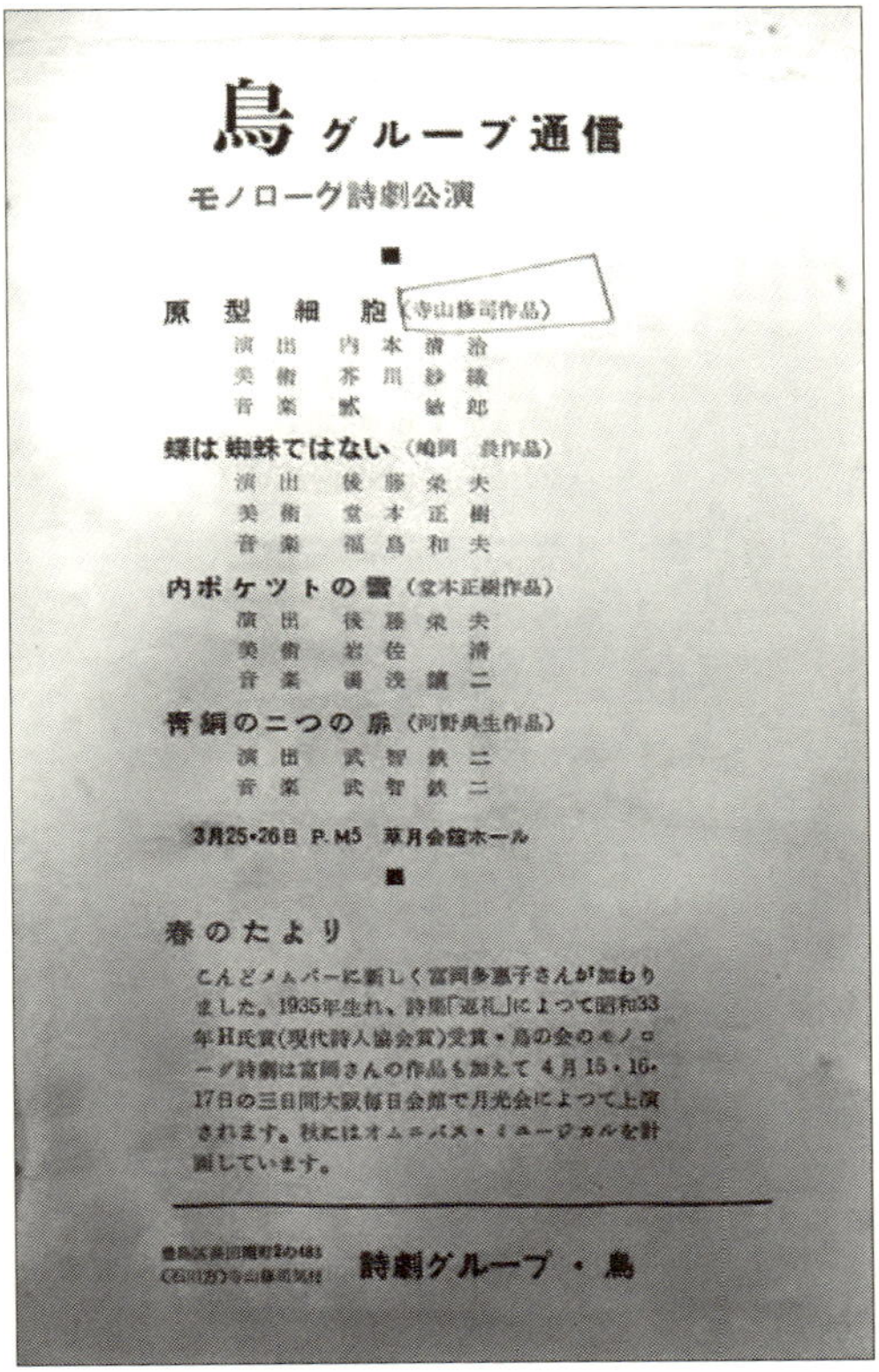

鳥 グループ通信

モノローグ詩劇公演

原型細胞（寺山修司作品）
演出 内本清治
美術 芥川紗織
音楽 甑 敏郎

蝶は蜘蛛ではない（嶋岡 晨作品）
演出 後藤栄夫
美術 堂本正樹
音楽 福島和夫

内ポケットの雪（堂本正樹作品）
演出 後藤栄夫
美術 岩佐 清
音楽 湯浅譲二

青銅の二つの扉（河野典生作品）
演出 武智鉄二
音楽 武智鉄二

3月25・26日 P.M5 草月会館ホール

春のたより

こんどメムバーに新しく富岡多惠子さんが加わりました。1935年生れ、詩集「返礼」によつて昭和33年H氏賞(現代詩人協会賞)受賞・鳥の会のモノローグ詩劇は富岡さんの作品も加えて 4月15・16・17日の三日間大阪毎日会館で月光会によつて上演されます。秋にはオムニバス・ミユージカルを計画しています。

詩劇グループ・鳥

図1

図2

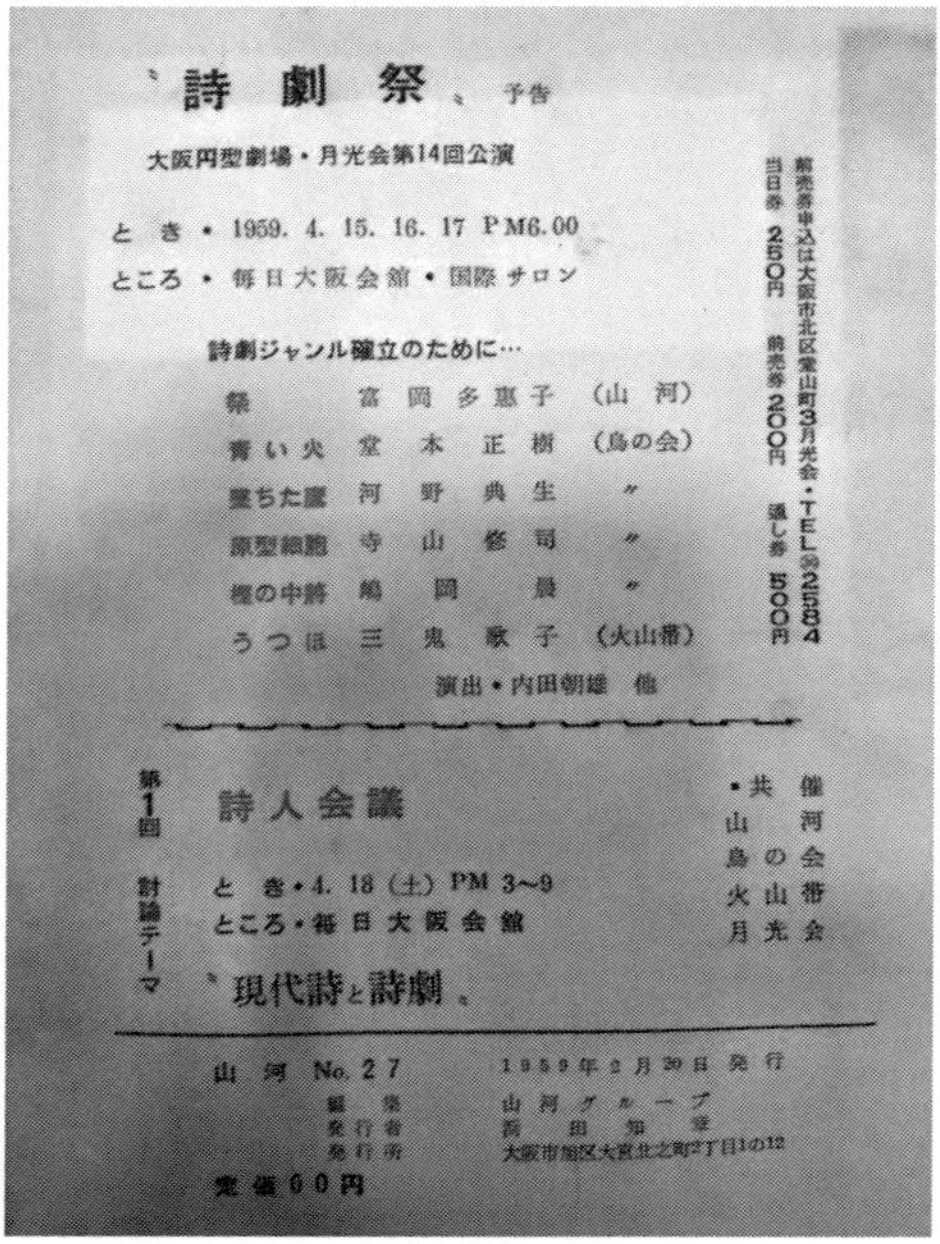

〝詩劇祭〟予告

大阪円型劇場・月光会第14回公演

と き・1959. 4. 15. 16. 17 PM6.00

ところ・毎日大阪会館・国際サロン

詩劇ジャンル確立のために…

祭	富岡多恵子	（山河）
青い火	堂本正樹	（鳥の会）
墜ちた鷹	河野典生	〃
原型細胞	寺山修司	〃
橿の中将	嶋岡晨	〃
うつほ	三鬼歌子	（火山帯）

演出・内田朝雄 他

前売券申込は大阪市北区堂山町3月光会・TEL㊱2584

当日券250円　前売券200円　通し券500円

第1回 詩人会議

と き・4. 18（土）PM 3~9

ところ・毎日大阪会館

討論テーマ 〝現代詩と詩劇〟

・共催 山河 鳥の会 火山帯 月光会

山河 No. 27　1959年2月20日発行

編集　山河グループ

発行者　高田知孝

発行所　大阪市旭区大宮北之町2丁目1の12

実価60円

図3

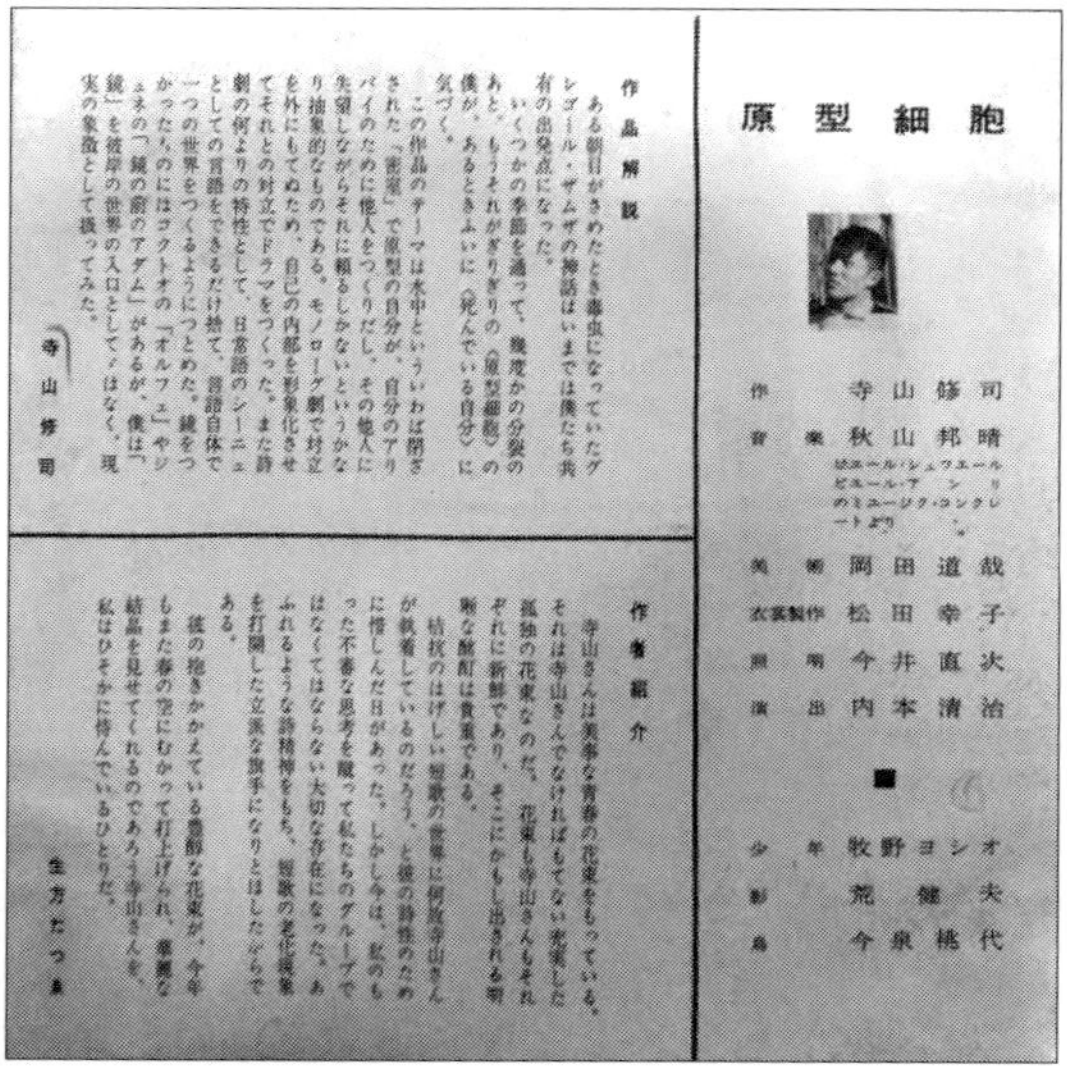

原型細胞

作　寺山修司

音楽　秋山邦晴
ピエール・シェフエール
ピエール・アンリ
のミュージック・コンクレートより

美術　岡田道哉

衣裳製作　松田幸子

照明　今井直次

演出　内本清治

■

少年　牧野ヨシオ

影　荒健夫

鳥　今泉桃代

作品解説

ある朝目がさめたとき毒虫になっていたグレゴール・ザムザの神話はいままでは僕たち共有の出発点になった。

いくつかの季節を過って、幾度かの分裂のあと、もうそれがぎりぎりの（原型細胞）の僕が、あるときふいに（死んでいる自分）に気づく。

この作品のテーマは水中というわば閉ざされた「密室」で原型の自分が、自分のアリバイのために他人をつくりだし、その他人に失望しながらそれに頼るしかないというかなり抽象的なものである。モノローグ劇で対立を外にもてぬため、自己の内部を形象化させてそれとの対立でドラマをつくった。また詩劇の何よりの特性として、日常語のシーニュとしての言語をできるだけ捨て、詩語自体で一つの世界をつくるようにつとめた。鏡をつかったものにはコクトオの「オルフェ」やジュネの「鏡の前のアダム」があるが、僕は「鏡」を彼岸の世界の入口としてゞはなく、現実の象徴として扱ってみた。

寺山修司

作者紹介

寺山さんは美事な青春の花束をもっている。それは寺山さんでなければもてない充実した孤独の花束なのだ。花束も寺山さんもそれぞれに新鮮であり、そこにかもし出される明晰な酩酊は貴重である。

情抒のはげしい短歌の世界に何故寺山さんが執着しているのだろう。と彼の詩性のために惜しんだ日があった。しかし今は、私のもった不審な思考を蹴って私たちのグループではなくてはならない大切な存在になった。あふれるような詩精神をもち、短歌の変化現象を打開した立派な旗手になりえたと思ったからである。

彼の抱きかかえている豊饒な花束が、今年もまた春の空にむかって打上げられ、華麗な結晶を見せてくれるのであろう寺山さんを、私はひそかに待んでいるひとりだ。

生方たつゑ

図4

図5

図6

鳥の会・詩劇舞台写真

作・寺山修司
演出・内木清治

原型細胞

図7

第三章　岸上大作の寺山修司　—詩句「マッチ擦る」の所作—

第一節　生い立ち

学生歌人岸上大作は一九六〇年十二月五日午前三時ごろ、ブロバリン百五十錠を服しロープを使って縊死、享年二十一だった。死の七時間前から書き続けられた二百字詰め原稿用紙五十四枚の「ぼくのためのノート」および、母、編集者の冨士田元彦、友人の雲丹亀剛と高瀬隆和、そしてY・Kへの遺書、また國學院大學短歌研究会あての退部届に、連絡先を記したメモなどが残されていた。

まずは学生歌人だった岸上大作の生い立ちを、友人の高瀬隆和が編んだ年譜(1)を参照して追うことにする。

岸上は一九三九年十月二十一日、兵庫県神崎郡福崎町西田原一四二一（当時、田原村井ノ口）に父繁一と母まさゑの長男として生まれる。一九四一年、妹佳世が誕生し、日本の参戦とともに父が応召、満州へと派遣される。父は敗戦前に帰国するが、神奈川県の久里浜引揚援護局検疫所において戦病死する。岸上は「ぼくの一日中で、一番いそがしいのは夕方だ。……それはまずしいからお母さんが働きにいっておられるからだ。お父さんさえいて下さったら、お父さんは僕にとっていちばんにくい戦争でなくなられたのだ」と日記に記す。

小学生のとき、神保光太郎選の雑誌に詩を投稿して入選する。田原中学校に入学、成績は優秀で社会科の担任に影響を受け、朝日新聞に反米親ソ的な投書を行って校内で問題となる。この頃、生徒会書記長や学校誌の編集をこなしながら俳句を多く作っている。

兵庫県立福崎高等学校では文芸部に所属し、雲丹亀剛と知り合う。小説を作家の丹羽文雄に送るが、作文に過ぎぬと返送される。歌人でもあった教諭の山下静香から『短歌』や『短歌研究』といった短歌総合誌を借りて読んだのがきっかけで、窪田章一郎主宰の結社「まひる野」に入会。編集委員には篠弘がいた。その頃まで詩・小説・俳句などを作っていたが、短歌一本で進むことを決意する。土岐善麿選の『高校時代』、宮柊二選の『高校コース』、窪田章一郎選の『若人』など、数種類の雑誌への投稿を始める。文芸部誌『れいめい』（黎明）第一号に、エッセーと「初霜のころ」十六首を発表。また、地元の結社「文学圏」に入会し、以後ときどき歌会に出る。『れいめい』（黎明）第二号の編集を雲丹亀剛らと行い、高校生の雑誌投稿者だった高瀬隆和ら、校外の高校生四名の作品を掲載する。これは寺山修司の「荒野」に倣って十代の同人誌を出す計画の一環だったが、発刊までには至らなかった。日記には「ぼくはやはり、寺山等を否定しようとしながら彼等に引《ママ》かれるようになったのか。……短歌をもうぼくの趣味と考えるような浅いものであってはいかん。自分を発展させ、無限に続くいのちの一秒の瞬間をとらえてそれを自分の分身として、そこから人間愛を生みだし、より美しい社会建設への基盤とせねばならぬのだ」との決意表明がみられる。『れいめい』（黎明）第三号に「静かなる意志」を発表する。

一九五八年、上京して國學院大學文学部文学科に入学、短歌研究会に所属する。大学祭の学生短歌大会において「ささやかな願いこめたる基金にて平和像みな祈りの姿」が宮柊二選の特選に選ばれる。清原日出夫や今西幹一、高瀬隆和らも入選している。翌年五月、杉並区久我山に下宿し、ひとりで自炊生活を始める。それ以前は、同郷の雲丹亀剛との共同生活だった。岸上はこの下宿先で自死することになる。不摂生からか、喀痰《かくたん》に悩まされて検診を受けたところ、肺結核の疑いありといわれるが大事には至らない。

一九六〇年五月一日、メーデーに参加。十三日、全学連主流派デモに参加。二十日、全学連反主流派国会デモに参加。六月四日、全学連反主流派デモに参加。十二日、國學院三部会（俳研、短研、文芸）では江藤淳、寺山修司の講演会を計画し、講師依頼のため寺山修司宅を訪ねる。この時の印象を、寺山は次のように回想している。

私はきみと最初に逢った時のことを覚えている。きみは大学の短歌祭の講演の交渉に私を訪れたのだった。私は前の年の国学院の文化祭委員会の方針の無定見さについて語り、こうした空騒ぎをやることについて十分に私の興味をひきつけてくれるように説得してくれなければ出席できない、と答えた。きみは神経質な眼鏡と、すこしよごれたワイシャツを腕までまくりあげて、ほとんど低く、つぶやくように、「安保問題なんかを、寺山さんはどう思ってるんですか。ぼくは〈若い日本の会〉(2)なんかの生っちょろいやり方は反対だけど」と言った。……きみは話しながら、小刻みに身をゆすっていた。「デモには?」と私がきくと、「当然、行きました」。当然、にひどく力をこめてそうきみは言った。私はなぜ当然なのかはきかなかった。

……私はお茶をすすめたがきみは飲まずに帰った。そして二、三日して、短歌祭の講演会企画は中止しました、というハガキをくれた。あれはまだ蟬がさかんにないている頃だったように思われる。

……私のきみと逢ったときの一ばんの印象は、きみが人と話すとき、決して相手の「眼」を見ない、ということであった。(3)

寺山に会いに行った三日後、全学連国会構内での抗議集会において、警官の棍棒で頭を割られる。眼鏡のレンズを壊し、二針縫う軽傷を負う。同日、警官隊と衝突した東大生の樺美智子が死去している。林安一、高瀬隆和らと『具象』を創刊。エッセー「ぼくらの戦争体験」と「もうひとつの意志表示」十二首を発表する。夏休みの帰省中に吉本隆明を読み、「休み中のただ一つの、しかしそれは大きな収穫は吉本隆明に啓発されて、いまやぼくの位置がはっきりしたということです」と書簡に記す。

一九六〇年の第三回『短歌研究』の新人賞で「意志表示」が第二席の推薦となり、同誌九月号に四十首が掲載される。新人賞講評担当委員の一人は歌人の岡井隆。『短歌』十月号の座談会「明日をひらく」に稲垣留女、小野茂樹、清原日出夫らと出る。この頃「寺山修司論」を書くために図書館にこもる。これは『短歌』編集の冨士田元彦の依頼で、傾倒している岡井隆を避けて、客観的な作家論になるようにとの判断から選ばれたようだ。

國學院大學短歌研究会は大学祭の一環として吉本隆明の講演会を予定していたが、「革命の詩人、吉本隆明来る」というビラが目にとまり、学校当局から中止勧告を受ける。岸上は強行すべしとの意見だったが、結局、勧告に従う[4]。その後、吉本隆明の自宅を訪ねる。

同年の『短歌』十一月号に「寺山修司論」を発表する。また、扉に「TO YOSHIKO」と書いた短歌作品の整理ノートを作り始めるが、これは歌集を上梓するための準備だった。「TO YOSHIKO」とは國學院大學短歌研究会の後輩で、岸上が片想いをしていた、歌人・沢口芙美のことである。

十二月三日、岸上は高瀬隆和から自宅に来るようにとの連絡を受ける。高瀬は沢口に卒論の清書を頼んでいたため、喫茶店で会うことになっていた。そこへ一緒に行こうと誘ったのである。高瀬は「二人の破滅的な緊張関係を十分に把握せず、むしろ沢口氏に清書を頼むことによって、二人が話し合える機会をと考えていた私の安易さであろう。当時、親しい友人達からも非難を受けた[5]」と回想している。三人で会った晩、岸上は高瀬の下宿まで同行する。高瀬は就職試験を受けに夜行列車で神戸へ帰省する予定だった。高瀬を見送ったのち、岸上は沢口に電話をかける。翌日、岸上が一方的に約束した場所に、沢口芙美は姿を見せなかった。

第二節　「マッチ擦る」の系譜

第三回『短歌研究』の新人賞「推薦」に選ばれた「意志表示」四十首、その冒頭に置かれたのは、次の短歌である。

意志表示せまり声なきこえを背にただ掌の中にマッチ擦るのみ[6]（Ⅰ・意志表示・'60年4月26日）

作品集『意志表示[7]』の表題作であり、岸上自身も思い入れの強かった一首。日記には「二十八日未明にかけて、二時間ばかり呻吟して、〈意志表示〉七首を書く。力作なり。はやく誰かにみてもらいたい。……とにかくこれだけ書けたのはうれしくてタマラヌ[8]」とある。この一首は読む人が読めば、次の一首を連想させる。

マッチ擦るつかのま海に霧ふかし身捨つるほどの祖国はありや[9]

寺山修司の代表作である。そして、この短歌は次の短歌を引き寄せる。

マチ擦れば
二尺ばかりの明るさの
中《なか》をよぎれる白き蛾のあり

（傍線―筆者）

第一歌集『一握の砂』[10]に収められた、石川啄木の短歌である。

岸上と同時代の歌人でもある今西幹一は、これらの短歌で詠まれている「マッチ擦る」の歌句を「現代における本歌取りのような、発想の重層性がある」とし、「まちがいなく寺山においては、啄木歌は受容され、寺山的世界の中で呼吸している。この岸上―寺山―啄木の系譜の中に、岸上短歌の特質解明の鍵が潜んでいる[11]」と指摘する。

寺山は岸上が自死したあと、『岸上大作全集[12]』の付録「岸上大作考」への依頼原稿で、岸上の短歌を次のように評した。


いつも私に突っかかり、批判しながら、しかし自己劇化はできても、それを効果的に伝達し、表現にまで昂めてゆく技術も思想も持たず、和歌は生硬で下手くそで、定型との持続的な葛藤もせぬままに死んでしまった男。その死はどこか、文学的早漏を思わせる。何が革命か、何が恋か。

……私は、リングの中央にダウンしている鼻血まみれのみにくい敗者への一瞥のような眼できみの全歌をよみかえしている。実際のところ――いい歌などただの一首もないではないか。


結びの言葉を「岸上への愛情の逆表現だろう」とみる富士田元彦の意見もあるが[13]、今西は「寺山の指摘が至極尤もなことと思われる」として、上田三四二や小池光の批評を挙げる。今西の論考を随時参照しながら、二人の意見を確認しよう。

寺山は岸上の「和歌は生硬で下手くそ」だと表現技巧の拙さを問題のひとつにしたが、上田も小池も同様の指摘をする。上田が「表現のぎこちなさをのこしている」[14]というのは、小池の「たとえば、一首目の有名な歌でも、せまるというのなら了解できるが、せまりというのであって、ずいぶんおかしい。誰が誰にせまっているのか、岸上はどこにいるのか、よく考えるとわけがわからない」といった句法の揺れを指す。[15]しかし、小池は「にもかかわらず、これらの歌は時間を超えて、われわれにアッピールするものを持っている」として、岸上の短歌そのものには肯定的だ。歌の傷のうえに「時代の風圧の証（吉本隆明）をみるから」であろうかとしながら、のちの読者にも「夭折者特有の未完成感」が心を打つからではないかと見ている。

一方で、上田は時代背景を把握していないとわからなくなるだろうと、作品と時代との関係性については、小池と見解を異にする。

この一連、当時の状況によりかかりすぎた判りにくさが一首一首を単位としてみるときにはあり、私的な面においても短歌から背景が浮ぶのではなく、背景を知って短歌が理解されてくるという難点があって、この二つが交錯するので、作品そのものはかなり恣意的な印象を与える。これはこの一連だけではなく、歌集全体の印象としてそうである。[16]

今西も引く上田の批評は『意志表示』の章中にある「しゅったつ」一連に向けられた発言だが、岸上の短歌全体への理解をも示していよう。この見解は、岸上を見いだした一人の冨士田元彦も同様である。

岸上大作が戦後短歌史の中で何ほどか記憶される存在であるとすれば、それは、あくまで一九六〇年一年の昂揚に限られ、それがゆえの時代性を背負っているからである。[17]

今西自身は、村上一郎の「もっと先の時代にいったら、よく訳のわからないものになるであろうことは予見できる」[18]を引用しながら「一首一首が、安保闘争の時代に対して岸上がどういう立場におり、どういう行動をとったかを承知していないと解りにくいし、生まに時代に接していないと不可解なものが多い」と評する。そして、「歴史的な評価に耐え得るものとしての芸術的な完成度の不足は厳しく指摘して置く必要があるだろう」と、先の寺山の指摘を補強する見解を示す。

今西が寺山に同調する点は、技巧的なこともさることながら、どちらかといえば夭折ゆえに経年が育む思想的な成熟へと至れなかったことを惜しむ点にあるのではないだろうか。だからこそ、論考の終わりで「しかし、その表現の未熟が逆に保証するような形で、安保闘争という時代性をとって、しかもいつの時代にもある青春の一途を賭け、それに伴う徒労と性急と無償を形象して見せてくれたといえる。その限りにおいて、青春の抒情として今後も読まれていく性質のものであろう」と論ずる。これこそ、岸上に対する愛情の逆表現であろう。今西の文章には同時代の歌壇をともに新人として生きた者ゆえの痛惜を強く感じる。

第三節　岡井隆の批評

「意志表示」の選考委員だった岡井隆は、後年、岸上の短歌をいくつか選び改めて読み直す。そのとき、やはり村上一郎の「もっと先の時代にいったら」を引き「《機会詩的な性格》について」考える。岡井のいうようにこの問題は岸上の短歌の上にだけあるわけではないし、また、表現の生命の長短がそのまま表現の価値であるわけでもない。

岡井は何よりも、理屈っぽく筋ばかりの硬さが残る岸上の短歌に不満をもっていた。その中にあって、まず歌のリズムが活きていると評価する短歌を二首を挙げ、その中に先の「意志表示——」の一首を選ぶ[19]。そして「この歌によって〈表示〉しようとする岸上の〈意志〉について」考察するのが主眼であると念を押す。

そのために、あえて「作られ発表された〈場〉の条件を一切剥奪」するといった制約を課す。すると、この短歌は「一つの行為の構図だけが裸形で立っているていの歌」として現れるという。

今、ここに、或る一つの〈意志〉を持った人間がある。その人に対して、その内面の意志の〈表示〉を迫るような状況がある。それが〈声なきこえ〉による背後からのおびやかしであり、プレッシャーである。その圧力をいたいほど背中に感じながら、しかも、人はただ〈掌の中に〉囲うようにマッチを擦っている〈煙草に火をつけようとしている〉[20]。

この場においていまだ意志表示できない理由を、岡井は「虚妄さを予感しているから」であり、「相手の巨大さにおびえているから」であり、「〈表示〉することによって全く別の意志になってしまいはしないかと思い惑う」からであると解釈する。

続けて、韻律的側面にふれ、「い、し、じ、り、き、に、チ、み」といった「イ列音」が要所要所で「発効している」のを確認し、「第四句の終わりに〈に〉があって、これらと呼応しているのだが、〈ただ掌のなか〉はイ列音の整序を破っている」と分析し、再び意味的な側面へ戻る。

この〈掌の中〉にかこってマッチを擦るという、かすかな行為は、歌の中核である。岸上が、この歌によって表現している内容は、だから、〈意志表示〉しようとしつつ、〈意志表示〉ができない、そういう内心のうっ屈した姿勢にほかならない。

いうまでもないことだが、岸上は、この歌の直後、政治的状況に対し、女に対し、明瞭な〈意志表示〉を敢行し、その結果は、死となってあらわれた。[21]

短歌における明瞭な〈意志表示〉を、作者の死と捉えるのは、岸上大作の年譜から考えれば至極もっともなことである。

だが、岡井の指摘は岸上の日記を単行本化したときの解説で書かれた文章であり、「この日記がありさえすれば、岸上の歌などどうだっていいんだ、とまでは暴論しないけれども、岸上は、少なくとも日記を書くほど熱心には歌を作りはしなかった」と批評していることも留めておかねばならない。もう一首を「六〇年安保闘争の実態について何も知らない人でも、この中にうたわれている」請い願う民衆と、それを阻むエリートとの対立抗争については「あきらかな像を結ばせることができる筈」だと読解する岡井は、時代状況によりかかっていない短歌も少なからずあるとの判断から、選んだ歌を解きほぐしたのだろう。

岡井もまた、寺山の岸上評に言及しつつ、「交錯した」人間だけの書ける批判であり「否定的な言辞を重ねれば重ねるほど、同時代者としての奇妙な愛情がにじみでてくるところが面白い」といいながら、しかし「口惜しがって何度突っかかって行っても、岸上は到底寺山の敵ではなく、あっさり転がされて」帰るしかなかったと見ている点で、岸上の短歌全体に対しては寺山の批評に同意していよう。

新人賞の講評で岡井は次のように語っていた。

とにかく、こういう湯気の立つような材料を、しかも、その渦中にあった一人の立場に仮托した形で（といっても、この場合は作者の体験から創られたものだろうが）料理するのは、容易ではない。……一番陥り易い危険としては、状景の散文的な描記だけが列挙されたり――そうしたことになり易い材料といえるだろう。

ところがこの作品には、内省の筋が一本通っている。(22)

岡井は「岸上大作について」で、かつての自分の指摘に応えるように、岸上の代表歌のひとつである「血と雨にワイシャツ濡れている無援ひとりへの愛うつくしくする」を選歌の最後に置いて、政治状況や政治運動を歌おうとした「同類歌から岸上の歌を独立させているのは、この〈ひとりへの愛〉にほかならなかった」と「内省の筋」の意味を明示する。そのとき、「ひとりへの愛」の行き着く先が作者の「死となってあらわれた」のならば、岡井による「機会詩的な性格」とは、岸上の場合「作られ発表された〈場〉の条件」よりも、短歌によって創り出された「機会」に作者がよりかかり過ぎたとの指摘にもなるのではないだろうか。

第四節　詩句「声なきこえ」

一方で、作られ発表された時代の条件を色濃く反映させた解釈も存在する。

佐佐木幸綱は当時の時代状況を克明に描きながら、この歌が岸上の「自己告発の歌の系列」に入ると解釈されてきたことへ反論する。

「意志表示」一連のなかで歌われている六〇年安保闘争で、國學院大學の学生運動の指導部が、当時、全学連反主流派と呼ばれていた日本共産党系だったこともあって、岸上は反主流派のデモに参加することが多かった。しかし、よりラディカルな全学連主流派の行動に岸上は共感しており、年譜からすると実際は主流派のデモに参加しているが、反主流派に所属しながら心情的、意識的に主流派に魅かれるという基本的な図式によって、作品上は構成されているとみる。

以上のような一連の基本的な図式の上に置いて解するなら、意志表示をせまる声なき声とは、彼の心情、あるいは意識の声であって、その声に背を向けて掌の中でマッチを擦っているのは、心情や意識に先行されて決断し得ないでいる岸上自身なのだと読みとることができる。[23]

このように、いったん、マッチを擦っているのは岸上と同定するが、歌の制作の経緯から、作歌時点を重視すると「この人物は作者ではなかったと推定できる」と指摘を翻す。作者と短歌上の〈私〉とを分けて考えなければならないといった、現在の研究状況をひとまず横に置くとしても、人物の具体的な同定は一解釈の提示として興味深い。

「声なき声」という活字が、各新聞に大きな見出しとなって出たのは、彼が投函した前日、二十八日のことである。[24]当時の総理大臣岸信介が、国会をとり囲む連日の退陣要求デモに関わる記者会見の席上、〈声ある声〉を批判し、〈声なき声〉に私は耳をかたむけていると語って大きな問題となったからである。

……と、するならば、一首中でマッチを擦っているのは岸信介その人なのではないか。[25]

政治上の決断を前にして総理大臣の岸信介が、岡井隆がいうところの「内心のうっ屈した姿勢」でマッチを擦っている。従来言われてきたような、非行動な自己へ向けての告発の歌ではなく、「〝敵〟である岸信介を告発する攻撃的な歌なのではないか」と佐佐木幸綱は問う。そのうえで、作者と歌との関係性をその作歌行為が作り手に及ぼす危うさを論じる。

「告発されているのは私か彼か」といった問いかけは、むしろ逆で「秀れた歌というのは、他人を切れば結果として自分も切られている。自分を切れば同時に他人をも切っている、そういうでき方をしている」といった、ボードレールの「死刑囚にして死刑執行人なり」[26]に代表される認識を確認して、ある種の願望を交えながら、次のように主張する。

> 岸上は気づいたはずである。この歌は二様に解することが可能であるということに。表現が、作者の意図を超えるということがあることに。岸（信介—筆者注）に向けた刃がたちまちのうちに自分につきつけられていたことを岸上は知ったにちがいないのだ。いや、知って欲しかった、と私は思うのだ。[27]

どこか叱咤激励に近い批評の言葉は、同時代の先輩歌人としての、また岸上のその後を知る者ゆえの、響きをもつ。そのうえで、さらに個の在《あ》り様《よう》に対して鋭いメスを入れる。岸上は「マイナス札をひくこと」で行為としての詩を成立させようとしていたと。

先に岡井の論考で「機会詩的な性格」とは、短歌が作られた場の条件だけでなく、短歌によって創り出される場の問題もあるといった点を確認したが、それは作歌行為が作り手に及ぼす危うさにも繋がる。歌句が指示する対象が岸信介の「彼」であろうが、少し厳密に考えて、短歌上の〈私〉であろうが、作歌行為が「作者の意図を超えて」作者である岸上の個の在り様へ及ぶことを佐佐木は読み取る。

もしかしたら、岸上は作者の意図、つまり作者の制御のうえだけで作歌できると考えていたのかもしれない。佐佐木が「その成立を根本のところで支える個の在り様がマイナス札をひくことの純粋さに甘えかかっている」というのは、例えば、みっともない恋は純粋さを表現するためのみっともなさであり、そのみっともなさゆえに自らによって許されてしまうことだ。佐佐木はこの点を「楽天性」とも表現するが、岸上にとって純粋な個の在り様は、作歌という行為によって創り出すことが可能な場としてあったのだろう。佐佐木は相手に向けた刃がたちまち自分につきつけられることを「知って欲しかった」と願いながら、岸上の自覚の低さを嘆いているのではないだろうか。

この点については、片想い相手の歌人・沢口芙美の発言も参考になる。岸上の短歌は、安保条約改定阻止闘争の昂揚と挫折、その後の虚脱感を鏡のように映しており、作品を読む限りその賞賛に誤りはないと沢口は考えるが、しかし、近くにいた者として「実際の岸上」は少し違っていたようだ。

彼は気弱でそのくせ図々しく、馴々しいかと思えば高飛車で矛盾する要素が不均衡に混在しており、そんなにきれいごとじゃ言い切れないのだという思いが強い。(28)

さらに、評伝を書いた小川太郎は岸上の日記に出てくる何人かの女性に実際に会ってインタビューをしているが、國學院大學短歌研究会の後輩、歌人の藤井常世もその一人であって、次のような証言が残っている。

上野駅で待っているという、こちらの都合も気持ちも無視した手紙が来たんです。何か思い込みをしているみたいなので、行きたくなかったんですが、待っていると気の毒だと思って、迷った末に行ったことがありました。(29)

佐佐木の指摘した「マイナス札をひくことの純粋さに甘えかかっている」点は、二人の女性の発言にあるように、評伝からも認められる岸上の個の在り様であり、表現を「理屈っぽく筋ばかりの硬さ」(岡井隆)へとおとしめ、どこか作者から自立し得ない岸上短歌へと繋がっているのではないか。

第五節　座談会「明日をひらく」

では、岸上は短歌をどのように考えていたのか。

『短歌研究』新人賞受賞の翌月、短歌総合誌『短歌』に掲載された新鋭歌人四名による座談会「明日をひらく」(30)で自身の短歌観について発言をしている。

先の生い立ちのところでもふれたが、この座談会の司会をした冨士田元彦によれば、前年末に企画された「大学生と短歌」が各大学代表の意見交換の域を出なかったのに対し、この座談会は安保闘争の年、その渦中から出てきた新鋭が短歌に対する考え方をぶつけあったという点で注目を集めたようだ。しかし、「谷間」世代の特徴なのか、話し合いはかみ合わないまま、問題提起を投げ合ったにとどまった、と冨士田はみている。

岸上の発言は次のようである。

短歌というのは一人の人間の空しい詠嘆に過ぎないと思うわけです。

……ぼくは、デモにも行きますし、そういうデモをすることによつて、自分自身を変革してゆくべきだと思つています。しかし、ぼくがデモに行つたことと、デモの歌を書いていることとは関係ないんですよ。実際にデモの歌を書いていますが、それはただひとりの空しい詠嘆であるにすぎないんです。

まるで、沢口芙美や藤井常世らの証言に共鳴するかのような発言である。ただし、この発言内容を考えるのには、少し時期的な問題も考慮しておかなければならない。

佐佐木幸綱は、岸上が「意志表示」の短歌を起筆した時期と応募するために投函した時期とのタイムラグから、詩句「声なきこえ」の意味づけを問題にして論じた。そのような時差を問題にすると、日記から、この座談会が開かれたのは一九六〇年九月二日だったとわかる。新人賞の発表は八月末であり、「二十八日未明にかけて、二時間ばかり呻吟して、〈意志表示〉七首を書く。力作なり」と日記に記したのは、四月である。

評伝を書いた小川太郎によれば、岸上が新人賞の受賞を知り、座談会に参加した頃はすでに安保闘争そのものは衰退の一途をたどっていた。

闘争の余韻はまだ強かったが「八月末は、もはやそんな状況ではなかった。全学連も分裂し、安保闘争は完全に退潮していた。安保闘争を『戦争』だと主張する岸上は孤立せざるを得ない状況であった」と小川は論じる。これは吉本隆明が「岸上大作小論」で用いた〈情況〉のことであり、より的を絞れば、國學院大學短歌研究会内での安保闘争に対する温度差のことを指している。

吉本は次のように論じる。

その頃、岸上大作は、国学院大学短歌研究会のメンバーとして、講演を依頼したい旨の手紙をよせてきた。この種の依頼には、いつも消極的にしか応じないのだが、ちょうど〈安保闘争〉の敗退したあとの大雪崩のなかで、じぶんなりに〈情況〉のある部分をひき受けようと意志していたので、たしか、承知した旨の返事をかえした。

……なぜかわたしには「マルクス主義による理論武装」というときの岸上の努力が、痛々しく感ぜられる。……安保闘争の座礁から、指導部が四散したとき、すでに孤立した焼けのこりの柱がとりのこされ、風に吹き晒されて、文字通り孤立のうちにこの風圧に抗わねばならなくなった。この〈情況〉のなかで、岸上大作もまた、その場所で焼けのこりの柱のように、風圧をまともにうけなければならなかった。(31)

岸上にとっての「風圧」は、小川太郎の短歌研究会内の描写から具体的にイメージすることができよう。

岸上の先輩、西村尚はよく岸上をこう批判していた。

「戦争というのは、弾丸を撃ち合う熾烈なもので、安保闘争を戦争ととらえるのはおかしいよ」

周囲の仲間は岸上の論調に批判的だった。岸上は焦燥を感じていたに違いない。

沢口（芙美―筆者注）は岸上にこうといかけたことがあった。

「革命といってもそうたやすいものではないでしょう。どの程度に革命のプログラムが出来ているというの」

岸上は沢口の突っ込んでくるような質問に一瞬つまって、

「それは指導部の同盟のほうでやっているのではないか」と窮したように答えた。

同盟とは、共産主義者同盟〈ブント〉である。そのブントが崩壊しつつあったとき、政治団体に参加していなかった岸上には革命の方策などまったくなかった。[32]

岸上が吉本隆明の著作にのめり込むのが、一九六〇年の夏休みの帰省中で、九月六日に吉本隆明へ講演依頼の葉書を書いている。強行すべきだと主張した岸上に反して、吉本の講演が中止になったことはすでに述べた。「短歌というのは一人の人間の空しい詠嘆に過ぎないと思うわけです」はこの〈情況〉のなかで発せられている。吉本のように「じぶんなりに〈情況〉のある部分をひき受けよう」との意志は、岸上にはなかったであろう。岸上は「孤立」といった「個の在り様」を、佐佐木幸綱がいうように「マイナス札をひくこと」のうちに回収してしまっていたのかもしれない。

短歌が誌面に掲載されたこのような時期において「声なきこえ」を同定するならば、それは西村尚や沢口芙美などの声ある声に隠れて発せられているはずの、他の短歌研究会メンバーの「声なきこえ」だといえる。だが、短歌「意志表示」を起筆した時期の四月において同定するならば、岸上が短歌研究会のメンバーに「声なきこえ」つまり、安保闘争への無言のプレッシャーをかけていたとも考えられる。

または、吉本隆明の講演を強行しようと主張しているにもかかわらず、煮え切らないメンバーへ苛立ち、その後、落胆へと移行する岸上の内的情況の表現だと考えることもできようか。句法的な誤りだといわれる「意志表示せまり」であえて一度切れると捉えるなら、自分の主張に声をあげて同意してくれないメンバーの冷ややかな視線を背に、孤立する岸上の姿をイメージすることも可能だ。

先の発言に続いて、岸上は「だから、こういう民衆短歌をより高度なものにするという考え方はぜんぜんわからない」と、清原日出夫に語る。清原は、芸術一般が一人の個がつくるものだという前提を確認し、だからこそ

「みんながそういう意識をもつて、連帯感につながつて、こつちも変わつていくということが大事じやないですか」と問題意識を提示するが、もはや連帯感に希望を見いだせない岸上は、吉本隆明とは逆方向の「空しい詠嘆」にしか自己の言葉を信じることができない。作者の岸上に引きつけて少々考えすぎかもしれないが、この舌足らずの表現は連帯感への希望と挫折のあらわれであり、他者との結び付きを欠く言葉としての、内心の傷でもあろう。仲間に連帯への意志表示を「せまり」ながら、しかし、同意の「声」は聞けず、無言の不同意を受け止めながら独り沈黙のうちに嘆く短歌上の〈私〉が、表現技巧の拙さのうえに現前する。

第六節　時代への迎合

この新鋭歌人座談会で、岸上は自身の時代認識へも言及している。そして、戦後の短歌が戦後時代史と「密着した形」で感じられると語る。この「密着した形」という言葉は、戦後短歌が時代に「迎合」したことへの強い批判であった。

　戦後の十五年というのは、「民主化」という偽装のもとで、アメリカ帝国主義に軍事的に敗北した日本の資本主義が、非常に高度化された国家独占資本主義に発展する過程なんですよ。短歌の方をみると、五十三年に茂吉・迢空の死があり、その翌年には中城ふみ子・寺山修司が登場し、それ以前に戦後短歌を代表していた新歌人集団の人たちの世代との、世代の交替を暗示しているのですが、ちょうど、その戦後短歌の交替期は、日本資本主義が立ち直り、マス・コミを主力部隊にして、反体制側に、大衆社会の幻想をもつて攻撃をしかけてくるんです。[33]

高度化する日本資本主義が、マス・コミのイメージ戦略でもって反体制側に大衆の幻想を植えつけ、社会に安定的ムードを醸し出したとしたうえで、その時流に最も「迎合」した歌人の一人に、岸上は寺山修司を挙げる。座談会の翌月に『短歌』へ発表された「寺山修司論[34]」はこの一連の流れの中で読解する必要がある。

第七節　「意志表示」

ここまでの考察を簡単に振り返りながら、問題の所在を確認する。

一九六〇年九月、第三回『短歌研究』新人賞の「推薦[35]」に、学生歌人・岸上大作の「意志表示」が選ばれる。この賞の前身に、一九五四年より五回開催された「五十首詠」があり、一九五八年からは「新人賞」へと改称される。その第二回「五十首詠」の「特選」を受賞したのが、寺山修司の「チエホフ祭」である。「意志表示」の表題作は次の一首。

意志表示せまり声なきこえを背にただ掌の中にマッチ擦るのみ（I・意志表示・'60年4月26日）

日記[36]には、「二十八日未明にかけて二時間ばかり呻吟して、〈意志表示〉七首を書く。力作なり。はやく誰かにみてもらいたい。……とにかくこれだけ書けたのはうれしくてタマラヌ」と記すあたり、岸上の強い自負を感じる。

選考委員の岡井隆は、時代の感懐を詠む機会詩の側面にふれながら、湯気の立つ材料を料理するのは容易ではなく、「一番陥り易い危険としては、状況の散文的な描記だけが列挙されたり」すると、苦言を呈する。その上で「この作品は内省の筋が一本通っている」[37]と評価した。岡井の講評は、近年、例えば現代詩作家の荒川洋治が、東日本大震災を主題にして書かれた大量の詩や歌がどこか状況の散文的な描記に終わっていた事態を「詩の被災」と批判した問題へと繋がっている。もちろん、どちらの場合にも、月並みを脱した密度の高い詩や歌はあったわけで、のちに岡井はこの点を確かめるように、短歌が発表された〈場〉の条件を一切剝奪するといった制約を課して、岸上の短歌を読み直している。[38]

一方で、村上一郎[39]や上田三四二[40]は、時代を共にしない読者にとって当時の状況に寄りかかりすぎた作歌を、わかりにくさを生む難点であると批判する。村上や上田の指摘はこの短歌をめぐって幾度も取り上げられるものだが、その中にあって、佐佐木幸綱がまさに六〇年安保闘争の時代状況に深く与《くみ》する独自な解釈を示す。厳密さを求める研究の場でないかぎり、短歌上の〈私〉に作者の岸上大作を投影する読み方は一般的だといえよう。それに比し、当時の総理大臣岸信介が国会を取り囲む連日の退陣要求デモに係わる記者会見上で、「〈声ある声〉を批判し、〈声なき声〉に私は耳をかたむけると語って大きな問題」[41]になったことを論拠に、ここには政敵である岸信介首相の所作が詠まれていると論じた。マッチを擦る所作は、非行動的な自己を告発するために表象化されたというよりも、迷妄する権力の対象化であるとした。その意味でなら、この一首はまさに時代の闘争歌であろう。

佐佐木は短歌の起筆と応募原稿の投函日とのタイムラグに着目して論を立てたが、同様に起筆と新人賞受賞の通知とのタイムラグを考慮すると、岸上が所属していた國學院大學短歌研究会内での安保闘争に対する各学生の温度差が前景化してくる。新人賞発表の八月末は、すでに「全学連も分裂し、安保闘争は完全に退潮していた」[42]のであり、さらに先鋭化しようとする者にとって、連帯への問いかけは、無言の不同意を背に感じなければならない時期だった。[43]

以上をふまえて、寺山修司の短歌との関係と、岸上の「寺山修司論」との考察に入ることができる。

第八節　「寺山修司論」

マッチ擦るつかのま海に霧ふかし身捨つるほどの祖国はありや

一九五六年四月号の『短歌研究』に、寺山修司は三十首の短歌を、「猟銃音」というタイトルにまとめて発表する。右記の一首は、その冒頭に置かれた。その後、第一作品集『われに五月を』[44]では章タイトルを「祖国喪失」に変えて巻頭に再録する。第一歌集『空には本』[45]でも、やはり巻頭歌として再々録される。岸上と同じく、寺山修司においても、その編集の仕方に作者の強い自負が感じられよう。

先の岸上の短歌と比べてみれば、岸上がこの一首を読まなかったはずはなく、歌句や着想などが寺山からの借用であることは否めない。だが、今西幹一が指摘しているように[46]、寺山の短歌も石川啄木の短歌[47]へとたどることが可能であり、「発想の重層性」[48]は本歌取りの機能として、各々の短歌に奥行きを与えているともいえる。

「意志表示」の短歌のために「呻吟して」いたのが四月、同年の夏休みに岸上は「寺山修司論」を書く。きっかけは『短歌』の編集をしていた冨士田元彦からの依頼だった。

七月の末にはじめて会った岸上大作は、歯ぎれのいい評論や饒舌な手紙の印象とはおよそ正反対の、小柄で痩せた、そして内気な青年で、話し方もトツトツとして無口だった。

……十一月号に「戦後作家論」特集を編むことに決め、夏休み中の課題として寺山修司論をも依頼した。岡井論ではなく寺山論にしたのは、傾倒している岡井にのめりこまれるのを避けて、客観的な作家論になるように、わざとサイクルを違えてみたのだが、それは成功したと言えるのではないかと思う。[49]

岸上の友人だった高瀬隆和が編んだ年譜にも「この頃〈寺山修司論〉を書くために、図書館にこもる日が多かった」とある。[50]

冨士田元彦がいうように「客観的な作家論」になったかどうかはわからない。初対面では「無口」で「内気な青年」だったが、岸上には必要以上に何かにのめり込む性質があり、特に対人関係では先方への配慮に欠ける態度でしばしば問題を起こしている。[51]「岸上大作ほど、たびたび私と交錯した歌人を私は知らない[52]」と書く寺山は岸上の寺山論を引用しながら、次のように不服を唱えている。

「リズムによって寺山修司が社会性を獲得したといっても、それは拡大安定期にある国家独占資本主義社会の現実に呼応、迎合した『われ』のそれへの拡散、『われ』のそこでの喪失にすぎないからである」とかいているが、主体として「われ」を確認することが、国家独占資本主義社会、という視点への迎合になるというのがなぜか私にはさっぱりわからない。このドグマによると、「われ」という主体を歌によみこまないことが、国家……への呼応でも、迎合でもない、というつもりなのか。[53]

寺山がその反論で争点としたところをひとつの尺度にしながら、「寺山修司論」の論旨を読解してみよう。岸上は、一九五四年の「チエホフ祭」から六〇年の「砒素とブルース」にいたる寺山の短歌をいくつか抽出し、寺山が五音・七音を基調とし、原則的に五句三十一拍の短歌の「リズム」を駆使して歌を詠んでいると書く。これは共に前衛歌人といわれた塚本邦雄や岡井隆が、句またがりや句割れなど方法意識を優先して作歌したのと一線を画すると見てのことだろう。そして、寺山の評論から「短歌という様式が存外人に忘れられていながら、五音・七音のリズムの方は大衆の感受性の底にまだ根強くのこっているということです[54]」や「リズムによって社会性を保ちうる[55]」などを引き、寺山のリズムについての主張は、「短歌はリズムによって社会性を獲得する」に要約されるだろうとまとめる。

この「リズム論」と「作品における多様な状況への『われ』の設定」が、寺山のなかで「密着したかたち」で存在していると、岸上は主張する。

「現実にある『われ』の私小説的な告白ではなくて現実にありうる『われ』を描」くのに、寺山はリズムを駆使し、そのようにして描かれた「『われ』が読者のなかにおいても普遍的に存在することをかちとった」といった理論で、「リズム」が「社会性」の獲得に有効な手段であったことを理解しつつも、別の箇所で「私小説的告白をしなかったとか、アララギ・トリヴィアリズムに陥らなかったということは少しも誇りうべきことではない」というように、そこで描かれた「ありうる『われ』」を岸上は評価の対象にしない。なぜなら、寺山がリズムによって描いた「ありうる『われ』」が「社会性」を獲得してしまった「からこそ、いまやぼくらにはその社会性そのものを批判することが緊急の課題」だと岸上は考えたからである。つまり、岸上の批判の矛先は寺山短歌を受け入れた「社会性」そのものに向かっているのだ。

寺山を批判するのは寺山の短歌が「社会性」を獲得したからであって、仮に「社会性」を獲得しなかったのなら、批判対象にはならなかったのだろうか。岸上は寺山が短歌によって描いた「ありうる『われ』」を具体的に挙げて検討するといった作業を省く。岸上にとっては一首が抱える具体的内容よりも、社会全般を批判することが急務だったのだろう。

その上で、寺山が「現代は様式喪失の時代である[56]」と評論のなかで嘆いた言葉を逆手に、「むしろ『現代はすべてが様式の時代である。』と訂正すべき」だと批判する。[57]

かたちのないものまでが、かたちになってしまうといった、すべてが独占資本主義の繁栄・安定のムード・様式である現代において、そのリズムがもっとも洗練されていて、もっともそのムードに便乗しやすいあるいは利用されやすい短歌においては、そのリズムに抵抗し、「われ」に執着することが、文学としての存在理由をうる方法ではなかろうか。(58)

岸上は「現代」を「ムードの時代」であると規定する。また、ほぼ同義としての「様式の時代」を次のようにも説明する。

革命の前衛たるべき日本共産党（代々木所感派）でさえもが、危険のないただ独占資本の繁栄・安定を支えるひとつのムードにすぎないように、すべてが、拡大安定期にある国家独占資本主義のムードに乗った（あるいは流された・利用された）様式の時代である。(59)

寺山の短歌を批判した論考だが、この文章から岸上の時代認識を読み取ることもできよう。

第九節　冨士田元彦の批評

冨士田元彦は前出の回想記的な小論で、七月末に初めて岸上大作に会い、喫茶店で話を聞きながら、夏休み明けに帰省先から戻る「清原日出夫を迎えて座談会を開こう」ともち出す。それは「十月号の企画だった」ようだ。

新鋭歌人座談会「明日をひらく」は次号の「戦後作家論」特集と連続ものとして発案され、岸上はこの喫茶店で夏休みの課題である「寺山修司論」を依頼される。短歌総合誌『短歌』のこれらの二つの企画を、岸上は夏休みの間、一連の仕事として取り組んだことだろう。

この座談会で、岸上が短歌を「一人の人間の空しい詠嘆に過ぎない」と発言したことは第五節で言及した。岸上以外の参加者を今一度確認しておくと、稲垣留女、小野茂樹、清原日出夫、司会を冨士田元彦が引き受けている。

冨士田は最も説得力をもった形で残ったのが小野の発言ではないかと、座談会を振り返る(60)。小野は自身の世代を、中間的な存在であり、戦後的な曖昧さのなかで育ってきたと見るが、しかし「フィジカルな、時間とともに忘れられていく部分をもつ戦争体験はぼくらのものじゃない。そして、ぼくらは辛うじて持たないで済んだのだ、と断崖に立つような気持ちでもっと若い人たちに話したい」と主張した。

戦争体験をめぐるこの発言を、冨士田は岸上の評論「ぼくらの戦争体験」をふまえてなされたものだと考える。

> 日本資本主義の帝国主義段階における戦争としての第二次世界大戦、国家独占段階におけるそれとしての安保改定、という二度の戦争を、ぼくらは、日本が資本主義体制にあるかぎり反体制のぼくらが永遠に体験しなければならない戦争のもっともフィジカルな形において、体験したのである(61)。

ここで岸上は、第二次世界大戦だけでなく、六〇年の安保改定を「戦争」と呼び、日本は二度の「戦争」をしたが岸上世代は後者の「戦争」を「フィジカルな形において、体験した」と書く。岸上は自分たちのことを「戦争」を知らない世代だとは考えない。小野にとって「戦争」は、あくまで「第二次世界大戦」を指し、一般的な戦後短歌史も以上の意味で記述される。

冨士田は小野の発言により、「前世代の歌人たちがともすれば避けがちだった文学と政治をめぐる対立点」を「より若い新鋭層の手で浮彫りにされたという収穫」があったと評価する。敗戦体験が作歌の内容面を一手に抱えているような世代、続く寺山修司に代表される〈傷〉のない若さを誇る世代に対して、新人の岸上は小野のような姿勢を取ることができなかった。前世代に対して「現代」の状況もまた「戦争」なのだとの認識を示すことで、〈傷〉のない青春を詠んだ寺山たちを相対化し、自分たちの世代の立ち位置を押し出したかったのかもしれない。その気負いは小野にとっても同様であったろうと思われる。

岸上が座談会の終わりに「結局、最後の敵というのは資本主義体制そのものにあるわけですが、その敵を倒す前にいろんな敵を倒さなければならない。その敵を倒す闘いを孤独に進めていこうと思います」というと、小野は「敵を倒すのが最後の目的?」と首をかしげる。小野には岸上の理論が理解できない。

岸上の発言は革命のための短歌を志向しているように読めるが、同時に「ぼくがデモに行つたことと、デモの歌を書いていることとは関係ないんですよ。実際にデモの歌を書いていますが、それはただひとりの空しい詠嘆であるにすぎないんです」と繰り返すあたり、やはり連帯を強く求めるほど、仲間からの無言の不同意を背に感じなければならず、だからこそ片意地を張りつづける岸上が、自身を保つために拠らざるを得なかった理論がここにはみえる。[62]

「歌人がいまの体験を自分の〈傷〉として如何に肉体化しているかであるのだし、その〈傷〉の程度によって、ぼくらはいま本当の歌人とニセモノの歌人を見分ける絶好の機会に恵まれている」[63]と、先の評論で岸上自身が強調していたことをふまえて、冨士田は次のように続ける。

この論理を、座談会における小野の発言に反発する形で、個的な一人の歌人寺山修司に適応してみせたのが「寺山修司論」であった。したがって「寺山修司論」は、作家論というより、岸上の理論（と呼んでいいものかどうかわからないが）の作家応用篇とみなしていいだろう。[64]

歌人寺山修司は「岸上の理論」図の一端を担わされたということだろうか。だが、六〇年の安保改定を戦後の国のかたちとして議論するなら別だが、「戦争」の「体験」と考えることに寺山は同意しないであろう。岸上の最初の評論と呼んでいい「閉ざされた庭」は、一九六〇年四月の『國學院短歌』三十一号に掲載された。冨士田も引いているが、岸上は同世代の作品を批判するのに、次のように始める。

独占資本主義体制のもとに自己を疎外されている現代社会の青春とは全く異なった青春、そして、それをぼくはもはや青春とは呼べないものでしかない。[65]

「独占資本主義体制」といった用語がすでに見られ、岸上の時代認識を表現している。だが、この時代認識は一九六〇年の〈場〉を考慮すれば、それほど岸上だけに特化したものではないといえる。

寺山が違和感を覚えたのは、このような「現実に呼応、迎合した『われ』のそれへの拡散、『われ』のそこでの喪失にすぎないからである」といった点であった。リズム論に密着したかたちの「多様な状況への『われ』の設定」を「国家独占資本主義社会」への迎合であると批判したところが受け入れられなかった。寺山は「私にはさっぱりわからない」と不平を漏らす。

岸上は「寺山修司論」の〈付記〉に次のように書く。

自分かってな自己主張のために、強引にあるいは性急にすべてを割り切ってしまわなければならない必要性をいまは余りにももちすぎているために、「寺山修司論」ならざる「寺山修司論」になってしまったことを誰よりもぼく自身強く感じている。(66)

自己主張のために「強引」「性急」に、歌人寺山修司の存在を借りてこなければならなかったようである。本人が感じているこの「性急」さを、冨士田は「作家論」というより「作家応用篇」だと指摘することで、批評対象よりも書き手の思惑が前面に出ているとみた。そして岸上は寺山修司の短歌作品やエッセイを挙げたあと、参照した先行の寺山修司論を列記する。

「若い肩への期待」（荒正人・五五年一月号「短研」）「若き森への散策」（石崎晴央・五六年四月号「短研」）「危機について」（塚本邦雄・五七年三月号「短歌」）「明日のための対話」（谷川俊太郎・往復書簡の返信・五八年四月号「短研」）「新世代の旗手6・寺山修司」（菱川善夫・五八年六月号「短研」）「空間への執着」（嶋岡晨）「荒れた花圃」（舟知恵）（ともに五八年七月号「短研」）「〈楽しい玩具〉への疑問」（嶋岡晨・五八年九月号「短研」）「歌の本」（仁木悦子・五八年一一月号「短研」）「寺山修司論」（原田禹雄・五九年一一月号「短歌」）などがある。(67)

このなかに、岸上が寺山批判で使った用語「多様な状況への『われ』の設定」が見つかる。

第十節　多様な状況への「われ」の設定

近現代短歌史において「様式論争」と呼ばれる前衛短歌論争[68]のひとつは、一九五八年に詩人の嶋岡晨が「空間への執着」で寺山修司の作品を批評したところから始まった。「様式論争」については第二章で論じたので、ここでは前衛短歌論争についてまとめた篠弘の論考を参照しながら、拙論に関係するところを中心に確認する。篠は寺山の「翼ある種子」から嶋岡が取り上げたいくつかの短歌を引用して、次のように解説する。

　この年の上半期の問題作の一つにランクされた、これ（「翼ある種子」—筆者注）をめぐって、嶋岡晨と舟知恵の三人《ママ》が批評を書いたのであるが、アウトサイダーの嶋岡晨のほうは、かなり批判的であった。「多様な状況の設定のなかに選ばれた〝われ〟なるものが、フィクションの機能のもとにどれだけ真実の自我を生かしているかは疑問に思われる」として、あまりに多角的な表現が、どれだけ作者独自の真実の自我をとらえているのか、疑義をただしたのである。[69]

別の箇所では「発想の根底にあるものが、もしムード的な自我でないならば」や「そこにさまざまの物語とモルモット的『私』が投影される」などといった用語を、嶋岡はつかっている。嶋岡は、寺山の四十八首の短歌に感覚的な表現の新鮮さはあっても強靭な批評精神は発見できないと批判した。

さらに、寺山が「短歌の形式に救われ得るポエジイの所有者」にすぎないともいう。寺山の短歌のアイデアの多くが、飯島耕一、関根弘、谷川俊太郎ら詩人たちの労作の「センスのいいしゃれたヒョーセツ」にすぎないと思われたからだ。嶋岡の評論「空間への執着」を、篠は次のようにまとめる。

寺山の作品には、ドラマティカルな「私」があらわれているだけで、徹底的に「私」を追求していないため、自我がとらえられないままであると言っている。嶋岡は、寺山のリズミカルな感覚的な表現の美しさを認めながらも、こうした発想では、ムード的な自我をつかむに適しているかもしれないが、「強靭な批評精神はもとめられない」として、きわめて否定的であった。[70]

五七五七七といったリズミカルな短歌の形式、多様な状況の設定に合わせて選ばれる〝われ〟、その〝われ〟はムードによって選択される都合のいいもので、自我を徹底的に批判するまなざしから切り離されたところから生み出されており、どこか飼い慣らされたモルモットのように温和で、「私」を喜ばし「私」に愛玩されるためだけの〝われ〟ではないのか。嶋岡はそのように寺山短歌を読んだ。だが、この批評内容は、岸上大作が寺山修司に向けたものとほとんど変わらないのではないだろうか。

仮に違う点があるとすれば、そのひとつが「多様な状況」を「国家独占資本主義社会」といった時代認識で規定するところであろう。岸上は「様式論争」から言葉を借りて、岸上理論の作歌応用篇である「寺山修司論」を作成しているのだ。

嶋岡に批判された寺山は、すぐ翌月号に「様式の遊戯性—主として嶋岡晨に」[71]を発表する。そこで、様式としての短歌定型について疑問を呈し、「やむにやまれぬ感動や、追いつめた自我などうたうには、実は短歌という様式第一のジャンルは不適合なのだ」と説明する。

そして「感動が、短歌というジャンルでは定型にまとめあげる作用」のなかで、不可避な造化意識をもち、そこに「たしなみを正しく見せようとするスタイリスト意識のようなもの」が生まれるのであって、「思うまま書く自由詩の荷い手とはまるで違った動機《モチーフ》をもっている」と反論する。岸上も引用していたように、歌人の寺山修司は「短歌という様式が存外人に忘れられていながら、五音・七音のリズムの方は大衆の感受性の底にまだ根強くのこっている」ことを強調して、短歌定型を忘れられた「様式」、現代では自由詩に対して分の悪いスタイルであると認めていた。

しかし、岸上は「すべてが独占資本主義の繁栄・安定のムード・様式である現代において」というようにして用いた。岸上にとって「様式」とは「ムード」であり、その場その場の気分や感情に流されていく、世間一般の風潮のことである。

もちろん自由詩はスタイル無用ということではない。それでも、自由詩を対義の一端に抱えながら、詩型の問題を議論するために用いられた「様式」という語は、「すべてが、拡大安定期にある国家独占資本主義のムードに乗った（あるいは流された・利用された）様式の時代」に呑み込まれ、語義の微妙な差異を消されていく。「岸上大作ほど、たびたび私と交錯した歌人を私は知らない」と書く寺山は、岸上の死を振り返りながら、次のようにつづけた。

しかし自己劇化はできても、それを効果的に伝達し、表現にまで昂めてゆく技術も思想も持たず、和歌は生硬で下手くそで、定型との持続的な葛藤もせぬまま死んでしまった男。(72)

岸上批判で「自己劇化」という用語から連想できるのは、今度は、寺山が嶋岡への反論で、自己を擁護するために用いた言葉である。

つまり人間の劇的性格こそ作家の動機であり、「私」的なものの掘りさげから普遍的な「個」を生みだそうとする現代詩人とは二律背反であることを何よりも人は知るべきなのだ。(73)

嶋岡に「フィクションの機能のもとにどれだけ真実の自我を生かしているかは疑問に思われる」と批判された応答として、寺山は人間の「劇的性格」を押し出した。寺山の批評対象である新人の岸上大作の姿に、時を違えて、新人の寺山修司の姿が重なってこないだろうか。寺山は岸上の姿勢に、若き日の自分自身を見てしまっていたともいえる。岸上を批判しながらも、どこか愛情の逆表現を感じる原因もここにあるかもしれない。

岸上の「自己劇化」と寺山の「劇的性格」との違いを考察することが、おそらく次の課題の起点となる。この違いは、サブ・カルチャーや大衆文化への接近の仕方にあらわれるはずだ。それこそが、岸上が寺山に見落としたことであり、嶋岡が寺山を都合がよすぎると批判した「遊戯性」であろう。

注

（1）『岸上大作全集』（思潮社　一九七〇・十二）

（2）一九五八年、警察官職務執行法に反対する運動から石原慎太郎、谷川俊太郎、永六輔ら若手の文化人によって組織される。一九六〇年の安保改正では反対を表明した。他のメンバーに、寺山修司、江藤淳、大江健三郎、黛敏郎、福田善之、開高健、浅利慶太、羽仁進、山田正弘らがいる。

（3）寺山修司「都市即興―岸上大作への手紙」（『短歌研究』一九六一・一）

（4）冨士田元彦は「彼が中心となって企画した吉本隆明の講演会が大学当局の中止勧告で流れ、短歌研究会からの退会を余儀なくされたことが、自死に至る引き金の一つとなった」と見ている。（「岸上大作と清原日出夫―

そして同人誌の作家たち」、『冨士田元彦短歌論集』国文社　一九七九・十二）

(5)『岸上大作の歌』（雁書館　二〇〇四・三）

(6)『國學院短歌』三十一号（一九六〇・五）に、「意志表示抄―四月二六日」七首を発表。同誌に掲載されたエッセー「閉ざされた庭」が『短歌』編集の冨士田元彦の目にとまる。

(7) 國學院大學の先輩・西村尚と郷友でもある高瀬隆和らが選歌し、評論や「ぼくのためのノート」を加えて、作品集として一九六一年六月に白玉書房より上梓。

(8) 一九六〇年四月二十七日の記（『もうひとつの意志表示―岸上大作日記　大学時代その死まで』大和書房　一九七三・十二）

(9) 寺山は『短歌研究』（一九五六・四）に「猟銃音」三十首を発表、その冒頭に置かれた。その後、第一作品集『われに五月を』（作品社　一九五七・一）の「祖国喪失」三十四首の冒頭に置かれ、第一歌集『空には本』（的場書房　一九五八・六）の「祖国喪失」十二首の冒頭に置かれる。

(10) 石川啄木『一握の砂』（東雲堂書店　一九一〇・十二）

(11) 今西幹一「岸上大作『意志表示』論ノート―〈壁〉について―」（『山梨英和短期大学紀要』一九八八・一）

(12) 注1同書。

(13) 注4に同じ。

(14) 上田三四二「戦後の秀歌（六十九）―岸上大作『意志表示』―」（『短歌研究』一九八三・八）

(15) 小池光「岸上大作」（石本隆一他編『現代歌人２５０人』牧羊社　一九八三・十二）

(16) 注14に同じ。

(17) 注4に同じ。

(18) 村上一郎「時代と時代を超えるもの」（注1同書、付録「岸上大作考」所収）

(19) もう一首は「請い願う群れのひとりとして思う姿なきエリート描きしカフカ」。

(20) 岡井隆「岸上大作について」(注8同書所収)
(21) 注20に同じ。
(22) 岡井隆「岸上大作について　解説」(『短歌研究』一九六〇・九)
(23) 佐佐木幸綱「詩と行為―岸上大作論―」(『短歌研究』一九七四・十一)
(24) 佐佐木は岸上の日記をたどりながら、「意志表示」の語は四月二十七日に見られるが、それから一ヶ月ほどかけて応募作五十首をまとめあげたとして、五月二十九日に投函したと記載されていることから、「声なきこえ」の語句の意味づけをしている。
(25) 注23に同じ。
(26) 「われとわが身を罰する者」(『悪の華』佐藤朔訳　一九四一・三、フランスでの刊行は一八五七年)
(27) 注23に同じ。
(28) 沢口芙美「岸上大作私記」(『短歌』一九七三・十二)。沢口は次のような短歌も詠んでいる。「このわれを深く憎しみ人逝きて心むなしく夜の底に立つ」
(29) 小川太郎『血と雨の墓標―評伝・岸上大作―』(神戸新聞総合出版センター　一九九〇・十)
(30) 『短歌』(一九六〇・十)。他の参加者は稲垣留女、小野茂樹、清原日出夫。冨士田元彦によれば、坂田博義も予定していたが連絡がとれずに断念する(注4同書)。
(31) 岸上大作『意志表示』(角川文庫　一九七二・五)に付された解説。
(32) 注29同書。
(33) 注4に同じ。
(34) 岸上大作「寺山修司論」(『短歌』一九六〇・十一)
(35) このとき、「推薦1」は横田正義「黴びる指紋」。次の「推薦」に、栗秋さよ子「磔刑の肋」、岸上大作「意志表示」、森淑子「オルゴール」の順で並ぶ。岸上は「推薦」の第二席である。

(36) 注8同書。
(37) 注22に同じ。
(38) 注22に同じ。
(39) 注18に同じ。
(40) 注14に同じ。
(41) 注23に同じ。
(42) 注29同書。
(43) 表現の問題としても「せまるというのなら了解できるが、せまりというのであって、ずいぶんおかしい」(注15同書)といった文法的な傷をどのように解釈するか。第六章を参照されたい。
(44) 寺山修司『われに五月を』(作品社 一九五七年一月)
(45) 寺山修司『空には本』(的場書房 一九五八年六月)
(46) 注11に同じ。
(47) 「マチ擦れば/二尺ばかりの明るさの/中をよぎれる白き蛾のあり」(注10同書)。
(48) 注11に同じ。
(49) 注4に同じ。
(50) 注1同書。
(51) 注29参照。
(52) 寺山修司「虚無なき死、死なき虚無」(注1同書、付録「岸上大作考」所収)
(53) 注3に同じ。
(54) 寺山修司「明日のための対話」(『短歌研究』一九五八・四)
(55) 寺山修司「三つの問題について」(『短歌研究』一九五七・十一)

(56) 寺山修司「島は生れようとして」（『短歌研究』一九五八・十）
(57) 注34に同じ。
(58) 注34に同じ。
(59) 注34に同じ。
(60) 注4に同じ。
(61) 岸上大作「ぼくらの戦争体験」（『具象』創刊号、一九六〇・六）
(62) 篠弘は、岸上について次のようにいう。
「ぼくは岸上さんのほうが（清原日出夫にくらべて）実際、体験を完全な意味でもっていないという意味で問題があると思うんです。つまり方法上の必要から思想の面で描いているということですね」「作品の上から行動を設定しているんじゃないかということ」「やはり作品を位置づけている論理にいま一歩欠ける弱さがある。内容のもつリアリティの稀薄さにつながってくる。おそらくかれが国学院大学にいてえんりょしながらデモをやっていることによるのかもしれない」（座談会〈今年の問題・明日への課題〉『短歌』一九六〇・十二）
(63) 注61に同じ。
(64) 注4同書。
(65) 岸上大作「閉ざされた庭」（『國學院短歌』三十一号　一九六〇・四）
(66) 注34「寺山修司論」付記。
(67) 注66に同じ。
(68) 他の二つは、塚本邦雄と詩人の大岡信の方法論争、岡井隆と思想家の吉本隆明の定型論争。
(69) 篠弘『篠弘歌論集』（現代歌人文庫27　国文社　一九七九・八）
(70) 注69同書。
(71) 寺山修司「様式の遊戯性―主として嶋岡晨に」（『短歌研究』一九五八・八）

（72）注52に同じ。

（73）注56に同じ。

参考資料

図8　岸上大作ノート「日誌」

図9　岸上大作ノート「日誌」（拡大）

※図8・9は、岸上大作のノート「日誌（短歌創作ノート）」で、姫路文学館収蔵。図8では、四行目にある三首目の短歌の「意志表示せまり」の後が万年筆で消され、「声なき声を」と加筆されている。十行目「〈意志表示―1960・4・27　よる〉」だったものが、日時を「〈意志表示―1960・4・28・未明〉」と訂正されたのではないか。「声なき声」は「声なきこえ」に書き換えられ、その次の行（十一行目）から始まる短歌で、「意志表示せまり声なきこえを背にただ掌の中にマッチ擦るのみ」として先頭に配置されている。『岸上大作全集』（思潮社　一九七〇・十二）では、短歌の下に（I　意志表示・'60年4月26日）と付されている。作品集『意志表示』（白玉書房　一九六一・六）では（I・'60年4月28日）と付されている。佐佐木幸綱によれば、総理大臣岸信介の「声なき声」が新聞の見出しとなって出たのは、四月二十八日のことである。姫路文学館の竹廣裕子さんに、日付の件で確認をとったところ、次のような推察を教示してくださった。岸上が「意志表示」を詠むきっかけになったのは、一九六〇年四月二十六日に起こった全学連主流派約八〇〇〇人による国会付近のチャペルセンター前での座り込みで学生らが逮捕された事件である。岸上はその事件をラジオの報道によって知り、自分が行動していないことへの焦燥感を覚えて、四月二十七日の夜から二十八日未明にかけて最初の短歌を作った。そして、最終的にできあがった短歌を発表する際に、歌の契機となる事件の起こった四月二十六日の日付を入れたのではないかということである。

図8

斗キプとマール清潔にしてまっすぐにつきあげうれぬ手はに
わかやすく腕は縄まみれ アドビラの山ひとつの誤字をわ
意志表示 やまり 声なき声と皆にただ学のサ

意志表示
流されし魚は負目にて一片の記事を語るな
梱指に揮いし朱肉いふられぬ一日
請願書に働が名を書し擁画償える
慨笑をただ招くのみ指を曲げて論理に従うに請願
胸郭の内側にか巨き論理に こ梶棒に指は

意志表示 1960.4.29.妹聞
〈意志表示〉
片腹の手につながりている梱挑その中
許されているは腕くむひとりに請願書にわんぶい

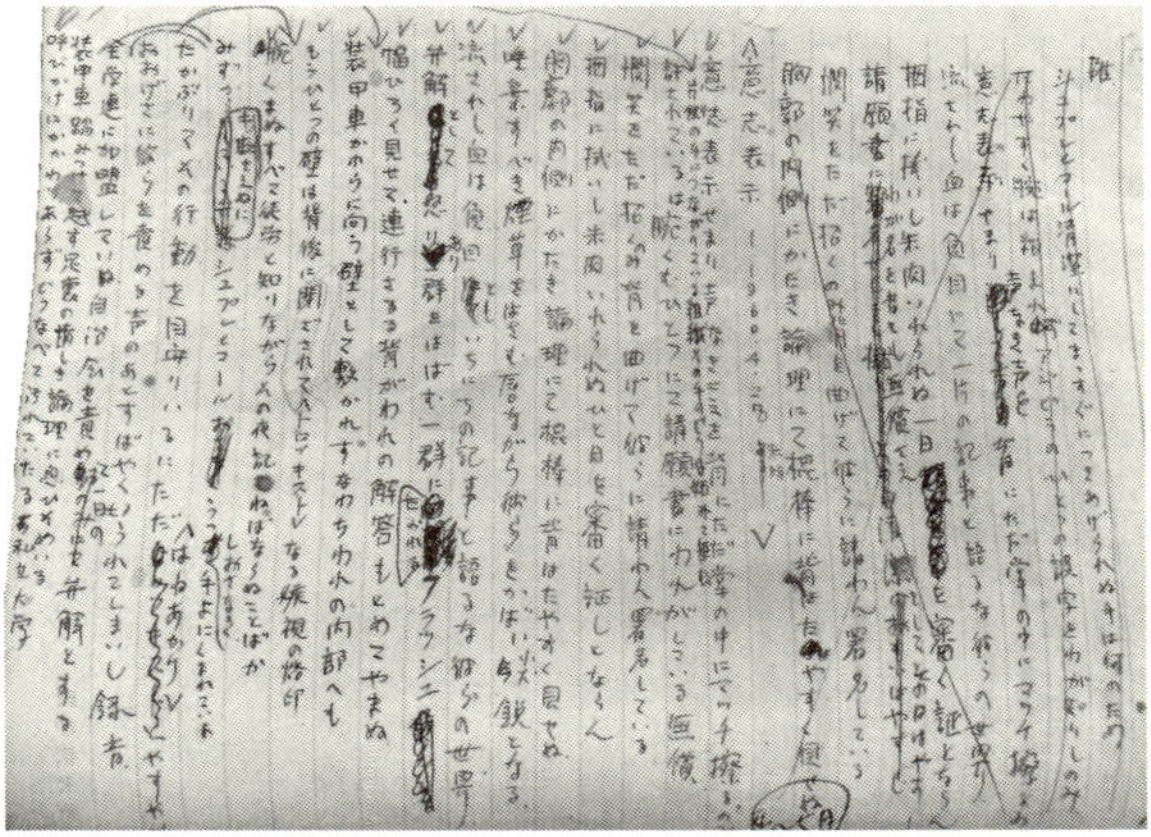

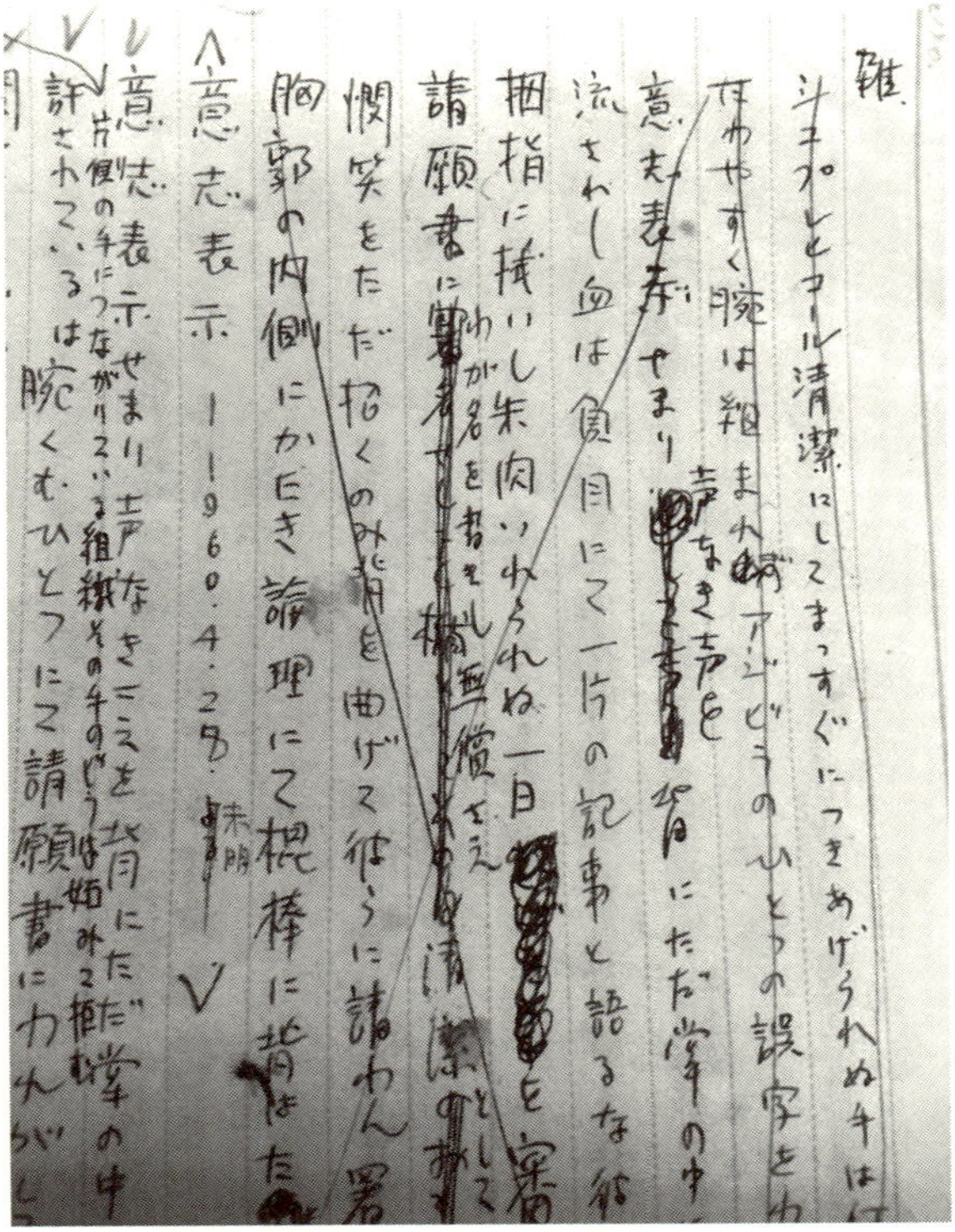

図9

第四章　平田オリザの寺山修司　―寺山修司の「机」と平田オリザの「机です」―

第一節　平田オリザの批評

「青年団」を主宰する劇作家で演出家の平田オリザには、次のような寺山修司への言及がある。


寺山さんの映像の中で、なぜか印象に残っているのは、あらゆる物に名前を書いた札を貼っていくというシーンである。机には「机」という札を、コップには「コップ」という札を貼っていく。

そこで私ならば次のような演劇を考える。机には「机です」と書いた札が貼ってある。コップには「コップです」と書いて貼ってある。登場する人物、例えば郵便配達人には、「郵便配達人のようです」と書いた札を。それからいろいろな性質や性格や感情、しかもそれらの多くは否定形や曖昧な形で書かれている。「強くはない」「優しくはない」「悲しくはない」「痛いようだ」「鋭そうでしょう」

「机です」と書かれた文章の主語は何だろう。「これ」だろうか「私」だろうか。舞台の上で机を机たらしめているのは、作者だろうか机の側だろうか。正解は、まぁ多分作者の方で、だから寺山さんは、寺山さんの記号である役者を使って、「机」という札を貼っていく。

ところが、ヒューマニズムが瓦解したいまとなっては、この机を机たらしめる作者の存在は有効かという問題がある。寺山さんももちろん、このことを疑っていたのだろうが、どうもそこらへんがはっきりしない。

私の勉強不足かもしれないが、寺山さんはそこらへんのところを積み残してお亡くなりになったような、そんな気がする。
それから、私はどうも、演劇をやっている人間にしては、あまり人間を信じたり愛したりしていない方なのではないかと思うのだが、寺山さんはどうだったのか。そこのところが、とっても知りたい。(1)

これは一九九三年の『ユリイカ』「臨時増刊　総特集寺山修司」に寄せられたエッセイの一部で、この年は、寺山の没後十年目であり、なおかつ「青年団」が創設されて十周年に当たるので、書き出しではその縁に触れている。

「寺山さんの映像の中で」とは、長編映画「さらば箱舟」のことなのではないだろうか。映画「さらば箱舟」は寺山の遺作となった作品で、生前にほぼ完成していながらも原作権問題が浮上したために、劇場公開は一九八三年五月四日に寺山が急逝してから一年以上も経った翌年の九月八日、有楽町スバル座にての封切りとなった。このあたりの成立過程については守安敏久に詳細な研究がある。(2)

ガブリエル・ガルシア＝マルケスの小説『百年の孤独』(3)に感銘を受けた寺山は演劇実験室「天井棧敷」において、一九八一年の七月二日から六日間にわたり、東京・晴海は東京国際見本市協会B館で舞台「百年の孤独」を上演する。続いて映画作品への移行を準備した寺山だったが、一九八二年十月、ガルシア＝マルケスがノーベル文学賞を受賞するのに伴って原作権問題に当面する。著作権の代理人であるエージェンシーとATG社長の佐々木史朗サイドの弁護人による交渉の結果、タイトルを「さらば箱舟」へと変更することになる。このタイトルは寺山が生前に考えていたもののひとつだったが、寺山の意向としては「百年の孤独」をサブタイトルにするか、映画の中で小説と映画の関係を明示するかして、「百年の孤独」という名の使用の認可を何とか得ようとした感がある。

映画の内容は原作そのものというよりも、自身で語っているように小説から感化されたうえで自由自在に自分の世界を再構築した作風であって、寺山の創作法をよく知る者にとっては寺山流の作品系譜に繋がるひとつであろうと思われる。ところが、ある意味、全然違った独自の世界が加味されることで、かえって著作権に関しては問題だったようだ。

平田が指摘する箇所は、映像上は「机」や「コップ」ではないが、主人公「時任捨吉」こと俳優の山崎努が家財道具から自分の女房に至るまで、墨で大きく書かれた名札をひとつひとつに貼っていくシーンのことをいっていよう。物忘れに襲われ、家中の物にひたすら名前と用途を書き込んでいく挿話は舞台版の「百年の孤独」にもあって、遡れば、ガルシア＝マルケスの小説『百年の孤独』に突き当たる。

さまざまな解釈を誘う場面だが、この挿話をあえてガルシア＝マルケスの小説から切り離し、寺山のコンテクストに引き付けて捉えるならば、「私とは何か」に連なる「記憶」の改編可能性であろうし、人間の目に見え耳に聞こえる空間はすべて「言葉」によって犯されているといった「現実とは何か」を洞察した皮肉な表象化であると読解することもできるだろう。だがここでは、平田の批判的な眼に映った寺山〈像〉を、その平田の〈眼〉とともに見つめてみたい。そこでまずは平田オリザの〈眼〉を理解するために、その演劇観の一端に触れておく。

第二節　平田オリザの「近代リアリズム演劇」観

舞台創作以外にも戦略的に演劇論を執筆していく平田は、『平田オリザの仕事1 ―現代口語演劇のために―』[4]の中で、演劇の言葉を現代口語として再生すべく、日本語における「主語の省略」と表意としての「助動詞・助詞の役割」の比重とを主張する。この認識は劇作家として、前世代の演劇を「戯曲」の面で前進させようとするものであり、平田の舞台の「リアリズム」を言葉の側から支えている。

のちに『演劇のことば(5)』を書くことで、平田の近代リアリズム観は通史として概観できるようになるが、特に「戦前と戦後の新劇の連続と不連続性について」はそのあとがきで述べているように、菅孝行の『戦後演劇─新劇は乗り越えられたか(6)』に強い影響を受けている。平田は新劇批判者の一人なのである。

一九六〇年代に開花した「テント・小劇場演劇」を高度経済成長期に起こった転態と考える菅は、戦後の新劇を思想的な切り口でのみ記述することはせず、協会や劇団の離合集散が「職業」としての演劇を誕生させるために転じていった人間模様として照らし出す。気高い理念と大衆化との拮抗、存続のための権力への擦り寄り、私費を投じての次世代教育機関の設立など、時に貧寒とした様相を露呈する演劇の流動が共同体を抱えるリーダーの苦悶や幹部の思惑とともに描かれる。

その新劇の功罪の起点を明治期まで遡行させてみると、平田の疑問のひとつにたどり着く。「東京音楽学校、東京美術学校は、一八八七年に上野の山に開校される。では、どうしてこの時、東京演劇学校は作られなかったのだろう。あるいは、なぜ、いまも東京芸大に演劇学部はないのだろう(7)」かと。

これは官主導でなければ近代化は成立しないとの指摘ではない。例えば、近代の「国語」が、国民国家による排除と抑圧から誕生した負の遺産を受け継いでいることを、もちろん平田は承知している。ただ、日本を文化国家として列強に認めさせる制度づくりのなかに「演劇」が入っていなかったことによって、いったい何が起こったのかを考えるための問いなのである。

当時の首脳部が歌舞伎をただの「改良」の対象としか見なかったのに対して、「もう少し普遍的な視野に立って科学的な教育法を開発するような努力がなされていれば(8)」と、演劇界におけるフェノロサや岡倉天心のような人々を平田は想う。お雇い外国人も官費留学もなく手探りで西欧の近代リアリズムを受容していくとき、優れた個人を輩出しながらも、いつの時代の集団も抱える狭窄的なエゴイズムの力学に翻弄され、ねじれていった西欧リアリズムが日本の近代演劇にはあり、その中核に新劇が存在したと考えているのだ。

　そのようなねじれへの抵抗は高度経済成長期と軌を一にして、主に学生演劇を母胎とした劇団から台頭してくる。皮肉にも臨時労働（アルバイト）のマーケットを保証した経済成長が労働力を切り売りして食いつなぎながら、自分たちの芝居を持続させる環境を許したからだ。

「特権的肉体」や「見世物小屋の復権」によってアンチ新劇の立場を取った、いわゆるアンダーグラウンド（小劇場演劇）の第一世代[9]の理念は主に土俗的、前近代的な「身体」を再評価することで、近代の胎内に異物を埋め込んだ。平田の演劇はこのような小劇場演劇の系譜に連なりながらも、そのアンチ新劇へのテーゼの立て方が第一世代とは異なっている。と同時に、メッセージ性に重心を取りすぎた小劇場演劇を台詞《せりふ》としての言葉の観点から見直していく作業を始める。

　平田は第一世代が行ったように、反「近代リアリズム」によって、新劇における、ねじれたリアリズム演劇を穿つのではなく、非「近代リアリズム」によって、演劇のリアリズムを刷新させようとしているのだ。その意味では、平田の演劇は「リアリズム」であり、そのための現代口語なのである。

第三節　主語の省略

　さて、われわれが日常使用する現代口語を見つめてみると、学校教育で学んだ日本語文法との間に齟齬をきたすことがある。平田はそこから日本語における「主語の省略」を主張するが、これは早くに言語学者の三上章[10]が提唱している。三上の場合はもっとラディカルに「主語無用論」と表現する。近年は、金谷武洋[11]がこの説を継承発展させ、生成文法理論を批判しながら、日本語の特質を帰納的に論証している。

平田は著作中で金田一春彦[12]の名を挙げるが、金谷によれば、金田一は三上をよく引用し、無主語文の正当性を支持しているようだ。金谷の論説を援用することで、平田がどのように現代口語を分析しているかが理解できよう。

例えば、平田は「私は　あなたが　好きだ」という口語は日常でつかわないだけでなく、日本語としても成立していないと考える。ところが、新劇で利用される役者志願のアクセント教則本では、どの言葉をどの程度強調すればよいかが重要な問題で、そのアクセントの置く位置を台詞術として教授する。しかし、われわれは強調すべき言葉が「私は」か、「あなたが」か、「好きだ」かに迷う前に、人を好きになったときにはこのようには喋らないことを知っている。

主語の省略は、日本語の大きな特徴だ。

一般に主語の省略といっているが、例えば金田一春彦氏などは、これを「主語なしの表現」と呼んでいる。日本語を使っている日本人の側に、主語を省略しているという意識がないからだ。

実際、日本人は、主語が省略されているからといって、行動の主体を曖昧にしているわけではない。「日本語には主語がないから、日本人は曖昧な性格で主体性が欠如している」などという暴論があるが、これはまったく事実無根だ。では同じように「主語なしの表現」をよく用いる韓国人はどうだろう。一般に彼らは強く自己を主張するし、曖昧さを好まないとされている。

だが、こういったことはいえるかもしれない。日本語や韓国語は、多くの場合主語が省略されている分、助動詞を中心とした関係性を現す補助言語を多用して、文意の理解を助けている。このことから、欧米の言語が「個」から出発しているのに対して、日本語や韓国語は「関係」から出発しているとは、いえるかもしれない。

……もう一つ、主語に人称代名詞を使う場合でも、日本語では、できる限り「私」「あなた」といった言葉を回避する傾向がある。これは言語学においてタブーと呼ばれる。例えば妻のことを「家内」や「山の神」という暗示的な表現に言い換えて直接的表現を避ける行為をタブーと呼ぶ。

……日本語の人称代名詞が多数あるのもこのためだ。日本語では一人称、二人称の直接表現は回避される。

……さてこのタブーの結果、日本人は、自分のことを滅多に「私」と単純には呼ばないわけだ。

……日本語で演劇を創っていくうえで大きな問題となるのは、この関係性の表現ということなのだ。もしもこの問題を無視して戯曲を書いてしまったら、日本語で書かれた戯曲はみな、「あなた」「私」といったふだん使わない人称代名詞を散りばめたり、相手の名前を頻繁に呼び合ういびつなものになってしまう。実際に、翻訳劇がどうもぎこちない印象を受けるのもこのためだ。日本語で書かれた戯曲にもこの現象はよく現れる。これらの戯曲を私は、「自己紹介のような台本」と呼んでいる。(13)

平田は、日本語に人称代名詞が多数あるのは直接表現を避けるタブーの存在からだと説き、この慣習が「私」や「あなた」といった表現を婉曲し、強いては人称代名詞（ここでの主語）そのものを省いていったと理解している。

その点について金谷は、英語の人称代名詞は対話のなかで相互排他的な動きをし、「I」は「非YOU」を、「YOU」は「非I」を意味するのみで、それ以外は無色な符牒にすぎないのに比べて、日本語の「あなた」は濃厚な意味を帯びてしまうために、人称代名詞の概念が両言語で厳密には対応していないと指摘する。金谷には、日本語教育の場で生徒から突然「あなた」と呼ばれ、衝撃を受けた実体験もあるようだ(14)。

その上で、次のような説明を加える。

英語に人称代名詞という分類が存在するのは、名詞修飾の問題であって、例えば「美しい日本の私」と作文したときの「私」のように「I」はそのままでは修飾できない。名詞修飾ができるからこそ「私」は名詞なのだが、「I」は名詞修飾できないので、別な品詞を項目として立てる必要が出てくる。さらに、英語では代名詞が使われると語順が入れ替わる性質をもつ。フランス語の場合はさらに劇的に語順変化をする。日本語のように語順を変えずに名詞を代名詞へと置き換えられないことが多い。

英語において人称代名詞という分類が必要なのは、何よりも基本文型、あの基本五文型のせいである。金谷は、だから日本語では文法的構文的には人称代名詞なるカテゴリーは不要で、せいぜい一般名詞と区別して人称名詞と名づければよいと主張する。

英語の、五つの基本文型には、すべてにS（主語）がある。では、日本語の基本文型を金谷はどのように考えているのか。

①詞文「例、赤ん坊だ」②形容詞文「例、愛らしい」③動詞文「例、泣いた」の三文型を、基本文型だとする。基本文型とは「それだけで自立した文」という意味であって、この分類では、直接表現を避けることによって省略された主語の痕跡さえ全くなしに、自立した文型が提示されていよう(15)。

平田がいっているように、われわれは恋した人の前では、おそらく沈黙するであろう。他のことに関しては饒舌でも、好きだという想いに適した言葉を見つけるのは難しい。まして「私は　あなたが　好きだ」という言い回しはほとんどつかわない。

「そしてかろうじて、『……好きだ』と言う。もしくは、『…好きだよ』『好きなんだもん』。主語や目的語は単に省略されたわけではない。すでにここでは、助動詞と助詞によって関係性がはっきりと示されている。まさに『主語なしの表現』だ[16]」と語るのだ。

平田の理解は、金谷の説明と同種である。

一方、助詞・助動詞については、平田は、言語過程説で著名な時枝誠記《もとき》[17]の「詞」（事物を概念化、客体化して表す）と「辞」（観念内容の概念化されない、主体の直接的表現）の分類を踏まえる。助詞、助動詞、感動詞などが、この「辞」に入る。

平田は三十種類以上あった古文の助動詞が現代に向かって減少するのを、人間関係が複雑化していく現代社会にあって、上下関係がはっきりしないニュートラルないい回しの需要から出てきた現象であると同時に、近代日本の合理化精神が簡明な言語体系を作ろうとした結果であるとみている。

それに反比例して、「ね」「よ」「な」「わ」などといった助詞、特に、語り手の主観をあらわす文末表現が多様化していく。言語社会学者の鈴木孝夫が表意語句と呼ぶ、これら文末表現に、「とか」「（だ）もん」「じゃん」など、若者言葉といわれる現代的な用法をも含めるべきだと提案する。

日本語は意味伝達のうえで、欠落した「主語」や単純化した「助動詞」を補うようにして、対人関係を表現したり婉曲や詠嘆の役割をこなしたりする「助詞」が充実していったと考えているのである。だからこそ、平田は「辞」の演劇を志向する。

そこで、岸田國士戯曲賞を受賞した「東京ノート[18]」の一場面を見てみよう。

父から遺産相続された美術品を寄付するために、弁護士を伴って三橋美幸が美術館を訪れるところである。

戯曲には次のような凡例が付されている。

△…いいながら登場する。★…そでにはけながらいう。
……長い空白、等。
また、数字とアルファベットは舞台における立ち位置を示したものである。

＊上手から平山恵美子、小野邦子、三橋美幸、斉藤義男、登場。
1・2・3

平山　△どうぞ、こちらに、
三橋　△はい、すいません。
平山　どうぞ、どうぞ、（木下に）あの、ここ、よろしいですか？
木下　どうぞ、（客席の方を向く）
平山　すいません。（三人に）どうぞ、どうぞ、
三橋　はい。
平山　あの、あらためまして、学芸員の平山です。（他の三人に名刺を配る）
三橋　あぁ、どうも、名刺ないもんですから、
平山　あ、いえいえ。どうも、平山です。
小野　どうも、
三橋　弁護士の小野先生です。
小野　小野です。（と名刺を出す）

平山　よろしくお願いします。
小野　こちらこそ、
三橋　寄付の手続きのこととかは、小野さんに全部お任せしてますから。
平山　はい。（斉藤に）平山です。
斉藤　あ、いや、僕は、
平山　いえ、ま、一応、平山です。
斉藤　斉藤です。学生時代の友だちで。
平山　はい、うかがってます。
斉藤　どうも、
平山　よろしくお願いします。

＊三橋と小野、C-1、C-2に、平山、B-2に向き合って座る。斉藤、D-3に座る。

平山　斉藤さんも、どうぞ、こちらに。
斉藤　いえ、僕は、ここで、
平山　★え、だって、
斉藤　★ただの付き添いですから。
平山　いえいえ、そんな、
斉藤　いや、本当に、

平山　はい。（三橋に）奥ゆかしい方なんですね。
三橋　人見知りするんです。
平山　あぁ、
・・・
小野　何分くらいかかりますか？
斉藤　え？
小野　慣れるまでに、
斉藤　さぁ、
・・・・・
小野　あ、すいません。

この演劇を録画したＤＶＤ(19)が販売されているが、それには六か国語の字幕選択機能が付いている。例えば、これを英語の字幕で鑑賞すれば、翻訳において「人称代名詞」が多用されていることがわかる。だが、これは主語の補完の問題だけではない。物語内容としては、ほぼ何もない場面にもかかわらず、確かに、英語を母語とするような環境の人々はこのような人との出会い方、紹介の仕方はしないであろうことに気付く。

台詞はほとんど名前や肩書きを告げているだけなのに、日本語による、日本人独特な人との出会い方が活写されていることが、この戯曲からだけでも理解できる。この関係の在り方を日本語の特質を生かして描くのが平田オリザの「リアリズム」である。

その意味で、平田の「机です」が問うているのは、言表行為である。発言する主体が常に明確に存在している演劇の場合、その現代口語は人間の複雑な関係性の襞《ひだ》を写実するのに有効に働く。内省的に得られる主体ではなく、対人関係によって運用の仕方が微妙に変化する「辞」の姿。そこから炙り出された点滅する「主体」を見つめる作業なのである。

第四節　モノとしての言葉

一方で寺山の、物との関係をめぐる「言葉」については『長篇叙事詩・地獄篇』の挿話が象徴的な物語のひとつだろう。


　小学生の頃、ぼくはノートの中に一匹の蝶を飼ったことがある。それは全く偶然から生まれた蝶であり、ぼくの心が命じて創りだした蝶ではなかった。ぼくは「書取り」の宿題を果すつもりで左のページに虫と書き、右のページに葉と書いた。それからノートをまるで両翔類のように開いたり閉じたりしているうちにぼくのしたことに気がついたのである。

　ぼくは蝶を生み出したのだ。

　それは驚くべきことであった。ぼくは自身の力を疑っていたがやがてぼくの生みだした蝶が空をとんでいる蝶と同じ意味のシーニュであることに気づいて十五少年が漂流の無人島を発見した時のように両手をあげたものだった。ぼくはほんの小学生になったばかりだったのに「法の王」蝶の番人になっている自分を誇りに思った。(20)

文芸評論家の三浦雅士はこの挿話をその前に置かれたもうひとつの挿話との対比で読み解く。もうひとつの挿話は、一枚の汚れてない紙のうえに「血の滴たるインクでもって鳥と書く」ことで「鳥」を誕生させるというもの。「鳥」に性格が必要ならば「その左右に牙とか貝とか」を書き加え、さらに、その「鴉」や「鵙」は「不治の疫病にとりつかれていた」と「ぼく」が書くだけで、一羽の鳥は「死ぬまで病みつづけなければならない」運命を背負う。「ぼく」はまさしく「法の王」であることを発見するのだ。

文脈上、二つの挿話は併置され、ともに「ぼく」に「法の王」を実感させる体験として収束するにもかかわらず、三浦は正反対のことを語っていると読む。「確かに、人は何をどのようにでも書くことができるのだが、だがしかし、書くことはただ自由なだけなのだろうか」と、問うための挿話であると。

これは、言葉をあやつるものと言葉との関係であると見ていい。三浦がいっているのは、われわれは言葉によって考えているが、言葉によっても考えさせられているのであって、後の挿話はそのことについての発見である。「蝶」の挿話では、「ぼく」ははじめ、自分のしたことに気付いていない。それからしばらくして、自分が「蝶」を生み出したことに気付く。三浦にいわせれば、その気付きとは「すなわち、はじめに言葉があった」ということになる。[21]「意味」は「ぼく」のもとに遅れて訪れ、その「意味」が今度は「書いたもの」に、自分は「法の王」であると思わせるのだ。

二つの挿話は並置されながら、「言葉」への認識においては主客の転倒がある。

では、その転倒は何によってもたらされたのか。引用した挿話では、「偶然」によってである。偶然といえば、寺山が偏愛し、シュルレアリストたちが神聖視した、ロートレアモンの『マルドロールの歌』のフレーズ「ミシンと洋傘との手術台のうえの不意の出会い[22]」を想起させるし、また、三島由紀夫との対談[23]で、終始対立していた偶然と必然との演劇の違いを思い浮かべることができるであろう。

ここでの偶然は、「ぼく」がノートを両翔類の羽の動きを真似て、開いたり閉じたりすることによってもたらされた。

つまり、ノートという「物」の介在が主客の転倒を促したのである。言葉によってノートを「蝶」にしただけでなく、ノートを「言葉」を書くためにではない、別の「物」として扱ったとき、言葉が「ぼくの心」を超えて「意味」を獲得したのだ。

寺山の「言葉」をめぐっての思考には、平田オリザの場合と違ってこの「物」との関連があることは注視しておいていい[24]。

もうひとつの「鳥」の挿話では「言葉」は常に「ぼく」の統治のなかにあり、「ぼく」を超えてはいないことが、あえて対比的な視点を取ることで析出できる。

しかし、寺山は、三浦がいう「はじめに言葉があった」ことに気付いていながらも、再三再四「人は何をどのようにでも書くことができる」ことを証明しようとしたのではないだろうか。「記憶」を改編する「ぼく」、「ぼく」を改変する「ぼく」への切なる思いが、映画評論家の白井佳夫との対談[25]から浮かび上がろう。

第五節　俳優と観客

対談者の白井は、例えば、映画「田園に死す[26]」を評して「何でもない田園の風景までが、完璧に寺山さんに演出されちゃっていて、人工的な出来あがった絵になって」画面を構成する。そこが観る側としては「生理的に」苦しい。「なんで寺山さんはスクリーンの中をそんなに人工化してしまうのか」と問いかける。

すると寺山が「自然なんてものが、ほんとうにあるのだろうか」と反問する。仮にホタルが飛んでいたところに高速道路が建設されたとしたら、俳句の歳時記的な発想に順《したが》えば、高速道路だって「べつの自然」になる。人間が自然なのだから「人間が作り出したものは、全部自然だって考えていいじゃないか」と投げかける。

映画史のなかで考えようとする白井は、第二次世界大戦後の「映画のリアリズム」では「具体的に正確に対象の事物を撮って」、そのうえで作家の「主体的で観念的なテーマみたいなもの」が観客に浸透していくような映画の撮り方をしないと「普遍性」はもち得ない時代になったのだといい、さらに寺山に詰め寄る。

白井　寺山さんの映画は、寺山修司の目で整除をされすぎたものが、映像としてわれわれに与えられるから、われわれは息苦しいという感じがする。イタリアのピエル・パオロ・パゾリーニの映画みたいにね、ネオ・リアリストの眼がとらえたいろいろなものを素材に混在させてね、われわれがその画面の中に参加していって、こちらから意味付加をして、パゾリーニが投げかけてきたものをこっちが押し返し、それで観客とスクリーンの間に新しい発見の共有が成立する、というのが望ましいんで。

寺山　それは同じことですよ。ただ、俺自身が、子供の頃から短歌や俳句を作ってたでしょ。それで定形とか様式といったものに対するこだわりが強くあった。それをはみ出すために「自分の映画」としての反制度化が必要だったといえるかも知れない。

白井　画面の固有名詞化だったら、まだいいんですよ、むしろ。あまりに映像の観念化の布石が入念だから、かえって寺山さんが仕掛けてくる部分が一般普通名詞、という風に読めちゃうわけでね。これが固有名詞的な、個の単一性みたいなものによって成り立つと、もっと自由に楽しめるだろうなって思う。

一見すると白井は、時代に沿った「映画のリアリズム」様式を寺山に要求しているように読める。しかし、どんな様式を提示したところで、おそらく「反」によって独自の作為を説く寺山をどこかで納得しつつ、寺山の映画が「作家主義」の文脈とは別ものであることを伝えるために、「固有名詞」と「一般普通名詞」という比喩の使い分けをしたのだろう。

この言葉の差異、つまり白井が抵抗する「一般普通名詞」の意味するところを深く理解するのには、実は寺山自身の言葉でもって説明するのが有効なのだ。

『迷路と死海―わが演劇―』[27]で語られる「俳優論」で、寺山は俳優に対して「行為の一つ一つを限りなく記憶してゆくのではなく、限りなく忘却してゆく」ことを求めている。そして、この資質を備えた具体的な人物としてホルヘ・ルイス・ボルヘスの『伝奇集』に所収された「記憶の人・フネス」を挙げるのだが、このフネスこそ、白井の「息苦しさ」を構造的に体現しているのである。

では、寺山はフネスのどこを、俳優として評価するのか。それが白井とどう近似するのか。

私はボルヘスが『伝奇集』のなかで紹介している、「馴らせない土着のツァラトゥストラ」であるところのフネスという一人の俳優に目をとめる。フネスは、負の記憶の人であり、個々の木や葉、石が個々の名前をもつという不可能な語法さえも、あまりに概括的で、現実的ではないと考えた。彼は、一匹の哺乳動物を指して「犬」と呼んでしまう一般化に耐えられない男だったのである。……彼の超記憶は、彼の意味の忘却によって支えられていた。その限りにおいて、フネスは私の考える一人の俳優として（あるいは一人の観客として）の条件を備えていた、ということになるのだった。[28]

寺山のなかでは、うまい俳優などというのは存在しない。なぜなら、俳優は従来の俳優術のように、積み重ねた自身の「記憶」を復元する能力は不要とされているのだから。覚えた台本を通して演劇と関わることを拒まれている、とも換言できよう。

しかし、優れた俳優はいる。「記憶」ではなく「忘却」によって「総括的な観念を放棄すること」ができる人のことだ、と寺山は考える。すると俳優は「記憶」に頼ることができないので、常に「吃りがちに世界と接触する」しかない。寺山演劇の「台本ばなれ」は、ここでいう「吃り」と表裏の関係になる。

そしてこれらは、〈前衛〉を称する寺山の「新しさ」への条件であり、「ありとある新しさは、忘却されたものとの再会にほかならない」と規定される。世界を既知の世界に繋ぎとめること、「総括的な観念」の網の目で世界を見つめることこそ、俳優には許されないことなのである。

その観点から捉えると、フネスの「超記憶」は寺山のいうところの「忘却」と同じ機能をもつことがわかる。フネスは完璧な記憶のために、「三時十四分に横から見た犬」と「三時十五分に前から見た犬」とが、同じ名前で呼ばれることが理解できない。それはあまりに概括的ゆえ、現実的ではないと思えるのである。自らの圧倒的な「記憶」に照合して、同一性を判断できる事物など、フネスにとっては存在しない。それこそ一分一秒ごとに各々の「新しさ」がデータとして書き加えられていくだけなので、フネスは常に「吃りがちに世界と接触する」しかない。フネスの「新しさ」とは、「忘却」されて参照対象がない状態にあるのではなく、「超記憶」のせいでどれもが参照にならない状況にいるのである。だから寺山にとって、フネスは優れた「俳優」となる。

もちろん、白井には、人並みを大きく超えた記憶力があるから、フネスのような違和感をもったというのではない。先の「見た犬」で喩えるなら、白井は観客の一人として「三時十四分に横から見た犬」に相当し、また別の観客は「三時十五分に前から見た犬」に相当する。だが、寺山の映画は、譬喩でいうところの「相貌」を許さない創りをしていると、白井はいいたかったのだろう。画面は作者の指示記号で満たされ、観客の恣意性はまるで「犬」という「一般普通名詞」によって、同一性のもとに総括されていくようなのだ。

次のようにいい換えてもよい。映画「さらば箱舟」で、「時任捨吉」が名前や用途を墨で大きく描いた名札を、ひとつひとつの「物」に貼っていくようにして、寺山は自分の映画で、一人一人の観客に「観客」と書いた名札を貼っていっているのだと。白井との対談の時点では、まだ「さらば箱舟」は制作されていないが、ここのシーンと映画全体の関係は、「主体」が名札を貼るという行為において、類比関係になっているといえる。白井の「息苦しさ」とは、自身が一般普通名詞化のもとで「観客」にされていくのを鋭く突いた感受性だったのではないか。

「作る側が全部準備してしまって、お客さんは出来上がった世界を外側から鑑賞するというだけではどうもだめ[29]」と寺山は語るが、その「観客」は常に観客という「形式」において、「法の王」である寺山の志向対象なのだ。

それほどまでに、寺山は「何をどのようにでも書くことができる」ことにこだわっていたといえる。もとになったガルシア＝マルケスの小説では、薄れゆく記憶の対処法として名札を貼るのだが、寺山は「その人たちのなかに決定的に欠落しているのは、文字そのものを忘れるという恐怖感が無いことなんです[30]」と感想を述べている。映画化を考えた上でのこの発言は、寺山だけは、住人たちの思いもよらない恐怖を自覚していると教えるだけでなく、寺山が「その人たちのなかに」はいないことを、その村の外に立った認識を、「読者」ゆえにもち得ることをも示していよう。だが、「読者（観客）」とは常にそのようなものであり、白井が寺山の映画に要求したことも、これと同等のことにすぎない。

第六節　「机」と「机です」

しかし、平田がいうように、寺山が記号である役者を使って「机」や「コップ」という名札を貼っていくとき――もちろん「さらば箱舟」では、「机」ではないのだが――その名札をどれだけたくさん貼っていっても、机とは何かを知ることとは別であることを、映画は表現しているのではないだろうか。

仮に机を「机」たらしめるのが言葉であるとするなら、それは言葉が世界を分節し、その差異化が存在を喚起するのであって、その点で言葉による世界の仮構性を発見することを意味している。だが、言葉による仮構性の発見は、同時に「ぼく」をして「法の王」を想わせ、仮構性という「法」の外に立つ「王」の座へと「ぼく」を向ける。しかし、その「ぼく」もまた仮構性ならば、「法の王」は自由に仮構を統治することなどできない。ならば、「法の王」は仮構である「ぼく」に対してどこにいるのか。

このとき、平田は「舞台の上での机を机たらしめているのは、作者だろうか机の側だろうか。正解は、まぁ多分作者の方で」と見るが、これは「机」か「作者」かを問うたというよりも、寺山が希求する「自由」が、いつでも「その外」にしかないと寺山は考えていた、との指摘であろう。だから、寺山にとって「何をどのようにでも書くことができる」とは「主体」がどこにいるかの問題としてあらわれるのだ。

寺山は「物」に対する「主体」のあり方を経由することで、「主体」の仮構性へと至る。しかし、「主体」の仮構性を知ることとは、「主体」とは何であるかの理解にはならない。それは「机」も「記憶」も「主体」も、これらは仮構であると知るように、すべてが並置されてしまうことにしかならないからだ。その上、この認識は「主体」を外から見つめることでありながら、かえって「自由」を拘束することになってしまう。ならば、今一度、寺山は「その外」へ向かわなければならない。寺山が様式やジャンルを横断していった必然性もここにあるのではないだろうか。

だが、平田にとってはそのような問題意識、つまり「主体の／による仮構性」は後退している。「私は　あなたが　好きだ」という「私」はいないし、「机」と名札を貼る人は誰かを問う切実さもない。寺山のように「主体」の秘密を暴く必然性など初めからないのである。あちらで「机です」といっていたのが、こちらで「机じゃん」というあり方にこそ、平田はリアリティを感じていよう。

寺山は「見世物小屋の復権」によって近代リアリズムの欺瞞を暴いた。その一方で、平田は「精巧な覗きからくり小屋の主人[31]」として、小屋の内側にいながら、ねじれた「リアリズム」を再定義しようとしているのだ。

注

（1）平田オリザ「寺山修司さんのことと私のこと」は、その後『平田オリザの仕事1―現代口語演劇のために―』（晩聲社　一九九五・三）に所収。奥付の発行年が「核時代五〇年（一九九五）」となっている。冷戦体制崩壊を経てなお、核による均衡に頼らざるを得ない世界情勢を、この年号表記は象徴していよう。引用は単行本による。
（2）守安敏久「寺山修司の映画『さらば箱舟』―時の移ろい／時の無化―」（『宇都宮大学教育学部紀要』二〇〇六・三）
（3）G・ガルシア・マルケス『百年の孤独』（鼓直訳　新潮社　一九七二・一）
（4）注1同書。
（5）平田オリザ『演劇のことば』（岩波書店　二〇〇四・十一）
（6）菅孝行『戦後演劇―新劇は乗り越えられたか』増補版（社会評論社　二〇〇三・三）。初版は、朝日選書（一九八一・三）。

(7) 注5同書。

(8) 注5同書。

(9) 六〇年代から活躍した唐十郎や鈴木忠志、佐藤信などがその代表とみられている。寺山修司もこれに並ぶ。

(10) 三上章『象は鼻が長い』(くろしお出版　一九六〇・十)、『現代語法序説』(くろしお出版　一九七二・四)など。

(11) 金谷武洋『日本語に主語はいらない―百年の誤謬を正す―』(講談社選書メチエ　二〇〇二・一)。金谷には『主語を抹殺した男―評伝三上章』(講談社　二〇〇六・十二)もある。

(12) 金田一春彦『日本人の言語表現』(講談社新書　一九七五・一)、『日本語(上)(下)』(岩波新書　一九八八・一・三)等が念頭にあるのではないだろうか。

(13) 注1同書。

(14) 金谷の著作にも引かれているが、蓮實重彥『反=日本語論』(筑摩書房　一九七七・五)が、この点において詳しい。

(15) 金谷武洋は、日本語への「主語」概念の移入過程を歴史的にも記述しており、その中心人物として、西欧文法を教養のベースにし、日本初の近代国語辞書『言海』の制作者でもある国語学者の大槻文彦と、「総主論争」の幕引きをした国語学者の橋本進吉を挙げる。二人の文法理論は、時の文部省が順次「学校文法」に採用し、現行に至る。優れた業績は別にして、われわれの「主語」概念、日本語文法に対する思考の布置はここにある。また、平田オリザは、教育現場での演劇の効用について、積極的な仕事をしている。現行の中学教科書では三省堂が平田の表現教育に関するエッセイを掲載しているが、日本語の文法観としては齟齬をきたそう。

(16) 注1同書。

(17) 時枝誠記『国語学原論』(岩波書店　一九四一・十二)

(18) 一九九四年五月十三～三十一日、こまばアゴラ劇場にて上演。ヨーロッパで起きた戦争のため、一時的に絵画を日本へ避難させる設定のなか、その美術館を唯一の場として、久々に再会した家族の日常会話で綴られる物語。九カ国語に翻訳され、十五カ国で上演されている。引用は『平田オリザI　東京ノート』（ハヤカワ演劇文庫　二〇〇七・三）より。

(19)「平田オリザの現場20　東京ノート［6カ国語字幕］」（BOOKS KINOKUNIYA　二〇〇七）字幕は日本語、中国語、韓国語、英語、フランス語、ドイツ語。

(20)一九六三年から『現代詩手帖』に連載。単行本としては、寺山修司『長篇叙事詩・地獄篇』限定版（思潮社　一九七〇・七）、普及版（思潮社　一九八三・七）。自筆年譜、一九五六年の項に「スペイン市民戦争、ロートレアモン詩書、南北、カフカなど濫読」とある。「第一の歌」から「第十の歌」へという章立ては、寺山が偏愛する、ロートレアモン『マルドロールの歌』の章立てと類似。この両エピソードは「最後の歌」より。

(21)三浦雅士『寺山修司　鏡のなかの言葉』（新書館　一九九二・一）

(22)青柳瑞穂訳のロートレアモン『マルドロオルの歌』（青磁選書）の出版は一九四七年九月だが、栗田勇訳（現代思潮新社）の『マルドロールの歌』出版は一九六〇年七月。寺山修司の『長篇叙事詩・地獄篇』の連載開始は、その三年後なので、栗田訳で再燃したか。寺山は栗田訳を好んでいたようである（塚本邦雄「随想マルドロールのマルグリット」）。引用は栗田訳。

(23)寺山修司、三島由紀夫との対談「抵抗論」（『潮』一九七〇・七）、のち寺山修司『思想への望郷　寺山修司対談選』（講談社文芸文庫　二〇〇四・六）所収。

(24)第九章を参照。

(25)対談「寺山修司の映画修辞学」（『話の特集』自由国民社　一九七九・八）

(26)「寺山修司書誌」のための自註には、「人がほんとに自由になろうとするならば、記憶から解放されなければならない」とある。

(27)寺山修司『迷路と死海―わが演劇』（白水社　一九七六・六）。ボルヘスは篠田一士によって翻訳・紹介される。

(28) 注27同書。

(29) 塚本邦雄との対談「ことば」(『國文學　解釈と教材の研究』一九七六・一)

(30) 吉本隆明との対談「死生の理念と短歌」(『短歌現代』一九八一・一)

(31) 注1同書。

第五章　ライトミステリのなかの寺山修司

―第一作品集『われに五月を』初版をめぐる物語―

しかし、私は事実、周囲には詩が一杯拡散している、と思っている。いや、もっと誤解をおそれずに言えば「天気予報」だって「株式市況」だって詩になり得る。そして一ばん大切なことは詩という概念など存在せず、詩とは在るものではなく、成るものだということである。

第一節　詩論「行為とその誇り――巷の現代詩とAction-Poemの問題」

一九六〇年、当時二十四歳の寺山は「行為とその誇り――巷の現代詩とAction-poemの問題」[1]を発表する。これは「すべての芸術の根をつなぐ地盤」を日常的な行為そのものに見いだすといった考えで、活字に閉じ込められた従来の詩を批判し、一回性に支えられた「行為としての詩」へと詩を解放することである。「活字を通してかかれた幾つかのすぐれた詩」はあるものの、「巷にあふれている生命への啓示」を感受するなら、「詩は文学である必要はない」。モダンジャズの演奏に合わせた即興的な叫びにも、灼けたトタン屋根にはげかかってあるポスターの文字にも、ふいに顔をあげた愚連隊の若い男のことばにも、公衆便所の落書きにも、「生活の中にある明るさ、虚しさ、無邪気さ、……ずるさ、……ひやかし」、それらが載った新聞紙が風に飛ばされるさまから、びしょ濡れでトラックの下敷きになるところまで「全部が詩なのだ、と私は思った」と寺山は主張した。[2]

しかし、この主張も詩論史へと取って返してみると、突然変異的に現れたものではないことがわかる。嶋岡晨[3]

の俯瞰的な視点を参照するならば、一九五六年に、谷川俊太郎が「世界へ！」[4]で「我々は詩が売れるように努力すべきである」と宣言し、月に一、二篇の詩を創るだけの詩人たちを否定して、スリラー映画やストリップショウの中にも詩を、とアジテートしている。「詩もまた、日々のものである」とは、日常の生活を重視する姿勢から、詩を「生きる」といった人間の根源的な欲望でとらえ直した谷川の詩論である。谷川はまた「私にとって、世界は女に似ている。……世界という言葉は、私にとっては、大層肉感的な言葉なのである」との官能的な世界認識を示すが、この淵源の一端も、一九五三年の「現代詩試論」[5]で大岡信が、日本のモダンな詩人たちの皮相な技術主義を批判し、詩人の社会的責任の自覚と「肉声」の必要性を説いたことへとたどることができるようだ。

嶋岡は、寺山の先の詩論と同年に発表された大岡の次の詩論[6]に一定の深化を認めながらも、改めて告げられた「肉声」の必要に、「明晰な大岡の論理には不似合いに、曖昧でぽってりと重い。何となく、戦後文学の一特性となった、精神主義への反動、田村泰次郎らの〈肉体の文学〉、あの《肉体》の主張を連想させる」[7]と見ている。戦後に、評論「堕落論」[8]、小説「白痴」[9]を発表し、「肉体自体が思考する」[10]と唱えた坂口安吾も「肉体の文学」の作家の一人だが、混乱を極めた戦後の一九四五年以降の時節と、政治の季節といわれる一九六〇年代とを類推的に考えることには、それほど無理がないのかもしれない。のちに演劇実験室「天井棧敷」[11]を率いる寺山は、演劇を劇場から解放し、30時間市街劇を決行するなど「その実践によって、大岡を越え、谷川を越えて、《肉声》と〈行動〉の詩を主張した、と言えるだろう」[12]と嶋岡は評している。

アングラ演劇と称された寺山たちの活動は、近代演劇が低俗として退けた土俗的で見世物的なものを復権させて独自な世界を構築した。旗揚げ公演の『青森県のせむし男』[13]にはセーラー服を着た女学生の浪花節語りが登場するが、「浪花節や歌謡曲などの大衆芸能が、身体的なものの復権が言われたなかで浮上したわけだ」[14]といわれるように、「肉声」や「行為」は「身体的なもの」を媒介に、官能的で根源的な欲望にまつわる日々の大衆の生活から立ちあがってきた。

ランキングが好きな寺山は「戦後詩人のベストセブン」[15]を選ぶ時にも、歌謡曲の作詞家である星野哲郎を入れる。「都はるみの唸りに『アンコ椿は恋の花』、北島三郎の地鳴りの声に『兄弟仁義』を託した人」[16]で、「こうした詩にこそ、わが国の大衆下部構造の疑似ブルース的な名調子がある」[17]というのを理由とした。

アングラ演劇の「アンダー」やサブ・カルチャーの「サブ」など、洗練や気品などからほど遠い文化への寺山の共感は、このような流れのなかで生まれてきたことなのかもしれない。高取英はサブ・カルチャーを擁護する寺山を次のように語る。


ところで三浦雅士は、〈これを、田舎者の都会人への反撃といってよいかもしれない。寺山修司は、サブ・カルチャーを擁護することによって、結果的に、都会人と田舎者の差を解消し、都会人の価値基準と田舎者の価値基準をごちゃまぜにしてみせたのである。都会がカルチャーの中心であるとすれば、サブ・カルチャーの擁護は必然的に田舎者の擁護につながる〉と書いているが、これは、少し違う。

文学・思想・芸術に価値を見い出す人々、アカデミズム志向の人々が、本来、田舎者が多く、サブ・カルチャーに耽溺する者の方が、都会育ちが多いからだ。薩摩と江戸を比べてもすぐわかる。サブ・カルチャー擁護は、むしろ週刊誌などのジャーナリズムの発想である。[18]

そして、寺山のジャーナリストとしての面、反体制的な面を強調し、その背景に東北の歴史があったとみて取る。高取と反対の見方をした三浦も含め、寺山の反体制的な姿勢やカルチャーの中心への反撃は、確かに個人史的な視点から眺めた場合、このように説明することができるかもしれない。しかし、詩論史的な視点を差し挟むと、寺山のサブ・カルチャーへの接近は「詩」の潮流が寺山に割り当てた役割のようにも思えてくる。

平成の現代、「オタク文化」ではマンガやアニメーションの二次元世界のキャラクターの誕生日を祝うため、ファンたちがファミリーレストランなどに集まって祝賀会を開く。祝賀会の主役であるキャラクターの分も人数に入れて飲み物やケーキを注文するので、テーブルはまるで陰膳を囲んだような不思議な光景を呈する。また昨今、音楽を自動演奏するシンセサイザーと同じように、コンピュータへプログラムすることで歌を唄わせられるVOCALOID（ヴォーカロイド）[19]というソフトウェアがあり、そこにCGのキャラクター[20]を合成したバーチャル（仮想）アイドルの流行もある。このバーチャルアイドルは実在のアイドルと同じように、クラブでライブを行ったり、ホールにてコンサートを催したりすることがあるが、その実在しない仮構のホログラフィックなアイドルと同じ空間を共有するために、一万人を超える観客が会場に詰めかけているのだ。

しかし、一見、異様とも思えるこれらの社会現象の起源を遡っていくと、その一人に寺山修司がいるといえよう。

例えば、漫画『あしたのジョー』に登場するキャラクター力石徹が作品のなかで死んだとき、寺山は喪主となって劇団員とともに実際の葬儀を執り行った。一九七〇年三月二十四日、講談社の社屋の講堂にリングを設《しつら》え、寺から僧侶を呼んで経をあげてもらい、テンカウントのゴングを鳴らした。原作者の高森朝雄（梶原一騎）と、作画のちばてつやも巻き込み、八百名にも及ぶ一般参列者が焼香の列をつくった。

その約一週間後の三月三十一日には、共産主義者同盟赤軍派が、よど号ハイジャック事件を起こす。「出発宣言」と題したアジ文の最後は次のようなものだった。

共産主義者同盟赤軍派万歳！

そして、最後の確認をしよう、
我々は〝明日《ママ》のジョー〟である。

小熊英二は、元赤軍派の塩見孝也の回想を引き、赤軍派内では『少年マガジン』や『漫画サンデー』などの漫画雑誌が回し読みされ、「あしたのジョー」が絶賛されたことを報告している。塩見や、よど号グループのリーダーだった田宮高麿は「漫画の読みすぎだ」といわれたようだ[21]。

寺山は「誰が力石徹を殺したか」で、力石の死を次のように捉えた。

力石は死んだのではなく、見失われたのであり、それは七〇年の時代感情のにくにくしいまでの的確な反映であると言うほかはないだろう。東大の安田講堂には今も消し残された落書が「幻想打破」とチョークのあとを残しているが、耳をすましてもきこえてくるのはシュプレヒコールでもなければ時計台放送でもない。矢吹丈のシュッ、シュッというシャドウの息の音でもない。ただの二月の空っ風だけである[22]。

寺山は漫画のキャラクターの死を、現実の葬儀で受け止めたが、漫画のキャラクターが現実には実在しない「幻想」であることを承知しての振る舞いだった。力石という「仮想敵」「幻想の敵[23]」を必要としたのは「あしたのジョー」こと主人公の矢吹丈であり、また「明日」を切実に求めた同時代の若者たちだった。力石徹の葬儀では主題歌が歌われたが、その作詞をしたのは寺山修司だ。

たたけ！　たたけ！　たたけ！

俺らにゃ　けものの血がさわぐ

だけど　ルルル…

あしたはきっと　なにかある

あしたは　どっちだ

「その実践によって、大岡を越え、谷川を越えて、《肉声》と〈行動〉の詩を主張した」寺山は、サブ・カルチャーのなかに「巷にあふれている生命への啓示」を読み取り、「あしたは　どっちだ」と叫ぶ大衆の「生きる」欲望、その根源的な生の混迷に「詩」を見たのである。

第二節　『ビブリア古書堂の事件手帖5』の事件

三上延『ビブリア古書堂の事件手帖5』[24]の第三話に、寺山修司の第一作品集『われに五月を』[25]が取り上げられる。『ビブリア古書堂の事件手帖』とは二〇一一年に刊行されたライトミステリで、二〇一四年十二月現在、シリーズの累計発行部数は六百万部を超えるといわれている。漫画化され、テレビドラマも制作されたポピュラー小説である。

北鎌倉にある小さな古書店の若き女主人・篠川栞子と、その店のアルバイト店員・五浦大輔が、客のもち込む古書にまつわる謎を解いていくというのが物語の筋立てだ。この五浦大輔は推理小説『シャーロック・ホームズ』シリーズでいうところの、ワトソン博士の役回りであり、小説の語り手でもある。女主人・篠川栞子はシャーロック・ホームズの役回りで、古書への造詣と明晰な頭脳で、探偵のように謎を解いていく。

二十才　僕は五月に誕生した
僕は木の葉をふみ若い樹木たちをよんでみる
いまこそ時　僕は僕の季節の入口で
はにかみながら鳥たちへ
手をあげてみる
二十才　僕は五月に誕生した

「五月の詩・序詞」と題された巻頭の詩を完璧に暗唱する篠川栞子は、作品集について次のように解説する。

「寺山の最初の作品集が『われに五月を』です。この詩のとおり、二十歳の頃に出版されました。詩はもちろん、それまでに書かれた短歌や俳句や日録が収められた、当時の集大成といっていい内容でした……でもこの詩が生まれた頃、寺山はネフローゼという内臓疾患で入院していました。ベッドから出られない日も多く、命の危険すらあったんです[26]」

五浦大輔に、詩の内容と全然違う、重病患者が書いたとはとても思えないと問われると、栞子は次のように続ける。

「むしろ病に伏していた時だったからこそ、想像力を存分に働かせたのかもしれません……後に戯曲の中でこう書いていています。『どんな鳥だって想像力より高く飛ぶことはできないだろう』って……」[27]

篠川栞子の説明は、寺山修司の文学史的な解説としても正確である。この頃、寺山は生死をさまよう病気のなかで俳句、短歌、詩、物語など、精力的に創作活動をし、友人・知人と膨大な書簡類を交換している。[28]

一九五四年、第二回『短歌研究』五十首応募作品の特選で歌壇デビューをさせた編集長の中井英夫が「北里病院に勤めていた岡井隆が見舞いに来て、ネフローゼというのは絶対助からぬ病気だと、声をひそめるようにしていうのを聞き、私は何としても寺山の作品集を生きているうちに出したいと思った」[29]と回想しているように、『われに五月を』は寺山の処女作にして遺作となったかもしれない作品集であった。実際に、中井は第一回の受賞者である中城ふみ子の歌集『乳房喪失』[30]を刊行するが、中城は一九五四年八月三日、三十一歳の若さで亡くなっている。

『ビブリア古書堂の事件手帖』の事件は、『われに五月を』の初版本に「折りたたまれた紙と写真」が一枚ずつ入っているのを見つけるところから始まる。写真は、半ズボンをはいた五、六歳の子供が床に寝そべって色鉛筆をもったままカメラのレンズを振り返って見ている構図で、一方の折りたたまれた紙には、色鉛筆で戦艦の絵が描かれている。ところが、戦艦の絵をよく見ると、それは罫線の入った便箋に描かれており、うっすらと「きらめく季節に、たれがあの帆をうたったか」の文字が見える。篠川栞子は釘で引っかいたような筆跡から、これが寺山修司直筆の、詩の下書きか草稿であった可能性があると指摘する。いったい、誰がこの貴重な草稿に落書きをしたのか。価値もわからずに草稿の文字を消してしまったのは誰か。これがこの物語の謎である。もちろん、ミステリなので、犯人は写真に写っている五、六歳の子供であるというわけにはいかないが、作者の三上延が、多種多様なミステリ、千差万別なトリックがある中で、消して上書きするといった点を中心にミステリを構成したのは、まさに寺山修司の特徴を表現しているといってよいだろう。

中井英夫は寺山の歌壇デビューが初めのうち好評だったが、それが一転したことを次のように振り返っている。

> 寺山の作品に、実は俳壇の中村草田男、西東三鬼、秋元不死男、大野林火らの作品のみごとな焼直しや複写があると判明してからというものは、すさまじいまでの罵言が雨あられと降りそそいだ。「短歌」の方ではそれみたことかと〝模倣小僧あらわる〟と揶揄し、「俳句研究」は三月号にわざわざ特集を組んで盗作問題を追求《ママ》した。
>
> ……それまで黙って私の仕事を見てくれ、何かと励ますふうだった社長の木村捨録さえ届いた結社雑誌をポンと机に放り出し、「ホラここにも悪口が出てますよ」と嬉しそうにいうくらいだったから、四面楚歌とはこのことという気持で楽しかろう筈がない[31]。

寺山の短歌に「みごとな焼直しや複写がある」との指摘をきっかけに、歌壇や俳壇は〝模倣小僧あらわる〟と揶揄し、盗作問題として雑誌特集を組むまでに発展したことがわかる。しかし、「焼直しや複写」、つまり作品を消して上書きする作業を行ったのは、何も寺山修司だけではなかった。中井英夫は、別のところで次のように書いている。

> 私の手もとに、いまも中城と寺山の応募原稿が残っているが、それには赤インクの○や×がやたらに書き入れられている。奇妙な話だが、五十首を募集しておきながら、それをそのまま出したことは一度もない。

添削だけは絶対にしなかったが、中城では七首を、寺山では十七首も削って、残りの作品だけを活字にしたのである。

……寺山の場合は……私の田舎教師めいた心配はつのるばかりで、原作の『父還せ』は次のような配列で始まっていたが、私は表題を『チェホフ祭』と変え、最初の一首を残し、次の四首をあっさり削ってしまった。[32]

中井は、寺山から送られてきた応募原稿から、最初の「アカハタ売るわれを夏蝶越えゆけり母は故郷の田を打ちてゐむ《ママ》」一首を残し、続く四首をあっさりと削る。「父さんを還せ」の詩句を含む短歌を削除したことにより、連作表題の「父還せ」との整合性がなくなるので、別の一首で使われていた「チェホフ祭」を表題にしたと説明している。中井英夫も、添削はしないものの、作品を削り、表題を上書きする作業を行って、寺山を歌壇デビューさせたのだ。

「いつかしら老年の文学に変わった現代短歌に、いま一度青春としての可能性を験すのは今の機会をおいてない」[33]と考えていた中井は、戦争で父を喪《うしな》うといった寺山たちの世代が抱えた〈傷〉をも消し去ってしまっていたといえよう。当時、歌壇の重鎮の一人だった宮柊二が「時代と年齢にのびのびと慣れ寄っている。若くて生活のにがさを正面からうけていないらしいから、幾度でも転身して表現を変えてゆける自由さを楽しんでいるようだし、その自由さが面白い」と評しているが、この無償の青春というイメージこそ、実は編集者の中井英夫が創造し推し進めたものだった。[34]戦争の〈傷〉にこだわり続ける歌壇を刷新するには、青春はピュアでなければならなかったのだ。

ところが、この歌壇デビューには、もうひとつの謎がある。

一九八三年五月四日、肝硬変と急性腹膜炎による敗血症ショックのため、享年四十七で寺山修司が亡くなったあと、『現代詩手帖』(35)の臨時増刊で組まれた寺山修司特集で中井英夫は次のように語っている。

入稿締切は切迫してきたのに、私と助手の杉山正樹は、まだ特選にするか推選にとどめるか迷いぬいていた。目次の銅版をどちらか早く造らなければならない。で、とにかく一度会ってみて、その上でということにしたのだが——そしてこんなことまで書くのは故人に対して甚だ礼を失するわざだが、会ったその場で杉山にどちらかの合図をすると決めておいて、早稲田の学生だった彼に、日本橋本町にあった日本短歌社まで来てもらった。そんな企みも知らず、学生帽を斜めかぶりにし、飄々と現われた寺山は、もとより都会風の気鋭の才子でも、蒼白な風丰《ふうぼう》の詩人タイプでもある筈はない。朴訥そのままの姿に私は、とっさに衝立の向うの杉山に〝推選〟のサインを送ったのだった。

それがまたなぜ土壇場で急遽〝特選〟に変ったのか、もう覚えていない。

中井の眼識をもってしても、新人の応募原稿だけで歌人としての資質や将来像を見抜くのは難しかったようで、一種の面接をして「特選」にするか「推選」にするかを決めることにしたようだ。「推選」のサインを送ったのに、それがなぜ土壇場で急遽「特選」に変わったのか、本人も覚えていないと告白している。

これこそ、歌壇ミステリではないか。『短歌研究』(36)の誌面上では「特選」となっているので、中井の心積もりはいつどのような経過で入れ替わってしまったのか。

だが、この歌壇ミステリは文学研究の手続きで解き明かすことができるように思われる。やはり、ミステリの基本は現場に戻れ、であろう。現場には寺山と中井の他に、もう一人、当時は助手だった杉山正樹が立ち会っていた。のちに『短歌研究』の編集長となって、歌壇に「前衛短歌」を定着させるべく、詩人と歌人との三つの論争[37]を仕組んだ人物である。

一九九三年十二月十日、肝不全のため、享年七十一で中井英夫は亡くなる。二〇〇〇年七月、杉山正樹は「寺山修司・遊戯の人[38]」で、次のように書く。

私の脳裡には、ふたりが出会ったときの表情がありありと浮かびます。はにかんだような薄笑いを頬にうかべた寺山の顔と、一瞬、言葉をうしなった中井のちょっと上気した眼鏡の顔。中井英夫は男惚れする性癖で、目鼻立ちあざやかな長身の少年に、たちまち魅了されてしまったのでした。男同士の親和力の世界──緑色同盟とはついぞ無縁なこちらにも、その瞬間の放電現象はたしかに見えました。

さらに、もうひとつ理由がありました。ずいぶん後になって聞いたのですが、中井は寺山修司の癖のある青森訛りに、ふと太宰治を想起したというのです。

杉山は、中井の記憶の隙間を埋めるようにして面接の現場を描写している[39]。しかし、その後の寺山の活躍を考えるならば、現場のどのような理由で判断がなされようと、「特選」にした中井の眼識は正しかったように思う。

第三節　谷川俊太郎の追悼エッセイ

寺山の告別式の葬儀委員長をつとめた谷川俊太郎は「五月の死」と題した追悼エッセイで、寺山の死を次のように捉えている。

九歳のときに父を失い、母が働きに出たため一人暮らしをしたこと、高校文芸部の仲間ふたりが自殺していること、そして十八歳から二十二歳までネフローゼで入院生活をし、何度も死線をさまよったこと、年譜を見るだけでも彼が日常の私的な現実に背を向けたくなる材料には事欠かない。

だがそこから寺山が虚構へと韜晦したり逃避したりしたとは私は考えたくない。苛酷な私的現実をひっくり返すようなより広い現実、寺山自身の言葉をかりれば、〈私の体験があって尚私を越えるもの、個人体験を越える一つの力〉、〈たったいま見たいもの、世界。世界全部。〉（『血と麦』ノオト）それを彼はもとめた。

それは死を否認する生の力と言っていいだろう、彼にとってはそれは同時に言語の力でもあったのだ。現実の死に先立って言語によって自分自身を殺すことで、彼は誕生し、生きた。そこからしか彼は生きる力を得ることができなかった。『われに五月を』と記したとき、その〈五月〉は彼の死のときであったけれど、それは同時に彼の生そのものでもあった[40]。

『ビブリア古書堂の事件手帖』の五浦大輔は、詩の内容と全然違う、重病患者が書いたとはとても思えないと感想をもらしていたが、それは「寺山が虚構へと韜晦したり逃避したり」するためではない。「ネフローゼというのは絶対助からぬ病気だ」といわれる病に冒され、重病患者になった自分自身を「言語によって……殺すことで……誕生し、生き」るためであったのだ。寺山が「二十才　僕は五月に誕生した」と書くとき、消して上書きしたかったのは「苛酷な私的現実」だった。実在の自分を殺して「苛酷な私的現実」を終わらせるのではなく、「言語」によって「苛酷な私的現実」を終わらせること。「詩」にはそのように「現実」を更新させる力が備わっていると、寺山は考えていたのであろう。

注

（1）寺山修司「行為とその誇り―巷の現代詩とAction-poemの問題」（『ユリイカ』書肆ユリイカ　一九六〇・九）

（2）寺山修司「私自身の詩的自叙伝」（『書を捨てよ、町へ出よう』芳賀書店　一九六七・二）では、次のように記す。「二十五歳　詩人はなぜ肉声で語らないのだろうか？　がみがみ声やふとい声、ときにはささやきや甲高い声で『自分の詩』を読みあげないのはなぜだろうか？　かつての吟遊詩人たちは、みな唖者になってしまったのだろうか？　私はG・ビルケンフェルトの『黒い魔術』という本の中で、グーテンベルクがいかに苦労して印刷機械を発明したかということを知った。だが、その苦労は、実は『詩人に猿ぐつわをはめる』ためのものだったのである。印刷活字の発明以来、詩人たちはことばでなくて、文字で詩を書くようになっていた。そこには、詩人と受けとり手のあいだの『対話』などはなくて、ただ詩人自身の長い長いモノローグがあるばかりであった。私はそれにあきたらなかった」。

（3）嶋岡晨『ポエジーの挑戦―昭和詩論史ノート―』（白地社　一九九六・七）

（4）谷川俊太郎「世界へ！」（『ユリイカ』書肆ユリイカ　一九五六・十）

（5）大岡信「現代詩試論」（『詩学』一九五三・八）

（6）大岡信「戦争前夜のモダニズム―『新領土』を中心に」（『ユリイカ』書肆ユリイカ　一九六〇・十一）

（7）注3同書。

（8）坂口安吾「堕落論」（『新潮』一九四六・四）

（9）坂口安吾「白痴」（『新潮』一九四六・六）

（10）坂口安吾「肉体自体が思考する」（「読売新聞」一九四六・十一・十八）

（11）天井棧敷は、一九六七年、九條映子（のち、今日子）、東由多加、横尾忠則らと設立。

（12）注3同書。

（13）初演は、一九六七・四・一八～二〇、草月会館ホール。

(14) 兵藤裕己『演じられた近代―〈国民〉の身体とパフォーマンス―』(岩波書店　二〇〇五・二)

(15) 寺山修司『戦後詩―ユリシーズの不在―』(紀伊國屋書店　一九六五・十一)

(16) 小嵐九八郎「寺山修司の凄みの謎を追って」(注15同書解説)

(17) 注16に同じ。

(18) 高取英『寺山修司論――創造の魔神――』(思潮社　一九九二・七)

(19) ヤマハが開発した音声合成技術、及びその応用製品の総称。メロディーと歌詞を入力することでサンプリングされた人の声を元にした歌声を合成することができる。

(20) 名称は「初音ミク」。クリプトン・フューチャー・メディアから発売されている音声合成・デスクトップミュージック(DTM)用のボーカル音源、およびそのキャラクター。二〇〇七年に発売。

(21) 小熊英二『1968上・下』(新曜社　二〇〇九・七)

(22) 寺山修司『続・書を捨てよ町へ出よう』(芳賀書房　一九七一・七)

(23) 注21に同じ。

(24) 三上延『ビブリア古書堂の事件手帖5〜栞子さんと繋がりの時〜』(メディアワークス文庫　二〇一四・一)

(25) 寺山修司『われに五月を』(作品社　一九五七・一)

(26) 注24同書。

(27) 注24同書。

(28) 山田太一編『寺山修司からの手紙』(岩波書店　二〇一五・九)より。例えば「結核性腹膜炎というのを併発した疑いが濃い。それですぐレントゲンをとることになったが、参った。こうなったら絶対に治療不能なのだ」(昭和三一年四月二日)、「書きあげた詩劇の方は『忘れた領分』なんかよりはるかにおもしろいと思う」(昭和三一年一〇月五日)。

九條今日子監修、小菅麻起子編『寺山修二　青春書簡―恩師・中野トクへの75通』(二玄社　二〇〇五・十一）より。例えば「僕、だめです。悪化して。衰弱、来年も休学になりそう。ひょっとすると……でも」（一九五六・九・二十一消印）、「塚本邦雄、や岡井隆（未来）、三国玲子（潮汐）、らで青年歌人会議というのを作りました」（一九五六・七・四消印）、「谷川俊太郎や小説の石崎晴央と詩劇の書きくらべを『短歌研究』でやります」（一九五六・八・三十消印）。

(29) 中井英夫「われに青を」（「東京新聞」一九八三・六・三）

(30) 中城ふみ子『乳房喪失』（作品社　一九五四・七）。第一回の受賞は、一九五四年四月に発表されているので、約三か月後という短期間での刊行になる。

(31) 中井英夫『黒衣の短歌史』（潮出版　一九七一・六）

(32) 中井英夫「眠れゴーレム」（『寺山修司青春歌集』解説　角川文庫　一九七二・一）

(33) 中井英夫「無用者のうた―戦後新人白書―」（『短歌』一九六一・十）

(34) 『短歌研究』（一九五五・一）では、特集「傷のない若さのために」が組まれている。

(35) 『現代詩手帖』「臨時増刊　寺山修司」（思潮社　一九八三・十一）

(36) 『短歌研究』「第二回五十首応募作品発表《十代作品特集》」（一九五四・十一）

(37) 塚本邦雄と大岡信との「方法論争」（一九五六）、岡井隆と吉本隆明との「定型論争」（一九五七）、寺山修司と嶋岡晨との「様式論争」（一九五八）

(38) 杉山正樹「寺山修司・遊戯の人」（『新潮』二〇〇〇・七）

(39) 関川夏央『現代短歌　そのこころみ』（日本放送出版協会　二〇〇四・六、集英社文庫　二〇〇八・一）で、関川夏央が杉山正樹の著作を引用して、「そのあたりの経緯はよく覚えていないと杉山正樹はいうが、たしかに寺山と中井のあいだに何らかの感応があったのである」と指摘している。

(40) 谷川俊太郎「五月の死」（『現代詩手帖』一九八三・六）

II

寺山修司から野田秀樹へ
（そして、自らの舞台創作を通して）

第六章　「少年」短歌　―「大人狩り」と「少年狩り」―

ころがりしカンカン帽を追うごとくふるさとの道駈けて帰らむ

第一歌集『空には本』

第一節　「ふるさとの道駈けて帰らむ」

寺山修司のラジオドラマ「大人狩り」は一九六〇年二月八日午後七時三〇分から、ＲＫＢ毎日放送で放送された。

野田秀樹の演劇「少年狩り」は一九七九年九月二十八日～十月十日まで、東大教養学部構内の駒場小劇場で初演後、一九八一年三月十九～二十三日にメジャーへの登竜門といわれる紀伊國屋ホールで上演された。六〇年代の小劇場運動の旗手の一人と目された寺山は、演劇史で第三世代（八〇年代）のリーダーに据えられる野田の、この演劇の初演を観劇している。観劇の感想は「東京大学新聞」に掲載された。

西田幾多郎と自殺志願のファッション・モデルが、江の電の踏切りで出会う。

あるいは、妹の節子と父の近親相姦を見てしまった兄が、六四一年間冬眠して（時間をその分だけ遡行して）護良親王になる。こうした出会い方をささえているのは、秩序づけられたすべての表層をぐらつかせる不可能性のドラマツルギーとでも言ったものであろう。
……登場人物は、決して出会うことのできぬ空間を共有している。そして、彼らと観客は、ついに〈共通の場所〉を見出すことができぬことによって、従来の劇の概念をふみこえるのである。

野田秀樹と夢の遊眠社の挑発力は、実はこうした〈共通の場所〉を切り捨てることによって生まれた不可能性の「イメージの政治学」とでも言ったものだろう。

彼らは、知識と経験の相互交換によって成り立つ近代劇の複製性に依ろうとしない。むしろ、ナンセンスと、ドタバタによって事物の表層を踏み破る。一見したところ、少年殉情喜劇とでもいった印象で、「明るく正しい」のだが、しかし、その内実はおそろしくエゴチックで、冷たい遊眠宇宙だと言えるかも知れない。(1)

（傍線—筆者）

この発言は芝居全体への批評だが、一方で「少年」そのものへの言及にもなっていよう。二人に共通しているのは「少年」や「大人」という言葉を用いるときの、その意味の幅である。

まず、寺山の「大人狩り」を見てみよう。このラジオドラマは放送されるやいなや暴力革命によって大人社会の転覆を子供たちに促しているという理由で、福岡県教職員連盟からクレームがついた。これに関しては守安敏久に詳細な研究がある。

作品の内容は大人の世界の押しつけに反旗を翻した福岡の子供たちが、「大人狩り」と呼ばれる武装革命で福岡一帯を制圧し、大人たちを平和台球場に軟禁、政府と交渉を続けるものの、革命は九州全土へと発展するというもの。放送はラジオの臨時ニュースの形で始まり、出演者にＲＫＢ放送劇団のほか、実際の福岡市西高宮、平尾の小学校児童が参加。また、実在の町名が使用されるなど、ラジオのリスナーが現実と混同するような仕掛けが施されていた。

当日の、朝刊のラジオ面には「〝大人狩り〟という奇抜なテーマでこどもたちの大人の世界にたいする反抗を描いたドラマ。こどもたちによる既成秩序の破壊、そして革命、これを単にこどもたちだけにとどめず、古い道徳習慣、社会制度を破ろうとしている現代人の叫びとしてとりあげたもの」と紹介されている。

騒動は福岡県教育推進協議会を経て、福岡県議会にまであがり、そこでラジオ九州の管理職が謝罪するに至る。(2)

寺山はこの事件を回想して、次のようにコメントする。


私はさすがに怒った。これは、暴力を肯定するのではなく、むしろ逆であり、イデオロギーを問わず一切の政治権力の中に潜む小児性を拡大したものである。だれがきいてもマンガだと思えるほど誇張しているので、視聴者が事実と思いこむことなど考えられない。第一、議会がラジオドラマの内容に制約を加えるとしたら、それは表現の自由を奪おうとするものではないか。(3)

これは子どもと大人といった世代の対立構造を描いたものではなく、大人自身のなかに潜む屈折した小児性を戯画化したわけで、大人の精神面を外在化するのに子どもの姿が借用されたとみてよい。タイトルの「狩り」を人間に対して使用する言葉遣いも、遊戯の度が過ぎて、犯罪と犯罪ごっこの差がつかなくなった稚拙さを表現している。この稚拙さを逆から、どんな真面目な政争も当事者が有頂天になってしまうと、かえってごっこ遊びの様相を露呈する、と説明することもできる。遊戯の度が過ぎて、遊戯を逸脱してしまう稚拙さであり、真面目の度が過ぎて自身を客観視できなくなり、傍目には遊戯にしか見えなくなって嘲笑の対象へと転じてしまう様相を批判的に描いたのだ。

第二節 「少年」と「大人」

次に、野田の「少年狩り」に移ろう。だが、その前に、ある象徴的な事件に触れなければならない。「少年狩り」は野田の率いた劇団「夢の遊眠社」の第九回公演にあたる。それよりひとつ前の第八回は、パルコ・ドラマ・フェスティバルへの参加公演になる。作品は「怪盗乱魔」、一九七九年三月三十日〜四月一日まで、渋谷パルコの裏テントで上演された。

演劇評論家の扇田昭彦は「事件そのものはきわめて業界内的な紛争なのだが、その後の演劇と企業の関係を考える時、この事件はなかなか暗示的なのだ[4]」と評している。その事件を扇田の説明に従って見てみよう。

フェスティバルは西武セゾングループに属する西武劇場（のちのパルコ劇場）の主催で、一九七九年三月三十日から四月十七日にかけて、当時の気鋭劇団の五つが競演するというもの。参加劇団は「夢の遊眠社」、岸田理生の「哥以《かい》劇場」、森尻純夫の「劇集団流星舎」、知念正文の「劇団鳥獣戯画」、竹内純一郎（現・銃一郎）の「劇団斜光社」である。しかし、前売り券の売れ行きが芳しくなかったため、パルコ側が直前になって参加劇団に相談することなく、入場券を一五〇〇円から八〇〇円に値下げした。これに反発をした参加劇団は主催者側と徹夜で交渉、その結果、各劇団が自由に入場料を決めてよいことになる。「夢の遊眠社」と「鳥獣戯画」はパルコ側の提示額で公演し、残りの三劇団はフェスティバルの制作上の不手際を理由として、無料公演に踏み切る。この選択には主催者側への抗議も含まれていた。

フェスティバル終了後の劇団代表者による座談会は、その後の時代の分岐点を示すものとなる。

竹内純一郎は「西武のあのやり方を許すことは、僕個人としてもこれから（戯曲が）書けなくなる。今までの僕らの表現行為、これからなすであろう表現行為も含めて、ちょっと（許すことは）できないんですね」と発言。一方で、野田秀樹は「竹内さんは自分の創作にかかわる問題だといわれたけど、今回起きたことはそれほど大きいことなのだろうか。要するに西武の制作の失態から始まった、わりと些細なことではないかと思うんです。それを煽った斜光社もばかげてみえました」と受け止めている。

企業との提携に倫理的な警戒心を抱く竹内と、そんな姿勢を軽やかに踏み越えて、むしろ積極的に企業と提携しながら劇団活動を拡大していった次世代の野田との違いが明確に見えると、扇田はいう。八〇年代の好景気にともなって多くの企業は文化事業に積極的に関わる。そういった経済状況のなか、「夢の遊眠社」は一九八五年頃からＮＴＴ、三菱自動車、ＪＲ東海などの大企業と提携公演をするようになる。

さらに扇田は、「少年狩り」を、大人の世界に向かって歩み出そうとする少年の選択のドラマだと捉える。劇中での「正念場」といった重い言葉は、夢とノスタルジアの「少年場」へと軽やかに豹変するが、この一見シリアスな主題を表層の戯れへとスライドさせる言葉遊びには、幼年期への退行的なノスタルジアが、単純な「少年」賛歌の物語に収斂されてしまうことを相対化する役割もあろう。言葉遊びは、ノスタルジアの感傷を横へスライドさせつつ「正念場」の意味の重さを探るのだ。

心に深い傷跡を抱えた「少女」は幼い頃に線路に石を置いて電車を転覆させ、八十八人もの修学旅行生を死なせてしまった過去をもつ。「護良親王」は、父親と妹の近親相姦を目撃してしまった男であると明らかになる。「ヘロデ王」は幼かったキリストを殺すために、ベツレヘムの街中の子供たちを皆殺しにする。

寺山が「登場人物は、決して出会うことのできぬ空間を共有している」と指摘したこの作品は、それぞれの「正念場（少年の場）」を振り返りながら、地球が月を呑み込む皆既月食の夜に、鏡の海を超えて、その向こうへと夢を解放して終演する。

評論家の川本三郎は野田の作品群から、野田の描く「少年」を次のように解釈している。

野田秀樹はなにも児童文学的善良さを発揮して無邪気に〝私のなかの子供＝イノセンスを見つけよう〟とか、〝童心に帰ろう〟などといっているわけではない。

……野田秀樹はそうした子供―大人の連続性の神話をまったく信じていない。いや、そもそも野田秀樹の世界には大人なんて存在しえないのだ。この世界にはどこまでいってもただ少年しかいない。

……野田秀樹にとっては大人の世界とは単に少年によって演じられた仮構の世界でしかない。大人は少年のパロディでしかない。(5)

（傍線―筆者）

野田の作品に描かれる「大人」とは、少年のなかに潜む屈折した〈成熟〉なのだ。

ここで、寺山修司が亡くなったときに、映画監督の大島渚が「寺山は〈成熟〉という悪しき病を免がれた同時代の唯ひとりの者だった(6)」と、追悼文を結んでいることを思い出しておきたい。

第三節　屈折した二重の作為

冒頭の短歌は、一九五八年六月に刊行された寺山の第一歌集『空には本』（的場書房）に収められている。もとは、一九五四年十一月号の『短歌研究』に掲載された「チェホフ祭」の一首である。

一九五四年に日本短歌社（現・短歌研究社）の短歌総合誌『短歌研究』は、新人の「作品五十首募集」を催した。第一回は、中城ふみ子「乳房喪失」（四月号）。寺山の「チェホフ祭」は、第二回「作品五十首募集」の特選である。

雑誌掲載時は「ころがりしカンカン帽を追うごとく故郷の道を駈けて歸らむ」とあり、「ふるさと」は「故郷」と表記されて、おそらく「こきょう」と読ませ、「道」のあとに助詞の「を」が補われている。「歸らむ」に見られるように、短歌全体は文語の調べに依っていよう。

一九七一年一月に、寺山は跋文に「歌のわかれをしたわけではないのだが、いつの間にか歌を書かなくなってしまった」としたためた『寺山修司全歌集』（風土社）を出版する。そこでは「ころがりしカンカン帽を追うごとくふるさとの道駈けて帰らん」と、表記は口語へと脱皮している。

また、寺山にまつわる問題に模倣事件がある。この短歌も、やはり自作の俳句からの流用が指摘されている。(7)例えば、次の二句。

「わが夏帽どこまで転べども故郷」（一九五四年六月俳誌『暖鳥』・「パンの句会」、一九五四年七月『青年俳句』『牧羊神』、一九五五年八月『俳句研究』、一九七三年七月『わが金枝篇』）

「葱坊主どこをふり向きても故郷」（参考句・一九五三年一〜十一月）、投稿多数。

その点を踏まえながら、歌人の梅内美華子は次のように鑑賞する。

　カンカン帽は、かたく編んだ麦わら帽のこと。その語の弾むような音と、帽子が風に飛ばされて転がってゆく動きに、若やかな雰囲気があふれている。田園風景のふるさとを心に思い描き、やがてふるさとの道を駈けてゆく主人公は心も身体も前のめりになってゆくようだ。

……（既成俳句の作り直しという点で―筆者注）この歌も俎上に上げられたが、夏帽がカンカン帽という具体的な名詞に変わり当時の風俗が出たこと、故郷を見る位置が内側から外へと出たことで、短歌のほうがより抒情性を獲得しているのではないか。(8)

「心も身体も前のめりになってゆく」といった鑑賞には、転がる帽子と懐かしき故郷を前にした主人公の馳せる気持ちが、歌人らしい描写の仕方で的確に説明されていよう。また、俳句との比較から、故郷を見る視点が「内側から外へと出た」と指摘するが、この故郷を見つめる〈視点〉の変化は、作者の寺山修司自身にも繋がることだ。

寺山修司は一九三五年十二月十日に青森県弘前市紺屋町に出生している。戸籍では翌年の一月十日だ。これは届け出が遅れたからというのが通説である。(9) 寺山はよく、母が「おまえは走っている汽車のなかで生まれたから、出生地があいまいなのだ」と冗談めかして話したといい、本人も「走っている汽車の中で生まれた」という個人的な伝説にひどく執着するようになったと記す。(10) 高校時代、高校生自身による全国的な俳句雑誌『牧羊神』の編集に携わり、早稲田大学への進学とほぼ時を同じくしてメジャー雑誌で「チェホフ祭」が特選を受賞するなど、作歌した時期や作家の経歴から、寺山自身が故郷からの脱出を夢見ていたこと、そして、その脱出を現実のものとして生き始めていたことがわかる。

だからといって、この短歌の主人公、つまり短歌上の〈私〉を作者と同じように都会への憧れを抱いていた「少年」として、そのまま当てはめて読むことはできないだろう。なぜなら、仮に「少年」ならば、「ふるさとの道」を「帰らむ」とは表現しないだろうから。梅内の指摘したように、「ふるさとの道」は「ふるさと」へ「の道」から続いてゆく道でもあるので、主人公は「ふるさと」を懐かしむ「大人」として、その土地を外から見つめる視点を獲得している。「ふるさとの道」へと帰郷して来た者の視点があるということだろう。では、主人公は「大人」かといえば、そう単純にはいかない。なぜなら、風に飛ばされて転がりゆく帽子を夢中で走って追いかける光景は、「少年」の方が似つかわしいではないか。その上で、ふるさとへの愛着、帰郷への馳せる気持ちを、「大人」が少年期の頃へと時間を巻き戻して描写しているとしたら、走っている姿も被っている帽子も、少年のあの頃にまで巻き戻したい。「カンカン帽」はその音の響きを優先して選ばれただけかもしれないが、明治の末から昭和初期にかけて流行し、パナマ帽とともに紳士用の夏場の正装として愛用された帽子である。懐かしいあの頃をまるごと夢想する光景のなかにあって、風に吹かれて転がる帽子だけは、例えば、少年の麦わら帽へと巻き戻されることなく、「カンカン帽」として大人の世界を繋ぎ止める小道具の役割を担っている。風に吹かれる麦わら帽を夢中になって追いかけたあの頃を想い出すように、「大人」になった今、帰郷への高ぶる気持ちを抑えることなどできないと読むには「カンカン帽」のイメージが強すぎはしないか。

「ふるさとの道駈けて帰らむ」といった用語の選択から、短歌全体が抱える世界の支柱は「大人」にあると、ひとまず考えてよかろう。しかし、「大人」が純粋に少年期を夢想するといったノスタルジー特有のロマン主義なのではなく、「少年」がいったん「大人」の素振りをして、それから再び、少年期を顧みているような屈折した二重の作為がこの短歌には施されているのではないか。ラジオドラマ「大人狩り」に通じる屈折した振る舞いがここにもあるのかもしれない。

六〇年代の政治の季節、都会での革命運動はどこか若者の甘い夢想、その感傷的な挫折と表裏をなす夢想を、許す場として機能した。もう一方で、ふるさとの田園風景は、都会でうまくいかなかったら、まるで何事もなかったかのように自分をまるごと受け入れてくれる、やはり感傷を許すもうひとつの場として共有されたことを、寺山の作品群は相対化してきた。寺山が展開した土俗的な演劇が、地方ではなく、必ず都市部を中心にして興行されてきたことは、そのことを抜きにして考えてはならないと思う。

また、八〇年代の高度な消費社会のなかで、野田秀樹は時代と倫理的に対峙するのではなく、その流れを表層的に上滑りしながら、なおかつ「正念場」としての意味を問うた。野田の言葉遊びは消費文化の波を消費文化的に乗り切ることで、消費文化そのものを相対化してきた。

二人の用いる「大人」と「少年」という言葉には、まさに役者の演技が隠されており、そのメタモルフォーゼの機能を巧妙に駆使した批判的な用語であったのだろう。

注

(1) 寺山修司「少年狩り」(「東京大学新聞」一九七九年十月十五日)
(2) 守安敏久「寺山修司『大人狩り』福岡騒動顛末記」(『バロックの日本』国書刊行会　二〇〇三・十二)
(3) 寺山修司『黄金時代』(九藝出版　一九七八・七)
(4) 扇田昭彦『日本の現代演劇』(岩波書店　一九九五・一)
(5) 川本三郎『都市の感受性』(筑摩書房　一九八四・三)
(6) 大島渚「最期の日々」(『現代詩手帖』一九八三・六)
(7) 久慈きみ代「寺山短歌誕生における価値ある事件模倣問題—『咲耶姫』、『青蛾』を経て、「チェホフ祭」まで—」(『寺山修司研究3』文化書房博文社　二〇〇九・十一)が、この問題を整理している。
(8) 梅内美華子「鑑賞・現代短歌　寺山修司」(『歌壇』二〇〇八・五　連載第二回)
(9) 小菅麻起子「寺山修司「年譜」をめぐる問題点」(『寺山修司研究1』文化書房博文社　二〇〇七・五)
(10) 寺山修司『誰か故郷を想はざる』(芳賀書店　一九六八・十)

第七章　「桜の森の満開の下」の〈首遊び〉——肉体という文学的思索法——

第一節　坂口安吾生誕百年記念事業の一環

　二〇〇六年六月二十二日、こまばアゴラ劇場（平田オリザ主宰「青年団」の拠点）にて、千賀ゆう子企画公演「桜の森の満開の下」を観劇した。脚本は岸田理生、演出・金亜羅、出演・千賀ゆう子、鶴山欣也、ヒグチケイコである。これは岸田理生作品連続上演２００６と坂口安吾生誕百年記念事業の一環として上演されたもの。平舞台を囲むようにコの字形に組まれた客席は、小劇場には珍しい年配の男性を含む四十名程の観客で埋まっていた。天井からは白い大きな布が垂れ下がり、その一端が役者を包む衣装にもスクリーンにもなった。舞台空間に映像を投影するという手法は、現代演劇の先端を行くカナダはケベック州出身のロベール・ルパージュを最高の使い手の一人として、現行舞台の特徴的な傾向である。以前、笠井賢一演出で同舞台を観たときには、まだ見られなかった方法だったこともあって、上演のたびに作品が再誕するという演劇の本質を垣間見たような気がした。千賀には『『夜長姫と耳男』のためのエチュード』という作品もあり、一九九七年七月の新宿タイニィ・アリスを皮切りにポーランドツアーも決行している。

　安吾の作品中でも、特にこの二つの小説は舞台人の創作意欲を刺激してやまない。それぞれを戯曲にするだけでなく、時に織り交ぜて物語を編みなおしたり、安吾の他のテクスト（例えば「堕落論」や「飛騨の顔」など）を引用して二次創作をしたりしている。以下、二つの小説に絞って、管見によるが、舞踊なども含む舞台化された

作品を列挙してみよう。(1)

第二節　演劇、その他

○東京演劇アンサンブル　「桜の森の満開の下」
脚本・演出　広渡常敏
出演　真野季節　他
音楽　團伊玖磨
一九六六年三月四〜十日初演　　俳優座劇場
※現在も再演を繰り返し、アメリカ、韓国、ロンドン、ロシア、アイルランドなどで上演。タイトルは「LOST IN A FLURRY OF CHERRY BLOSSOMS」。音楽に池辺晋一郎が加わる。

○第二回　雀右衛門の会　「桜の森の満開の下」
作詞　美弥照彦
作曲　石井眞木
演出　宮川高節
出演　中村雀右衛門　　豊竹呂大夫（語り）
一九八一年六月二十・二十一日　　草月会館ホール
※一九九八年一月三十一日、ＮＨＫ「芸能花舞台」にて映像詩として放映。

○千賀ゆう子企画公演　「桜の森の満開の下」
脚本・演出　岸田理生
出演　千賀ゆう子　他
一九八三年十月初演　　中野あくとれ
※演出家を変えながら再演を繰り返す。一九九六年四月二十日、世田谷文学館で催された「坂口安吾展」でも上演。

○劇団夢の遊眠社　第三十七回公演　「贋作・桜の森の満開の下」
脚本・演出　野田秀樹
出演　毬谷友子　野田秀樹　他
一九八九年二月十一～二十八日初演　　日本青年館
　　　三月三～八日　　京都・南座
※劇団解散後、NODA・MAPにより新国立劇場中劇場にて再再演。出演は深津絵里、堤真一　他。

○白石加代子「百物語」第六夜　「桜の森の満開の下」
演出　鴨下信一
出演　白石加代子
一九九三年三月二十七・二十八日初演　　岩波ホール

※この朗読劇は、渡辺温「兵隊の死」と川端康成「片腕」とともに上演された。

○シアターD劇団〈まんだら〉「桜の森の満開の下」
脚色・演出　北野ひろし
出演　清水ひとみ　奈佐健臣　他
一九九六年十月八〜十三日　シアターD　ｓｈｉｂｕｙａ

○千賀ゆう子企画公演「「夜長姫と耳男」のエチュード」
演出・構成　千賀ゆう子　関井稔也
出演　佐藤和加子　千賀ゆう子　他
一九九七年七月八・九日初演　新宿タイニィ・アリス
※奥飛驒の神岡、桐生、新潟、ポーランド他を巡るツアーに出る。

○コズミックシアター　vol.3「桜の森の満開の下」
脚本・演出　ジャニス・Ａ・リン
出演　金子順子　津田政和　他
一九九八年四月九〜十一日　大阪・朝陽会館

○劇団太陽　第四回公演「さくらの接吻」

演出　金沢章子
出演　河野祐一郎　大林由佳　他
二〇〇三年二月二十一・二十二日　広島市南区民文化センタースタジオ

○長岡ゆりプロデュース公演「桜の森の満開の下」
構成・舞踏　長岡ゆり
舞踏　正朔
二〇〇三年九月二十・二十一日初演　中野テンプシコール
※舞踏家・長岡ゆりは、小説家・島本理生の母。グダニスク、パリにてリメイク再演。

○蘭このみスペイン舞踊公演「桜幻想」
脚本　川崎哲男　演出　原田一樹
振付・出演　蘭このみ　尾上菊紫郎
浄瑠璃　豊竹呂勢大夫
美術・衣装　朝倉摂
二〇〇三年十月二十九・三十日初演　天王洲アートスフィア

○佐野キリコ演劇［着衣↓ヌード］　小説歌劇「桜の森の満開の下」
演出　西田シャトナー

出演　佐野キリコ
演奏　山崎和思
二〇〇五年二月四〜六日　　阪急川西能勢口・「ＨＡＮＡＲＥ」
○Office ENDLESS produce vol.3「桜の森の満開の下」
構成・演出　西田大輔
出演　窪寺昭　木村智早　岡崎司　他
二〇〇五年五月十一〜十五日　　両国シアターX
○ルームルーデンス　vol.22「THE PRINCESS LONG-NIGHT AND THE EAR-MAN」2nd ver.
演出・脚色　田辺久弥
脚本　佐々木治巳
出演　柿澤亜友美　青山のぞみ　鈴木啓文　他
二〇〇六年二月八〜十二日　　両国シアターX
※劇団と同じ台本を使い、プロとのコラボレーションにより高校の演劇部が上演するというエデュケーションプログラムを開催。今回は私立聖学院高校と神奈川県立横浜緑ヶ丘高校が中心となって参加。
○朝麻陽子朗読劇「桜の森の満開の下」
出演　朝麻陽子

二〇〇六年四月九・十日　新潟・画廊FULL MOON

第三節 〈首遊び〉の演出

例えば小説から演劇へという表現形式間の安易な転移は、その小説を愛してきた読者たちを落胆させることが多い。この落胆はある舞台人が小説を舞台空間に知覚表象化した作業の、その技術の未熟さに対して、また、その想像力の貧困さや方向性のずれなどから生まれたりする。しかし、小説の描写部分をイメージ化し、会話文や心理に日常性が得られるように想像力を働かせることが読みの行為のひとつであるのなら、誰もが自己の意識のなかでよく似た作業を行っている。演出家の鋭い誘導、優れた役者の身振りや声振りによって、受け手の感受性が開かれ、時に小説の新たな奥行きを発見することだってないことはない。

ある表現形式に別の表現形式で応えることは、研究とは違った姿勢で作品の可能性を探ることにならないだろうか。そのとき創られた演劇はもはや元の小説とは別の作品である。だが、生物学の用語を借用するならば、形状がよく似ているが起源が異なる相似関係ではなく、外見上の相違はあるが発生的および体制的に同一である相同関係にあるのだといえよう。実作者は実作によって先人の創作に敬意を表す。うまくいかない場合もあるだろうが、典拠とした小説の心臓に触れることができた相同的な演劇作品も現に存在する。そのような演劇に出会えたとき、われわれの落胆は愉悦へと変わっているのだ。つまり、演出とは解釈であり、読解の表現行為なのである。

恥ずかしながらこちらも学生時代に「桜の森の満開の下」を演劇化した経験をもつ。演劇化で苦心した点に〈首遊び〉の場があった。文庫にして四頁弱にもなるこの場面は多くの研究者たちに読解され、意味を付与されてきた。個人的だが、舞台を鑑賞するときにはいつも気にしていた。

女の何より欲しがるものは、その家に住む人の首でした。

……女は毎日首遊びをしました。首は家来をつれて散歩にでます。首の家族へ別の首の家族が遊びに来ます。首が恋をします。女の首が男の首をふり、又、男の首が女の首をすてて女の首を泣かせることもありました。

……姫君の首も大納言の首ももはや毛がぬけ肉がくさりウジ虫がわき骨がのぞけていました。

……「ほれ、ホッペタを食べてやりなさい。ああおいしい。姫君の喉もたべてやりましょう。ハイ、目の玉もかじりましょう。すすってやりましょうね。ハイ、ペロペロ。アラ、おいしいね。もう、たまらないのよ、ねえ、ほら、ウンとかじりついてやれ」


（「桜の森の満開の下」）


筆者が運よく鑑賞できた多くの舞台は、主に発泡スチロールや布袋などを使って、小道具の一部として首を再現していた。ただ、演劇は能や歌舞伎の〈見立〉を思い浮かべるまでもなく、リアリズム（写実）を追究することなくリアリティ（現実味）を表現してきた歴史が映画などより古い。例えば、長岡ゆりの舞踏では、キャベツを首に見立てて、かじり、めくり、投げ捨てていた。エロさとグロさが妖女にして幼女的なママゴト遊びに醸し出される工夫が必要で、その上、恐いもの見たさと同様、視線を引き付ける魅力もいる。

「夢の遊眠社」の演劇では、きちんと顔を描いた首の両側から紐がぶら下がり、デンデン太鼓になっていた。女が首の小道具を上下、回転させる度に、紐が顔を打つ。残酷ではあるが、遊戯性は忘れてはならない要素である。千賀ゆう子の演劇では、小道具の首を出しながらも、戯画化された首の映像が巨大な布に万華鏡のように投影された。スクリーンは女の意識内を表象すると同時に、男を覆い尽くす世界となっていた。

意表を突かれたのは「東京演劇アンサンブル」の作品。首に女性の役が振り当てられていたのである。実際の人間が棚から首だけを出すというのではなく、黒装束を着て歩き回り、ポーズを取る。まるで、夜になるとオモチャに命が宿って動き始めるかのように、生首役の女優は人形を模倣した所作を繰り返し、裸身になることもあった。黒装束を着た役者の、あえて生気を抑えた身振りを観ているうちに、物語には存在しないが舞台上には存在する、日本演劇の伝統〈黒衣《くろご》〉に連なる発想ではないかと感じた。

安吾の作品群を読んでいると、彼の文学的思索法に〈肉体〉があるのがわかる。文学研究では室鈴香が同時代でありながらも、サルトルの実存主義との不連続を指摘し、天野知幸が田村泰次郎との差異から戦後「肉体文学」の再編を試みている（第十一回坂口安吾研究集会）。安吾の肉体描写は、それが性的なことであっても、読者を性的陶酔へと誘う感じが少ない。「肉体自体が思考する」とエッセイで語るように肉体の自立に力点が置かれ、通俗小説の肉体描写の多くが読者の感覚へ訴えかけようとするのに対して、読者の理性を揺さぶる傾向にある。〈肉体〉は不感症を経て精神から切断され、骨まで抜かれてついに〈海〉を志向するまでになる（「私は海を抱きしめていたい」）。この透明な肉体への嗜好は、安吾のなかで揺り戻しをしながら、深く浸透していく。物語の結末が、死というより仏教的な〈空〉に近いのも、そんな訳があるのではないだろうか（「風博士」「紫大納言」「桜の森の満開の下」など）。

第四節　〈黒衣〉の発想

ここで〈黒衣〉について考えなければならない。〈黒衣〉について論じられたものが少ないなか、歌舞伎研究家の郡司正勝がわかりやすくまとめている。遺稿集『芸能の足跡』(2)に収められた「黒衣論―黒は影か」に沿って進めてみたい。

〈くろご〉の表記は着物を指す〈黒衣〉と、着た人を指す〈黒子〉があるが明確な区別はない。また、〈黒呉〉〈黒布〉〈黒巾〉といった表記も江戸時代の文献には見られる。呼び方も、〈くろごう〉や、〈くろんぼう〉などがある。以下、便宜上〈黒衣〉と書く。

明治期の演劇改良運動で、外山正一が、歌舞伎を旧劇とし「これ（黒衣―筆者注）も此の際他の悪習と共に改良すべき事なり」と断罪した。登場人物以外の人物が舞台に出てくるのは、西洋演劇を手本とした高尚なリアリズムの芝居には必要ないといったのである。では、その起源はといえば、能の後見があるが、後見は黒い装束を身に着けていない。歌舞伎の〈黒衣〉は文楽の〈人形遣い〉に端を発するというのが一応の見解であると郡司はいう。そして、石割松太郎の『人形芝居の研究』（平成八年版）を取り上げ、「舞台における〝黒色〟は全て〝無〟を意味する約束である。闇の夜の背景が〝黒布〟一枚で表徴してゐるのは古典芸能にふさわしい」とする〈黒〉と〈無〉と〈影〉の同一視に異議を挟む。〈無〉ならば〈白〉でもいいはずだ。喪服は〈白〉でも〈黒〉でも喪服であると。

余談になるが、色彩の考古学の観点からすると、宗教社会学者の松尾剛次(3)が、僧侶の袈裟の色について、十世紀以降、国家に公認された僧侶は白衣《びゃくえ》を着用し、白衣僧から離脱した聖・隠遁者など、後の鎌倉新仏教の立役者となる僧たちが着たのが黒衣《こくえ》だったという説を立てている。鎮護国家の祈禱だけではなく、俗世間に入り、個人救済を唱えたいわば異端者の思想的な色ということになろう。

さて、郡司の〈黒〉は〈無〉ではないとは、芸の鑑賞の核心から遡行してきた見方である。文楽の鑑賞者は素晴らしい人形の所作に感嘆するうちに遣い手にも興味を抱き始め、その観客の好奇心が死角にいた遣い手を舞台上に引っ張り出した。人形にとって遣い手が邪魔になるというのは理屈であって、人形と遣い手（出遣い）の両方を見ることによって、大人の鑑賞に堪えうる芸が成立した。確かに現代のわれわれの感覚からしても、美味い料理を食したとき、その料理人が気になる。特に日本料理は寿司屋を例に出すまでもなく、料理人が客の前に立つことを前提として技が洗練されてきたのではないか。そして、郡司は、歌舞伎において「黒衣は見えない」という約束であっても、〈無〉ではないとし、いつ主役に故障が起こっても代役ができる実力をもっていなければつとまらぬ〈黒衣〉の影の力を〈黒〉の美学としたのである。

以上を踏まえるならば、「東京演劇アンサンブル」の、〈首遊び〉の首に役を振り当てるという演出は、〈黒衣〉の「見えないという約束」を逆手に取り、今一度、観客と約束を取り決めさせるという方法で、安吾の文学的思索法である〈肉体〉を表象したことになるのではないだろうか。舞台上にある生首役の役者の肉体は、見えるけど見えない約束でありつつ、〈無〉ではない肉体の存在感を観客に意識させ続ける。小説「桜の森の満開の下」の結末で、満開の桜の下、男が鬼だと思って絞め殺した女と、その男自身が跡形もなく消えうせ「あとに花びらと、冷たい虚空がはりつめているばかりでした」と結ばれるとき、「冷たい虚空」を表象するために「花びら」があったように、〈首遊び〉の首は、実は安吾的な〈肉体〉描写に必要だったのだろうと読解できる。安吾の〈肉体〉を考察する上で〈首遊び〉の場こそ中核なのではないか。舞台人たちの演出がそのような発想をくれた。

注

（1）この論考を執筆した二〇〇六年時点による。近年、劇場や劇団の公演記録のデータベース化は進んでおり、随時更新されているので、詳細な公演記録としては、そのようなデータベースに譲りたい。
（2）郡司正勝『芸能の足跡』（柏書房　二〇〇一・十一）
（3）松尾剛次『新版　鎌倉新仏教の成立―入門儀礼と祖師神話』（吉川弘文館　一九九八・一）

第八章　演出された「桜の森の満開の下」　―野田秀樹の坂口安吾―

第一節　一九八九年の出来事

野田秀樹は「贋作・桜の森の満開の下」の「劇誌」と名付けたノートに、次のように書き記した。

天皇陛下、午前6時33分、吹上御所にて、崩御あらせられる。7時半すぎに、発表に先だって、共同通信社の浅田さんから電話をもらう。コメントをとのことだった。あまりに今回の作品とのタイミングが良くて、ぐっクニの輪郭線の話をするが、予期していたことではあるが、劇中の崩御とかミカドといったコトバが、ぐっと重きをなしてくる。客がドキッとしたりもするであろうし、なにか、これまで上演していたような、客の心のひっかけ方ではないだろう。一ヶ月もすぎれば、日本人は、もうクニそのものを忘れているだろうから。

（89・1・07）(1)

それは一九八九年二月から、日本青年館で上演予定の作品を稽古している最中の出来事だった。坂口安吾の小説「桜の森の満開の下」「夜長姫と耳男」などを下敷きに、大胆な改変を施して作られた舞台内容は、古代国家の創世や王権の転換を枠組みとしていた。この作品は一九九二年一月に再演、二〇〇一年六月に再再演(2)される。『野田秀樹論』(3)の単著もある長谷部浩は、初演鑑賞後、野田が「はじめて女性の力について語り出した」作品だと捉えている。このような印象を長谷部にもたらしたのは、戯曲の内容もさることながら、客演で招いた女優の演技に負うところが大きい。ながらく劇団の中核を担ってきた女性劇団員に代わり、声域の広い元宝塚女優が主演をつとめた。[4] 彼女の声の強度は純粋と残酷とを生きる姫役を人格としてまとめ上げ、姫の矛盾する言動を造型の破綻だと観客に受け取られることなく、表裏の相貌として魅力的に演じ分けた。「やさしく、軽やかな声質を一転させて、低声をひびかせて鬼のこころをのぞかせるときの戦慄が忘れられない」と長谷部はいう。

再再演を前にして、今度は「あるいは声の舞踏」と副題をつけた論考を長谷部は書く。[5] 八〇年代後半の野田は他の表現者の原作を借りて、[6] 自身の資質に傾きを付けることで、例えば、弱点とされてきた女性性についての劇を書き下ろすところまでを射程に入れていたに違いないとしながら、やはり配役にこそ、作劇の成果を見ている。安吾の「夜長姫と耳男」から一節を引いたあと「こうして読み直してみても、小説の描写が毬谷の女優としてのありようにふさわしいことに驚く。野田は、その笑顔を念頭において、劇中の夜長姫を作りだしていったのではなかったか」と、役者の特異性を振り返りながら論を進めた。

そして、新国立劇場の奥行きの深い舞台空間を利用して、涯のない桜の森を彷彿とさせる場を作り出した再再演に対して、今一度、長谷部は劇評を書く。「鬼の周辺」とタイトルされた論考は「権力がその正統性を主張するならば、外部に鬼を作り出し、彼らを退治した功績によって、主催者の呪術的な能力を証明するための物語が不可欠」だったことを強調するものだった。「鬼の字義には、死者の魂」の意味もあり、律令体制が確立するにしたがって「古代の王族とその民は、鬼に仕立て上げられて死んでいく」といった構造を前面にして論じられた。[7]

前の二つの論考に古代国家の創世や王権の転換の枠組みの指摘がなされていないわけではない。だが、例えば「野田は妃となった夜長姫を大和朝廷の秩序に順応させせない」というように、桜の下で鬼女へと変貌する姫の強烈な個性がその枠組みには収まりきらないと示すことで、硬化していく秩序への反動力としての姫個人を浮かび上がらせている。
この差は劇場が国営の「新国立」であったこと、その劇場空間の広がりが「共同体の記憶」を呼び覚ますのに適していたこと、一九九二年に劇団を解散し[8]、再再演は野田の英国留学後に、プロデュース公演へと転じていることなどが大きかったのかもしれない。その一方で、坂口安吾の作品の読まれ方が「宿命の女[9]」から『安吾の新日本地理』『安吾新日本風土記』へと比重が移りつつあった研究状況と、どこか軌を一にしているようなところもあるのかもしれない。

第二節　「歴史」との接点

「歴史家・坂口安吾―世界システムとアジア[10]」と題された特集で「贋作・桜の森の満開の下」を評した今村忠純は、まず原作者安吾の歴史認識に言及する。「官撰国史という正史によって改竄、削除された歴史の実態を仔細に検分したうえで坂口安吾は、ヒダに残った伝説をもとにして」国史を考えているとして、安吾の「飛騨・高山の抹殺[11]」や「飛騨の顔[12]」「飛鳥の幻[13]」を参照しながら、体制に従わず追放された人々、また体制を脱けだして在野にあって生きる人々がしばしば鬼にされてきたことを確認する。そして、この劇の鬼に「市民」の姿を重ねながら、国造りの物語に踊らされた鬼たち（市民）が拡大再生産されていく様相を見つめ、そのなかにあっての鬼たち（市民）の、進むべき「道しるべ」を劇に読む。この「道しるべ」という言葉は、劇の終盤で、舞台上に一人残った耳男と鬼女たちとの対話で次のように使われた。

耳男　今まで道の片側に彫ってきた鬼の顔は？

鬼女2　行きは、こわいの道しるべ。
耳男　では、これからが帰りはよいよい。
鬼女　その道しるべには何を刻んでくれるの？

桜の森に迷いこんだ「王家の夢が帰り道を捜しました」と鬼の声で説明されるこの対話は、安吾が「原始史観、皇祖即神論はどうしても歴史の常識からも日本の常識からも実質的に取り除く必要があるだろうと思います。さもないと、また国全体が神がかりになってしまう」[14]と戒めた古代国家の創世や王権の転換の枠組みといった始原への問いに対する応答になっているのではないだろうか。もしも「王家の夢」が始原からの「帰り道」を誤ったとき、再び「国全体が神がかりになってしまう」というように。

また、堤広志は特集「〈時代小説〉のアルケオロジー　反＝時代とはなにか」で、野田秀樹が「安吾ワールドに大海人皇子（後の天武天皇）を持ち出して」国造りの過程を描き、「壬申の乱を持ち出して」作劇したのは、安吾のエッセイに「インスパイアされたからである」としている。そして、安吾のいうとおり「飛騨の匠が朝鮮渡来の山岳騎馬民族」だとしたら、彼らは「亡国の民であり、戦争難民」であっただろうという。「夜長姫の笑顔」は「飛騨の顔」でもあって、異国の者たちがたどった哀しい「歴史の面影」が耳男によって刻み留められることで鎮魂される劇だとみている[15]。

先の今村の論考も堤の論考も、雑誌で組まれた特集の導きが大きいのだろうが、長谷部が初演鑑賞後に感じたような「宿命の女」としての夜長姫の印象はそれよりも小さかったのかもしれない。

安吾の歴史観がドラマの土台になっていると堤がいうように、この劇には素性を隠したオオアマ（大海人皇子）がヒダのタクミの一人として登場する。同時にタクミに成りすましたマナコとともに謀反を企て国を盗り、夜長姫を娶ってオオアマは天武となる。天武はヒダ王家を歴史から抹殺したあと、新しいミヤコの象徴である大仏の顔を、やはり師匠を殺してタクミになった耳男に制作させることにする。そこで耳男は、大仏の顔に「夜長姫の笑顔」を刻むことを誓う。その場面を戯曲で確認すると「壬申の乱が明けて」との小見出しがあり、「反転すると、巨大な大仏の首から下が見えてくる」とト書きが続く。しかし、学校の歴史の教科書を思い起こせば、「大仏」は聖武天皇の項に書かれていたのではなかったかと、ふと想う。

第三節　手塚治虫の漫画『火の鳥』

新潟市が主催する安吾賞の第一回（二〇〇六年）の受賞者は野田秀樹である。単行本[16]に付された「たかが人生」に、一九五五年に桐生で永眠した安吾の魂が、西方浄土を目指す途中に長崎へ到着し「たてこもること十ヶ月、ついに坂口安吾の禁欲的な魂は、野田秀樹の魂として生れ変る」といった転生の伝説を書いたこともきっかけのひとつだった。この出生伝説は、戯曲集『贋作・桜の森の満開の下』[17]のあとがき「安吾の衣を借りた狐」でも触れられ、そこで劇の原作は「安吾の『桜の森の満開の下』ばかりでなく、『夜長姫と耳男』をはじめ、いくつかの安吾の小説、エッセイを素材として使わせてもらっている」と断っている。しかし、アニメーション監督の庵野秀明との対談[18]で、野田は次のように語っている。

　でも実は、「桜の森〜」をつくったとき、基本的に「火の鳥」をやりたかったの。最初に打診したら、いいって言われたんだけど、あとから、契約の問題とかで「火の鳥」だけはダメなんだって言われて。翌年ミュージカルをやることになってたんだね。それで手塚さんから全作品300冊がおくられて、どれでも好きな作品を舞台にして下さい。特に「七色インコ」はどうですか？　と言われたんだけど。最初の気持ちが変わらなくてね。「鳳凰編」がやりたくて、ふと思いついたのが坂口安吾。それでできたのが「桜の森〜」。それもすごい因縁で平成元年の2月11日に幕が開いたんだけど、手塚さんがその前、2月9日に亡くなられたんだよ。なんだか僕にとって特別な人になっちゃったんだな。

野田秀樹が舞台化したかったのは「桜の森〜」ではなくて、手塚治虫の漫画『火の鳥』[19]、それも「鳳凰編」であったというのだ。

初演を鑑賞した松岡和子は「夜長姫と耳男」の物語を飛騨王朝説の土台に据え「ミロク造り、大仏造りをクニ造りに重ね、下敷きにした作品」[20]が破綻なく、壮大なスケールの舞台へと織り上げられていくさまを観るのは小気味がよいと書いた。だが、再演を当時十九歳だった娘と観劇した松岡は、劇場からの道すがら娘に「『火の鳥』の鳳凰編に似たところがあるね」といわれ、初演に先立って、野田秀樹にこの新作が生まれるまでのいきさつをインタビューした時のことを思い出す。早速、『火の鳥・鳳凰編』を確認した松岡は「驚いたことに、我王の作った鬼瓦は、野田の舞台で耳男が彫り上げるミロクの像にそっくりなのだ。いや、耳男のミロク像が我王の鬼瓦にそっくり、と言うべきだろう」[21]ことに気付く。「鳳凰編」は、誕生直後に片目と片腕を喪《うしな》った主人公の我王が、もう一人の主人公で仏師の茜丸と、東大寺大仏殿大屋根の鬼瓦を七日のうちに競作するというのがストーリーのひとつである。安吾の「夜長姫と耳男」が、ヒメを見まもる尊い御仏のミロクボサツ像を三人のタクミに競作させる話だったことを思い起こせば、「手塚治虫もまた安吾を下敷きにしているのでは？」といった松岡の疑問は納得がいく。そして、松岡も先の論考で一言だけ触れている「大仏開眼のエピソード」は安吾の小説やエッセイではなくて、「鳳凰編」からのアイデアであったのだろう。野田秀樹が参照したと思われる安吾のエッセイでは

「飛騨・高山の抹殺」に「次の聖武天皇の時代には、ミノの不破頓宮で新羅楽とヒダ楽をやらせた」といった時代区分としての「聖武天皇」の名がでてくるのみで、大仏が天武天皇（オオアマ）や仏師たちの競作との関係ではでてこない。劇での大仏は大ミロクでもあるから、その顔は「夜長姫」を写して彫られているはずだが、開眼式のセレモニーで天武と共謀して謀反を起こした偽タクミのマナコによって、姫の顔をした大仏の首はあっけなく切り取られてしまう。ト書きには「大仏の顔が切り取られて、落っこちてくる」とある。

内田洋一が「大仏建立や壬申の乱をエピソードとして引用し、『缶蹴り』が『官蹴り』ないし『冠蹴り』になり、ジイドの『狭き門』がフランス語の『セマ・キモーン』（私の鬼門）あるいは『狭鬼門』の連想となり、そのようにして言葉遊びがドラマの展開そのものとなるのは野田作品ならでは[22]」と指摘するように、野田は王権の転換を児戯の「缶蹴り」で描いた。

耳男　なにも見えない古代の遊園地に、ただぽつねんと王冠だけが見える。
夜長姫　これだけが？
耳男　桜の木の下に。
夜長姫　あなたも俗物ね。
耳男　え？
夜長姫　これは、古代で一番人気があった遊び。
耳男　クニヅクリとあります。
夜長姫　王冠を倒してごらん。

円の中心に空き缶を立て、その上に片足を置いたオニが眼を閉じて数を数え始めると、子供たちは隠れる所を求めてそれぞれの方向へと散っていく。数え終わると、オニは缶の側を行きつ戻りつしながら隠れている子供たちを探す。見つけたら、その子の名前を大声で呼んで缶を踏む。囚われた仲間を助けるためにはオニの死角をついて、缶を遠くへと蹴飛ばさなければならない。この「缶蹴り」の遊びと王権の転換の類縁性については、栗原彬の次のような発言が参考になろう。

かんを蹴るとき、人は市民社会の「真の御柱」を蹴る身ぶりを上演している。輪が市民社会を示すとすれば、かんは秩序の中心であり、管理塔でもある。子どもたちはかんを蹴ることによって、家、学校、塾、地域、社会一般、そして自己内面の管理社会のコスモロジーに蹴りを入れているのだ。(23)

「缶蹴り」のカンは、管理塔の「管」でもある。舞台上には小道具としての「缶」も出てくるが、大仏こそが管理塔であり、その首が切り取られるというのは「缶蹴り」の管理社会のコスモロジーに蹴りを入れる身振りを連想させよう。「缶蹴り」の遊びの作法は謀反の作法として王権の転換を演じたり、新たな鬼たちを拡大再生産して権力のさらなる強化へと結び付けられるのだ。

大仏の顔を彫り上げた耳男は、切り取られた大仏の顔が落っこちてくると同時に、天武（オオアマ）によって鬼にされる。「耳男が逃げたぞ！　鬼が逃げたぞ」と天武が叫んだ声に驚いた耳男は、このときから拡大再生産される鬼として逃走を始める。

第四節　「しめる」と「突き刺す」

安吾の「桜の森の満開の下」の終わりの場面[24]は、男が女を背負って二人で桜の森に足を踏み入れるところから描かれる。満開の桜の下で女の手が冷たいことに気付いた男は、背中にしがみついているのが鬼だとわかる。自分の首にくいこむ鬼の手を押しのけた男は、翻って全身の力をこめて鬼の首を絞めかえす。男が気付いたとき、鬼は元の女として息絶えていた。

一方「夜長姫と耳男」の終わりはどのように描かれているのか。ヒメと一緒に高楼に上がった耳男は、そこから見渡せる村の人々が、みなキリキリ舞いで死ぬことを願うヒメを殺してしまわなければ、このチャチな人間世界はもたないと考える。心を決めた耳男は左手をヒメの左肩にかけて抱きすくめ、ためらうことなく右手のノミをヒメの胸に打ちこむ。耳男は息も絶え絶えとなるが、ヒメは目をあけてニッコリと微笑みながら、耳男にサヨナラの挨拶をする。「好きなものは咒うか殺すか争うかしなければならないのよ。……いま私を殺したように立派な仕事をして……」とささやいて目をとじる。

では「贋作・桜の森の満開の下」の終わりはどのように演出されたのか。ト書きには次のように書かれている。

> 四方から鬼女らが、耳男に、おそいかかる。耳男、ひとたび、首をしめられる。やがて、耳男、背中の夜長姫をふりおとし、体を入れかえ、夜長姫の首をしめる。その時、夜長姫の顔が見える。たしかに、鬼の顔をしている。耳男、全身の力をこめて、その鬼の胸を突き刺す。その突き刺した瞬間、夜長姫の鬼の面が、ポロリとれる。今までと同じヒメの笑顔。
>
> （傍線—筆者）

首をしめ、鬼の胸を突き刺すといった所作は、安吾の「桜の森の満開の下」と「夜長姫と耳男」を取り混ぜて創られている。[25]再演と再再演を実際の舞台で確認したが、このとき、耳男が手にしているのはノミではなく、鬼の角である。鬼と組み合ったときに鬼の面の片角を手折って、それを握りしめ、胸めがけてふり下ろす。舞台効果を考えれば、首をしめるよりは小道具をつかってとどめをさす方が、特に劇場空間が広い場合、観客には劇的に映るだろう。このとどめをさす所作の意味は、深い。

第七章で「桜の森の満開の下」を考察したとき、女のする〈首遊び〉の場面を中核に論じた。[26]女が男に命じてもってこさせた数々の生首、その腐敗し異形になった男女の首でするママゴト遊び。このような〈首遊び〉[27]は清田文武の谷崎潤一郎「武州公秘話」からの影響を見る説[28]や、字数にして二千字強あるシーンに作者の執拗を感じながら、戦争でむごたらしい死体をすでに見ている当時の読者には、衝撃よりも、敗戦後にうろたえる男とたくましく生きる女を暗示しているといった塚越和夫の読み[29]などがある。男と女がかき消えた後にのこる「花びらと、冷たい虚空」に透明な狂気をみる笠原伸夫[30]や、女が花の本然を取り戻すときに男は風になるといった存在論的孤独への回帰から、安吾の女性存在の極致だという野口武彦[31]などもいる。これらの解釈を派生させたグロテスクで残酷な〈首遊び〉の描写から「宿命の女」を読むといった流れは必然的だろう。

ただ、安吾の描く「肉体」は、幾度か指摘されてきた仏教的な「虚空」の虚を抱えているのだから、虚の「肉体」であり、象徴的に見れば「首」になるのではないだろうか。それは消された虚の「人間」としての「鬼」との類推でもある。虚の「人間」とは「鬼」[32]、虚の「肉体」とは「首」というように。つまり、安吾の肉体的な思考法としての「首」だからこその〈首遊び〉だといえよう。

「贋作・桜の森の満開の下」での〈首遊び〉は、夜長姫の機嫌をとる遊具デンデン太鼓として演出された。太鼓の部分が首の小道具になっており、夜長姫をあやすために棒の先でくるくると回される。女優の毬谷友子が演じる幼女であり妖女でもある姫の造型との相乗効果としては優れているが、小説の描写の長さと比較すると、その登場時間があまりにも短い。しかし、実は「贋作・桜の森の満開の下」における〈首遊び〉はこの場面だけではなかったのだ。

野田秀樹がどこまで意図して演出しているか定かではないが、大仏の首が切り取られる場面こそ、この演劇における〈首遊び〉ではなかったのか。女のするグロテスクで残酷な〈首遊び〉は、天武のする大仏の〈首遊び〉、つまり権力のママゴト遊びとして舞台の中核を担っていたと考えられる。

今村忠純も先の論考で引用しているが、再再演を前にして野田秀樹は中沢新一との「対話　天皇制という〈芸能〉」[33]で次のように語っている。

野田　……坂口安吾を元にしているんだけれども、彼のエッセイにそういうのがあって、飛騨辺りに古代の王家はあったという。だから、今度のも飛騨に王家があって、その職人たちの話なのね。その王家が潰れて、代わりに壬申の乱を起こすために、全国にいるいわゆる鬼と呼ばれる人間を狩り集めて大海人皇子が攻め入っていく。それはもう嘘の話なんだけど（笑）。
中沢　いや、可能性はあるでしょう（笑）。
野田　京都から見て飛騨は丑寅の方角だから、鬼門なのね。そこから攻め入っていくという壮大な嘘で、その構想の元には網野さんの本があるよね。

ここにもうひとつ、網野善彦の歴史学が野田秀樹の想像力を支えていたことが確認できる。[34]

第五節　精神分析とダダイズム

藤田博史は人間の自殺の仕方にも一定の傾向があるといった興味深い発言をしている。

首を吊るタイプの精神疾患というとまず最初に思い浮かぶのは「鬱病」です。鬱状態の人が自らの死を選ぶ時には首を吊ることが多い。一方、分裂病の人は首を吊るよりも、高い所から飛び降りる、電車に飛び込むなどの「飛び降りる（込む）」タイプの死を選ぶのですが、ここには非常に象徴的な意味がある。(35)

藤田によれば、鬱病の基本テーマは罪責感にある。自分に原因があるのではないかと自分を責めていき、最終的に死を選ぶ場合、首を吊る、つまり首をしめることから「首の切断」というイメージに繋がっていくようである。この罪責感というのは〈去勢〉、何か身体の一部を切り取ったり切り取られたりすることと深く関わっていることが、精神分析的にわかっているという。

これは人形作家たちが、なぜ人形の「関節」にこだわるのかを分析していく中で、「関節」のひとつである首へと移り、首の切断といったテーマと手足がバラバラになるといったテーマとが、〈去勢〉の視点から結び付けられ論じられているところである。首をしめるといった所作には精神分析の文脈でつかわれる象徴的な「ファルス（男根）」の問題が隠れているのに気付く。

ラカン理論の精神分析家でもある藤田の言葉を今少したどると、母子関係において、生まれ落ちた子どもは母の欲望を欲望するといった鏡像関係を経て、「言葉」による象徴的去勢を経験する。母の場所と子の場所とが一体化して十全なものになると考えるならば、「母の場所」に欠けているものを、母自身は子に望んでいることになる。母は自らの中に欠けているものとして、子を欲望する。母のなかにある「欠如」を埋めるものとしての子、つまり母の場所には「想像的ファルス」が欠如していると考えられる。これが母の欲望の本質で、このような欲望をフロイトは「ペニスナイト」と呼び、「ペニス羨望」という日本語が定説としてあると藤田は説く。

この一説から、安吾の「桜の森の満開の下」の〈首遊び〉への連想は難しくない。

女が何より欲しがるのはその家に住む人の首だった。男は女に命じられるまま、さまざまな首を取ってきた。女は毎日毎日首遊びをする。けれども男は女の欲望にキリがないので、そのことに退屈していた。女の欲望は常にキリもなく空を直線に飛び続けている鳥のようなものだった。休むひまもなく飛び続けるその鳥は疲れを知らない。しかし、男には無限に直線に飛ぶことなど思いもよらなかった。首への欲望は、毎日毎日ごはんを食べて毎日毎日ねむるのと同じだと女はいうが、男にはその違いがわからない。どんなふうに違うのか考えているうちに、気がつくと空が落ちてくることを考えていた。空の明暗を走りつづけることは、女を殺すことで止められる。男はこれでホッとすることができるが、心臓には孔が空いていた。男は、ふとあの女が自分ではないかと思う。そして、空を飛ぶ鳥は自分であり、女を殺すと自分を殺すことになるのではと考えていた。

この描写内容は、男女の関係であり、母子の関係でもあるといえよう。安吾は男女の関係を母子の関係として描写したのだろう。

女は欠如としての「想像的ファルス」を埋めるように〈首遊び〉にふける。男は女に命じられるままに、〈去勢〉した首をもってくる。だが「想像的ファルス」は原理的に満たされることはない。そのうえ、その欲望は男の欲望の鏡像でもあって、その証拠に男の場所には欠如としての孔が空いている。男の場所と女の場所とが一体化して十全なものになると考えるならば、男が女を殺すことは自分を殺すことになってしまう。

「贋作・桜の森の満開の下」の終わりは、耳男が鬼になった女の首をしめ、手折った鬼の角で胸を刺して息の根をとめた。耳男が鬼女から奪い取った角は、女のなかにある「想像的ファルス」であり、その機能を父の名の「象徴的ファルス」として奪還し、父の否《ノン》により去勢することで母子の関係を切断することができたと読める。

しかし、安吾の小説「桜の森の満開の下」では、男が全身の力をこめて鬼の首をしめつけることで女は息絶える。振り返れば、女を奪ったとき男には七人の女房があった。だが、女に命じられるままダンビラを振り回して殺害し、「ビッコの女」だけを残した。また、都に住み始めると、やはり女の命じるままにダンビラを振り上げて、女の欲しがる首を切り取ってきた。それならば、満開の桜の下で背負った女が鬼であると気付いたとき、なぜ男はダンビラで鬼の首を切断しなかったのか。というよりも、男が鬼女の首を去勢できなかったのはなぜなのかと問う方が、読みの方向として正しいのかもしれない。

野田の「贋作・桜の森の満開の下」では、女が花びらとともに消え去り、耳男が一人残る。安吾の「桜の森の満開の下」では、男も女も一体となって花びらへと消え、あとに冷たい虚空が残る。この違いも、男女二人の関係の描き方として連関的な意味をもっていると確認できる。[36]

さて、安吾は〈首遊び〉を次のように描写していた。その一部を引く。

姫君の首も大納言の首ももはや毛がぬけ肉がくさりウジ虫がわき骨がのぞけていました。二人の首は酒もりをして恋にたわぶれ、歯の骨と噛み合ってカチカチ鳴り、くさった肉がペチャペチャくっつき合い鼻もつぶれ目の玉もくりぬけていました。

ペチャペチャとくッつき二人の顔の形がくずれるたびに女は大喜びで、けたたましく笑いさざめきました。

「ほれ、ホッペタを食べてやりなさい。ああおいしい。姫君の喉もたべてやりましょう。ハイ、目の玉もかじりましょう。すすってやりましょうね。ハイ、ペロペロ。アラ、おいしいね。もう、たまらないのよ、ねえ、ほら、ウンとかじりついてやれ」女はカラカラ笑います。

この描写は、次の文章と類縁的ではないだろうか。その一文を引く。

人が指に触れ、食べ、かじり、耳に当て、皮膚に触れ、つかみ、舐め、こわし、噛み砕く物象よ、嘘をつき、避け、名誉を与える物象、冷たいあるいは熱い、女性的なあるいは男性的な物象、われわれの命のもっとも大きな部分をおまえたちの毛穴から吸い込む昼の物象と夜の物象よ、人知れず表現されるわれわれの命の部分、自分がなにであるのかを知らず、そして万人がひとしく歩む道の縁に置かれた幾千の磁石に頼ることなく自分の力を費やすがため価値ある部分、蝶々の罠に捕らえられた睡りが、大地のあらゆる面を見せるダイヤモンドを、われわれ自身の内部で失われた、そしてわれわれの死の褥となる地層のように形容しがたく重い夢の荷を負ったわれわれの幼年期の中で、カットしたのだ。

食べ、かじり、つかみ、舐められ、カットされる「物象」が、われわれの夢のなかで夢を見る。万象の世界の密かな傷は、この愛撫に宿る。裂傷は「物象」の世界を人間精神の生命のさまざまな表象形態に結び付けるが、それは宇宙空間を特定する道標であり、時間と空間と人間の実在をわれわれに感じさせるための評尺である。睡りながら語る万象こそ、光に照らされて投射するイマージュ、透明な驚きである。このように語ったのは、一九一〇年代半ばに起こった芸術運動ダダイズムの創始者で詩人のトリスタン・ツァラである。「万象が夢見る時[37]」と題された文章は、一九三四年に写真家のマン・レイに捧げられた。

これを安吾が読んだかどうかはわからないが、若き日の安吾はアテネフランセで前衛的な文学に触れ、ツァラの詩を訳している。戦後、詩から離れながらも、安吾のなかにはその詩精神が、胚胎していたのではなかったか。それは、八〇年代に鮮やかに言葉遊びを操って高度な消費文化の時流に乗りながらも、その批評性を作品に胚胎させていた野田秀樹と同じように。

注

(1) 長谷部浩監修『定本・野田秀樹と夢の遊眠社』(河出書房新社　一九九三・七)
(2) 夜長姫役は深津絵里。取り上げた論考では触れられていないが、長谷部は深津の演技を高く評価している。
(3) 長谷部浩『野田秀樹論』(河出書房新社　二〇〇五・一)
(4) 毬谷友子、元宝塚歌劇団雪組娘役スター。初演と再演の夜長姫役。
(5) 長谷部浩「野田秀樹と女優」(『ユリイカ』二〇〇一・六)
(6) 「半神」原作・脚本　萩尾望都、脚色・演出　野田秀樹、一九八六・十二、本多劇場
(7) 長谷部浩「鬼の周辺」(『悲劇喜劇』早川書房　二〇〇一・九)
(8) 「贋作・桜の森の満開の下」の千秋楽(一九九二・三・十)に劇団員総会で劇団の解散を伝え、翌日、渋谷の東急文化村で記者会見を行う。
(9) 小谷真理「それは遠く、電子の森の彼方から―坂口安吾「桜の森の満開の下」を読む」(『坂口安吾論集Ⅰ』ゆまに書房　二〇〇二・九)には、「宿命の女と吸血鬼」の章立てがある。これは二〇〇一年六月の第三回坂口安吾研究集会の基調講演「鬼と櫻と女―坂口安吾と夢枕獏―」を元にした論考。同年九月に発表された長谷部の論考と並べると、〈鬼〉に何を読むか、その違いが見えてくる。
(10) 『国文学　解釈と教材の研究』「歴史家・坂口安吾――世界システムとアジア」(二〇〇五・十二)
(11) 坂口安吾「飛騨・高山の抹殺」(『文藝春秋』一九五一・九)

(12) 坂口安吾「飛騨の顔」(『別冊・文藝春秋』一九五一・九)
(13) 坂口安吾「飛鳥の幻」(『文藝春秋』一九五一・五)
(14) 注11に同じ。
(15) 堤広志「妖　野田秀樹『贋作・桜の森の満開の下』」の副題は「亡国の民への鎮魂歌」である(『国文学　解釈と教材の研究』特集「〈時代小説〉のアルケオロジー　反=時代とはなにか」二〇〇二・十一)
(16) 野田秀樹『怪盗乱魔』(新潮社　一九八一・十二)。そのあとの『当り屋ケンちゃん』(新潮社　一九八三・一)では加筆して「けれどもう半生」。
(17) 野田秀樹『贋作・桜の森の満開の下』(新潮社　一九九二・一)
(18) 庵野秀明との対談「2次元からの屹立」(『月刊ニュータイプ』角川書店　一九九八・五)
(19) 手塚治虫のライフワークといわれる作品。「鳳凰編」は一九六九年八月から『COM』に連載された(単行本は角川書店　一九八五年)。
(20) 松岡和子「鬼を背負った野田秀樹」(『文藝春秋』一九八九・四)
(21) 松岡和子「「贋作・桜の森の満開の下」野田秀樹、「アイ・ラブ安吾」荻野アンナ――安吾の風にのって」(『新潮』一九九二・四)
(22) 内田洋一「解説」(『現代日本戯曲大系14』三一書房　一九九八・九)
(23) 栗原彬『政治のフォークロア　多声体的叙法』(新曜社　一九八八・一)
(24) 原卓史は「ここで山賊は美女を他者として、美女の『孤独』を見出しているのである。美女の『孤独』を感得することによって、自らの『孤独』が照らし出されていくのだ」との解釈を示す。(「坂口安吾「桜の森の満開の下」の〈終わり〉」『国文学　解釈と鑑賞』二〇一〇・九)
(25) ビデオ・DVD版「贋作・桜の森の満開の下」(ソニー・ミュージックエンタテインメント)は、一九九二年二月一日に日本青年館で収録された再演時の舞台。

(26) 拙稿「坂口安吾と演劇」(『国文学　解釈と鑑賞』二〇〇六・十一)
(27) 『国文学　解釈と鑑賞』「別冊　坂口安吾事典［作品編］」(至文堂　二〇〇一・九)の「桜の森の満開の下」の項目執筆者・荻久保泰幸のまとめが参考になる。
(28) 清田文武『新潟県郷土作家叢書　坂口安吾』(野島出版　一九七六・四)
(29) 塚越和夫「桜の森の満開の下」(『坂口安吾研究講座Ⅱ』三弥井書店　一九八五・一)
(30) 笠原伸夫「花の闇、花の呪」(『カイエ』一九七九・七)
(31) 野口武彦「花かげの鬼哭」(『カイエ』一九七九・七)
(32) 「最終章　―オニと〈隣人〉」参照。
(33) 野田秀樹・中沢新一「対話　天皇制という〈芸能〉」(『ユリイカ』青土社　二〇〇一・六)
(34) 網野善彦『無縁・公界・楽―日本中世の自由と平和』(平凡社　一九七八・六)等ではないか。
(35) 藤田博史『人形愛の精神分析』(青土社　二〇〇六・四)
(36) 第九章参照。
(37) 『マン・レイの写真一九二〇～一九三四』(カイエ・ダール社　一九三四)に付された。宮原庸太郎訳、トリスタン・ツァラ『イマージュの力』(書肆山田　一九八八・二)より。

第九章　「桜の森の満開の下」の舞台化　―鬼と女とのかたどり―

男は満開の花の下へ歩きこみました。あたりはひっそりと、だんだん冷めたくなるようでした。彼はふと女の手が冷めたくなっているのに気がつきました。俄に不安になりました。とっさに彼は分りました。女が鬼であることを。

第一節　シンポジウム

女をオンブした山賊が桜の森に来たとき、いったい何が起きたのだろうか。

「『桜の森の満開の下』をめぐって」と題したシンポジウムで、(1)浅子逸男は「女が鬼になった」のか、「鬼になったと男が錯覚した」のか、「もともと鬼が女に化けていたのか」といった先行の議論を取り上げたあと、舞台で、女が鬼になるシーンをどう演出するのかたいへん気にしていたと話してから、「これは文楽のガブという首《かしら》なんですが、これを使うほかないと、私はかねがね考えているんです」と述べている。ガブとは人形浄瑠璃のからくり頭で、安珍清姫の清姫が蛇になったり、山姥や鬼女が登場したりする場面でつかわれることが多い。美しい顔が、一瞬にして、目を見開き口が耳まで裂けて牙を剝く表情へと変貌する仕掛けになっている。

シンポジウムの二年ほど前に上演された舞台「贋作・桜の森の満開の下」では、野田秀樹が能楽の般若の面《おもて》をつかって、このシーンを演出している。ただし、面の左右につけられた紐を頭の後ろで結んでいては、一瞬の変貌に間に合わないので、おそらく、能面の裏側の口元あたりに小さな突起物を施し、それを口で咥えて面を顔に密着させる工夫をしたと思われる。これならば、後ろを振り向いた一瞬に、面を装着することができよう。実際、この場面を演じているあいだ、女優は一言も口をきいていない。そのあと、山賊がしめ殺したのはさっきと変わらずやはり女だったとわかると、山賊の腕の中で横たわっていた女の顔から、般若の面はポロリと落ちる。

古典文学を研究している大学院生が「肉付き面」について発表(2)したのを聴いて、ふとそんなことを思い出した。

第二節　肉付き面

「肉付き面」の説話は、全国的に流布しており、その多くは『日本昔話大成』や『日本伝説大系』にさまざまな類話をみることができるようだ。面をつけると、さあたいへん、いくらひっぱっても顔から取れなくなってしまうという代物。発表では吉崎御坊・願慶寺に残された肉附面の写真を見ることができた。

類話のひとつに、御伽草子「磯崎(3)」がある。

日光山の麓に住む磯崎殿という武士が、仕事で滞在していた鎌倉で新しい女房を手に入れて連れて帰ってくる。古い女房は、新しい女房を妬み、夫の留守中に、たまたま訪れた旅の猿楽師から鬼の面を借り、それを被って新しい女房を脅して打ち殺してしまう。ところが、そのあと顔から面が取れなくなり、徐々に心まで鬼のようになっていく。そこへ息子が駆けつけてきて、母に説法をし座禅を勧めると、仏の加護もあってか、憎しみから解放された母の顔からようやく鬼の面が取れる、というもの。

この話は、いわゆる後妻《うわなりう》打ちの妬婦《とふ》譚に分類されるが、どうも嫁威《よめおど》しの肉付き面の説話と結び付いて伝承されてきたらしい。その淵源には福井県吉崎御坊における蓮如上人の真宗説教があるようだ。

「磯崎」は行文上、不可解なところがいくつもあって、それは画中詞（絵のなかにあった台詞《せりふ》のようなもの）が本文の中に入り込んできたために文脈に乱れが生じたといわれている。[4]そのため、祖本は絵巻ではなかったかと推定されている。

このように、何かと結び付き入り込むというのは、何も絵巻だけに限ったことではないようである。

「この説話が、なぜ面なのか、ということを考えてみれば、古く演ぜられた劇のたぐいと行き合うもののあることを感じないわけにはゆかない」[5]と藤井貞和はいう。仮面によらず、生きながら鬼になってもいいのに、仮面をつけることによって本性をあらわすというのは劇的効果にほかならない。女房のあさましい鬼女の姿は、仮面がそうさせるとともに本性でもある、との指摘だ。

第七章で、安吾の説話体小説「桜の森の満開の下」と「夜長姫と耳男」との二作品が、舞台作品になりやすいことをいくつかの作品を取り上げて論じた。その後、今に至るまでを振り返っても、その数は安吾のほかの作品と比べても圧倒的に多い。舞台作品以外でも、「桜の森の満開の下」は一九七五年に篠田正浩監督によって映画化されているし、二〇〇九年から日本テレビで放送された『青い文学シリーズ』の第三話でアニメーション化もされている。漫画や絵本、そこからの派生作品も含めると相当な数になる。それほど読んだ者に創作意欲を駆り立てる作品だといえよう。

この「桜の森の満開の下」も、御伽草子「磯崎」のように絵や演劇だけでなく、アニメやマンガなどに脚色、二次創作されるたびに、さまざまなものと結び付き想像が入り込むことによって、さすがにテクストそのものは変わらないにしても、その読解の可能性が膨らみ育っていく作品なのであろう。

第三節　坂部恵『仮面の解釈学』より

先に、浅子逸男がこのシーンをどのように演出するのか気にしていたことにふれたが、筆者も学生時代に演劇化した経験があり、相当に頭を悩ました。

人形劇ではなかったのでガブのようなものはつかえないし、野田秀樹の演劇はビデオで確認していたから、同じ方法ではちょっと悔しい。たまたま手にした本に謡曲の『松風』が論じられており、その一節に目がとまった。それがヒントになった。

月は一つ、影は二つ、満つ汐の、夜の車に月を載せて、憂しとも思はぬ、汐路かな

これは、車に乗せた桶に海水を汲み、その汲んだ汐に映る月を眺めての場面である。一つ、二つ、三つ（満つ）と数えるリズムと、月、影、汐といった自然から詩想を得ている。桶の水を鏡にして、月の影が映り、汐の干満と月の満ち欠けを鏡にして、心の影を映しているところだろう。しかし、古典常識では影は影であり、実でもあるはずだ。

安吾は〈肉体〉を文学的思索の中心に置くが、例えば、同時代の田村泰次郎の〈肉体〉と比べるとどことなく観念的であり、対極の精神との関係を「不感症」や「白痴」から問い詰め、その至る先で〈肉体〉を「首」にして遊ばせ、さらに「海」として抱きしめている。エドガー・アラン・ポーを好み、群衆の人のなかで「分身」とも出会ってしまう。

そのような観点があったので、舞台上に回転扉を設置し、一人二役ならぬ二人一役で、それぞれに女（鬼）役

を演じてもらい、歌舞伎の戸板返しの要領で女と鬼とを入れ替えることにした。

背格好のよく似た女性ふたりに同じメイクと同じ衣装とを施し、見た目は全く変わらないようにする。そのふたりが、女が鬼に変貌するまでの各場の女役を、交互に演じ分けて物語を進行する。相手役の山賊は、ふたりの女役からひとつの人格を結び、ふたりではなく一人の女として対話し、やりとりを続ける。観客には、各場での女役の入れ替わりが声の違いなどでわかるようにしながらも、山賊の応じるさまを焦点にして見せることで、ふたりの女役の演劇上の関係が捉えられるようにする。

物語の中盤で、水面に映った月を見つめる山賊は「月は一つ、影は二つ」の台詞を呟きながら、児戯かくれんぼのオニとして、女（鬼）を探し、鬼（女）と戯れたりするのだ。そんな夢うつつの時を山賊は過ごしていた、と脚色した。

戸板返しで現れる鬼女には手製の鬼面をつけさせたが、一瞬の変貌を、面の脱着ではなく、回転扉によって演出表現するので、面を顔にしっかりと装着させたままでいい。

以上の演出を、坂部恵の『仮面の解釈学』[6]を参照して説明してみたい。

近代的・自己同一的な〈自我〉主体が支配し、その〈しるし〉としての素顔のリアリティーが無条件に信じられ、世界は、ただこの自己同一的な〈自我〉の主観・意識という鏡に映った〈表象〉すなわち〈再‐現前化〉re-praesentatioの相の下においてのみとらえられ、それもまた、無条件に世界のリアリティーとして、素顔として信じられる。このような主体と主語の自同性の論理の支配の下においては、真の〈おもて〉の感覚、あるいは真の〈おもてがた〉の感覚、いいかえれば、真の〈変身〉の感覚は、当然失われ、忘れ去られることになるだろう。

〈変身〈メタモルフォーシス〉〉は、他の領域へと越えて（meta-）、運ぶ（phoreō）、〈メタフォラ〉metaphoraつまり〈メタフォル〉métaphore（隠喩）といった、言語と思考の基本的なあり方のひとつに根ざしている。それを、主体と主語との自同性の論理の下、素顔こそ、世界のリアリティーと対応する唯一のしるしとして〈自我〉に委ねた。この近代的・自己同一的な〈自我〉の論理が忘れ去った、真の〈おもて〉の感覚、真の〈変身〈メタモルフォーシス〉〉の感覚をどのようにしてとりもどすことができるかと、坂部は問うている。

能楽の用語では、仮面と素顔は〈面《おもて》〉と〈直面《ひためん》〉としてとらえられ、そこに質的な差はない。そこでは、仮面と素顔との関係が、真偽のように相互交換的なそれではなく、同一性の論理によって結ばれ、位階を異にする関係にすぎないと見ている。

そして、坂部は〈おもて〉とは〈主体〉でも〈主語〉でもなく、〈述語〉にほかならない、という。これはいったい、何をいわんとしているのだろうか。

まず、〈おもて〉とは素顔を覆うものであり、素顔こそ〈自我〉のしるしで〈主体〉の中心であると考えるのは確かにわかりやすい、といえる。しかし、坂部はこの考え方を批判する。それは近代的な、自己同一的な〈実体〉の論理にとらわれている、と。では、次に〈主語〉という文法用語を、なぜここで言及するのか。これについては〈変身〉が〈隠喩〉と根を同じくするように、言語と思考のあり方に関わっているとの指摘を振り返ればいいだろうか。最後に、〈述語〉にほかならないとは、どういう意味なのか。

ここに、言語と思考との一般論では説明できない、日本語の個別性が深く関係してくるようだ。日本語の基本的な構文を考え直すところに、実は〈おもて〉の解釈はある、と坂部は主張する。

いわゆる主語をあらわすこともなく、あるいは動詞の活用語尾によって指示することもなく、述語のみをもって完結した文を構成しうるわたしたちの日本語は、けっして不完全なことばではなく、時枝誠記の説くように、述語は、具体的場面におかれ、ひとの口にのぼることによって、完全なものとして生きる。〈仮面〉もまたこのような〈述語〉にほかならない。それは、博物館の主-客のつめたい死の論理の世界から取り出され、具体的な場面におかれることによって、はじめて、完全な意味と〈こころ〉をえて生きる。

主語がなければ文は成立しないとの考えでは、日本語は理解できない。日本語は「述語のみをもって完結した文を構成しうる」。一方で、外部からかけられた覆いという発想も〈おもて〉を〈内〉と区別された〈外〉に属するものと規定してしまう。そうではなく、ものごとのあらゆるかたどりの源であり、日本語における根源的な〈述語面〉として、坂部は〈おもて〉を理解しようとするのだ。

坂部は、〈変身〉と〈隠喩〉とを語源的に説明したように、〈おも―て〉の「て」は、〈うら―て〉の「て」と同じく、面つ方《へ》、後ろつ方《へ》の語尾の縮まった形であり方向を示すわけだから、〈おも―て〉は、原初の混沌と不安のカオスのなかから、初めて意味づけられたコスモスが立ちあらわれてくる、始原の、方向づけの、かたどりだと考える。

そうであるとしたら、「鬼である女」が「女である鬼」へと立ち上がり（月は一つ、影は二つ）、かたどられる場が〈おもて〉であるといえよう。

メディアの発達によってCGなどの便利な表現ツールが利用できるようになったとしても、小道具の〈おもて〉がもつ表現の可能性、その奥行きは色あせない。

さて、「肉付き面」は仏の加護によって、顔から取れることになっている。安吾に仏教の影響があるからといって、「桜の森の満開の下」の鬼が女に戻るのは、仏の加護というわけではないだろう。ただ、最後の、山賊も女も消えた花びらだけの世界は、坂部に倣うなら、いわゆる主語はあらわれず、述語のみをもって完結した文を構成できる日本語の世界にどことなく近いのかもしれない。

注

(1) シンポジウム「『桜の森の満開の下』をめぐって」(『国文学　解釈と鑑賞』一九九一・十二)。日本近代文学会関西支部秋季大会(関西学院大学　一九九一年十一月十二日)でのシンポジウム。登壇者は和田博文、曾根博義、浅子逸男、玉置邦雄。

(2) 高橋伸欣「物語に表象される面の研究―『磯崎』と『肉付き面』を中心に―」(立正大学大学院発表会　二〇一五年七月二十二日)

(3) 『新編日本古典文学全集六三　室町物語草子集』(小学館　二〇〇二・九)

(4) 美濃部重克「御伽草子「いそざき」テキストの変容―絵巻から絵草子へ―」(『中世伝承文学の諸相』和泉書院　一九八八・一)

(5) 藤井貞和「いそざき」(『国文学　解釈と鑑賞』一九八一・十一)

(6) 坂部恵『仮面の解釈学』(東京大学出版会　一九七六・一)

最終章 ――〈隣人〉とオニ

二〇一二年八月、当時、渋谷区道玄坂にあったポスターハリスギャラリーでのトークイベントの合間に、寺山修司の元妻の九條今日子さんとほんのわずかの時間であったが、言葉を交わすことができた。寺山修司記念館開館一五周年、ポスターハリス・カンパニー創立二十五周年記念として開催された「寺山修司幻想写真館『犬神家の人々』」の一環で、九條今日子さんと、写真家のハービー・山口さん、演劇実験室「天井棧敷」元劇団員の森崎偏陸《へんりつく》さんの鼎談があることを知って、早々に参加申し込みの手続きを済ませていた。同年の二月に『コレクション日本歌人選　寺山修司』（笠間書院）を上梓し、そのなかに九條さんのエッセイを再録させてもらった経緯がある。出版社の方を通して感謝の意を伝えていたが、やはり直接お目にかかって、一言お礼が言いたかった。休憩時間、関係者の方と廊下の片隅で談笑しているところを見計らい、厚かましくも挨拶をしてみた。「そうそう、喜さん（嶋岡晨夫人）とは、先日も会ったわ」と、こちらとは初対面にもかかわらず、九條さんは気さくに応えてくださった。その弾んだ声と笑みは、まるで魔法のように一気に緊張感を和ませてしまった。多くの劇団員を抱えてきた経験からの人柄ではないかと思う。すでに大病の治療で辛い日々を送っていたのかもしれないが、そんなことは微塵も感じさせなかった。九條さんには、会って良かったと思わせる雰囲気があった。きっと何人もの人が九條さんに会って、そう思ってきたに違いない。

訃報は国際寺山修司学会会長の清水義和さんからのメールで知った。清水会長からは、学会その他いつも楽しい集まりのお知らせが多かったので、それを見たときは言葉を失った。メールには信濃町にある千日谷会堂で通夜と告別式があることが記されていた。九條さんの通夜は、二〇一四年五月四日、寺山修司の命日に執り行われた。三十一年前の一九八三年、寺山修司の告別式は残された劇団員たちによる合唱もあって、寺山の実験劇のように主人不在の見事な演劇空間になったと言われている。九條さんの場合は、九條さんが総支配人の劇場だったのではないか、と個人的に思っている。それは劇場が本来的に持つ社交の場としての機能のことで、舞台よりも観客席やホワイエ（ロビー）としての劇場空間である。寺山修司のところには、有名無名を問わず、多くの人たちが集まってきたことは知られている。しかし、それは寺山個人の力だけではなかったのではないか。九條さんの存在もまた、そこに人を呼び、人をそこに留まらせ、人と人を繋いで新しい何かを生み出す力になっていたのではないかと思う。

通夜には国際寺山修司学会のメンバー数名で参列していた。そのとき、元劇団員で看板女優だった新高けい子さんを紹介していただいた。まさに、九條さんが総支配人として無名のこちらにも配慮してくださったことだと考えて、感謝している。九條さんが多くの劇団員にそうしたように、どこかで後押しをしてくれなければ、その後の立正大学における学会開催はなかったであろう。

その場で、清水会長から立正大学において春季大会を開催したいと言われ、その目玉企画に新高けい子さんの講演を入れてみてはとなり、あれよあれよという間に、清水会長と学会メンバーで新高さんご本人に確認をとっていたことを思い出す。そこでは承諾の返事をもらうことができなかったが、同年の十一月に深川江戸資料館小劇場で新高さんと山田勝仁さん（『寺山修司に愛された女優　演劇実験室◎天井棧敷の名華・新高けい子伝』著者）の対談があることを知って、このときもやはり、会いに行くべきだと思い立ち、足を運んだ。

第十九回の国際寺山修司学会春季大会は、受け入れ校としての責任と、トークショーの企画責任と、研究発表者としての役割とで奔走し、それぞれどこまでやり遂げることができたのかを振り返ると、大変心許ない。しかし、清水会長が『寺山修司研究9』（文化書房博文社、二〇一六・四）の編集後記で書き留めてくれたので、その部分を引いておきたい。

国際寺山修司学会は、二〇一五年五月二十三日、東京・立正大学、品川キャンパス十一号館五階一一五二教室（七階二七一教室に変更―筆者注）で、寺山修司生誕八〇年を記念したイベントを開催、新高恵子さんをお招きして、山田勝仁氏のご紹介でトークショーを行った。

新高さんは映画や舞台でしか姿を見る機会がなかったが、身近な席でプライベートに日常のありのままの女優さんに接することができた贅沢なイベントになった。

一昨年の二〇一四年五月九條今日子さんが亡くなり、通夜と告別式の時に新高さんとお目にかかりゆっくりとお話しができた。けれども新高さんのトークショーでは女優新高さんのイメージがかなり違ったものとして印象を受けた。

トークショーのはじめ、新高さんが若い女優さんだったころの映像をスクリーンに何枚か映して本人から当時の状況を語ってもらうことができた。次いで、現在までの新高さんが活躍してきた自伝的なお話しを拝聴した。そして、第三に、過去の若い頃の新高さんに比べ、昨今、年齢を超えた年輪を感じさせる大女優としての風格のある話があった。

今から五十年前、女形の河原崎国太郎（五世）は「若いころの自分は女性を真似ていたが、六十歳を超えた頃になって女性でなく芸術品として立ち振る舞いを考えるようになった。ピーターや丸山（美輪）明宏を見ていると、女性を真似しているだけで芸術品ではない」と語ったことを思い出した。新高さんはトークショーで寺山の芝居のワンシーンを即興で演じてくださった。その演技は若い女優さんが演じるのではなく、芸術品として格調高い風格のある立ち振る舞いであった。

春季大会には、新聞で開催を知ったという一般の方も参加してくださった。トークショーのあとの質疑応答の時間にある一人の女性が、現在、様々なことに自信をなくし、前を向いて人生を歩めない状態であることを告白された。それを聞いた新高さんが、突然「円陣を組もう！」と声を上げた。まさか学会で円陣を組むことになろうとは予想だにしなかったが、参加者全員で肩を組んで大きな円陣をつくることになった。おそらく劇団員時代、開演前の舞台袖で行っていたのではないかと想像する。かけ声は当時のものなのか、即興なのかはわからないが、新高さんに続いて全員で大きな声を出してみたら、その女性だけでなく、不思議と皆の顔に力がみなぎっていくように見えた。その女性が新高さんをはじめ、皆さんに向かって何度も「ありがとう」とおっしゃっているのを見て、こんな学会もあるんだなと考えを新たにした。九條今日子さん、新高けい子さん、そして、一般の女性の方へとつながる大会が母校で開催できたことが嬉しかったし、女性が手にしていた研究発表の資料に小さなメモがあるのを見つけて、安心もした。

その後、新高さんと手紙の交換を何度かさせていただいた。こちらが新高さんとのことを、本の中に書き留めておきたいと相談すると、次のようなエピソードを教えてくださった。

寺山さんがある時、「新高さんは僕の芸術に奉仕するために生まれて来たんだよ」と仰言った。「ハイ、そうです」と瞬時に私は答えた。答えた私が吃驚すると同時に、「あー矢張り」と思ったのです。

新高さんにとっても寺山修司にとっても、ともに大切な〈隣人〉であったことが、桜の花模様のついた便箋に舞台での立ち姿と同じような気品の漂う文字で綴られていた。

もう一つ、野田秀樹さんに関することも記しておきたい。

二〇〇六年十月十四日（土）、新潟市民芸術文化会館において「坂口安吾生誕百周年記念フォーラム「いま新潟で安吾を語る」」が開催された。翌日には、第一回・安吾賞の授賞式があり、受賞者の野田秀樹さんが来場している。十四日のプログラムの第三部で、坂口安吾研究会による「シンポジウム「安吾と日本」」が企画され、パネリストの一人として登壇した。他のパネリストは、富岡幸一郎氏、川村湊氏、石月麻由子氏、司会が加藤達彦氏である。その詳細は『坂口安吾論集Ⅲ　新世紀への安吾』（ゆまに書房　二〇〇七・十）に掲載されているが、そこで、野田秀樹作・演出「贋作・桜の森の満開の下」の話をしたことを思い出す。ここでは、そのときの発言を拾い上げて、振り返ってみたい。

葉名尻　プログラムを見ると、一九日に千賀ゆう子さんの朗読会の予定があり、六月には演劇（「桜の森の満開の下」）を上演しています。この演劇は東京の駒場（注：アゴラ劇場）でも上演されていまして、それを観に行っております。今回、野田秀樹さんが安吾賞をとったというので、僕は野田さんの安吾を扱った作品について考えていることを話そうかなと思って参りました。

野田さんは一九八九年に『贋作・桜の森の満開の下』を舞台化します。「贋作」と書いていますが、単行本で「にせさく」とルビをふっておりまして、これは「がんさく」ではなく、わざと「にせさく」と読ませるのだと単行本で書いています。先ほど、篠田監督のお話がありましたが、（注：第二部トークショー、篠田正浩・手塚眞「映画になった安吾」)、野田さんの作品は純粋に原作を舞台化したのではなく、安吾のいろいろな作品を取り混ぜています。川村さんの講演に出てきた「夜長姫と耳男」がメインになりまして、あとは「飛騨・高山の抹殺」「飛騨の秘密」などが大きくかかわっています。安吾によれば、〈飛騨〉というのは歴史の表舞台から消されてしまった、無かったことにされてしまった、そういう場所でした。安吾はそういう場所を探偵の目で探っていく。資料などの証拠はないかもしれないけれど、無くなったものを探っていく。野田さんの演劇もそういう点に着目しているわけです。

原作の「桜の森の満開の下」はラストシーンで、満開の桜の森のなかで、山賊がオニだと思って女の首を絞め殺すと……実は女だった、で終わるのですが、野田さんの演劇には、オニだと思ったら実はヒトだったという発想があるのではないでしょうか。実際にオニはヒトであったと思います。物語や昔話に出てくるオニは、物語のメインから外れてしまった、いわば表舞台、メインストリートから追い出されてしまったヒトのことで、それを我々日本人はオニと名付けてきました。

菅原道真であるとか平将門であるとかは、皆オニになるわけですが、時の権力者は自分が表舞台に出て行くためには要らないものをオニとして排除するわけですね。ですから、オニがいつか戻ってきて自分の権力の座を奪ってしまうという恐怖にずっとかられているわけです。平安京も鬼封じ、つまりオニが出てこないようにとびくびくしながら、そんなふうに遷都されたと言われています。

では、オニは一体どちらの方角からやって来るのかというと、鬼門――丑寅の方角、つまり北東の方からやってきます。平安京も丑寅の方角にあった比叡山延暦寺が鬼封じであったと言われています。京都を中心に見ますと、飛騨・高山も丑寅の、ちょうど北東の方向に位置するわけです。

「丑寅」という言葉――、ウシには角がありますし、トラは黄色と黒の縞模様ですが、漫画の桃太郎などに登場するオニのキャラクターは大抵、頭に角がはえて、丈夫なトラのパンツをはいています。実はあのキャラクター・デザインも丑寅の鬼門という言葉遊びからできているわけです。ですから、オニというものと国というものがすごく近いわけですね。

　そのオニが鬼門の方角からやってくるのですが、野田さんの演劇では、物語のなかでオニはどのように権力を取り戻そうとするのか。これが野田さんの頭の柔らかさというか想像力で、なんと缶蹴りをするんですね。なぜ舞台でいきなり缶蹴りをするのだろうかと思われますが、確かに缶蹴りは、今の子供たちがコンピューターゲームで何か都合が悪くなると、ボタンを押してやり直しのリセットをするように、缶蹴り遊びはオニが缶を蹴るとすべてがリセットされるというルールです。オニたちは何とか今メインである者たちを転覆させようと、じっと缶蹴りのチャンスを狙っています。

　野田さんは言葉遊びをしますから、この缶（カン）が実は王冠（おうカン）であったというわけです。オニたちは王冠を蹴って、何とか表舞台に戻ろうとする。オニたちが王冠を蹴ると、メリーゴーランドのようにくるくる回って、世界が転覆するのですが、舞台を観ておりましたら、その舞台にカニが出てくるんです。なぜカニが出てくるのだろう、カニって何だろうか。安吾の作品にカニは出てこないし、なぜ舞台にカニが…と思っていたら、カニは横にしか歩けないので、カニが横へ歩いた足跡が国の境になっていくという発想をするわけです。

　よく考えると、「オニ」という二文字と「クニ」と「カニ」の語呂合わせがあるんですね。きのう、今日のためにビデオを観直していて、気づいたのですが、五十音表をながめると、「オニ」という言葉がア行の「アイウエ㋔」、「クニ」という言葉がカ行の「カキ㋗ケコ」にあるとすると、「カニ」という言葉はちょうどその間にあります。「㋔ニ」と「㋗ニ」をつなげるところに「㋕ニ」はいる。「カ㋖クケコ」で「キ」もあるじゃないかと言われるかもしれませんが「キ」は「気に（キニ）しない」というか、それだけそっと外してもらえれば……（笑）。

そんなふうにクニとオニは実は大きくかかわっているのではないでしょうか。クニをつくるのにはオニが必要になってくる。何とかしてクニをうまく取るまではいいのですが、クニができると今度はだらけるわけですね。必死になってクニを取る。しかし、取るとどうしてもだらけてしまう。何とかそれを維持するためにどうしようかと悩む。現代でもそうなのですが、一番手っ取り早いのが新たなオニを探しだすことです。今の日本や世界を見わたすと、自分たちのまとまりが悪くなってくるとオニを探し始める。オニを見つけて、何とかクニを維持しよう、クニの正当性を語ろうとするのです。だから、不正であるオニはクニの必然ではないか。新潟も大変苦労された場所ですが、時にオニにされてしまったりする。そういうクニグニがほかにもいっぱいあるのではないか。

野田さんの演劇では、そんなふうにしてオニとクニ、先ほどの安吾的な発想が支えている。そんなところがあるんですね。今そういうことを考えておりました。

今、読み返してみると、ここには既に〈隣人〉の発想があったことに気付く。ここで語っているオニこそ〈隣人〉なのではないか。二〇一七年、新作として上演された八月納涼歌舞伎「野田版 桜の森の満開の下」を鑑賞したが、この思いに変わりはない。

野田秀樹さんの舞台では、オニはふつうの人には目に見えないことになっている。なぜ目に見えないかといったら、オニは表舞台にはいないからである。だが、夜長姫一人はふつうの人には目に見えないオニを見ることができる。オニは自分たちが夜長姫には見えているらしいことに気づいて、驚いたりする。

しかし、実は、ふつうの人たちにも、オニは見えているのではないか。第七章で論じたように、芸能における〈黒衣〉と同様、見えているのに見えていないことにしているのではないか。舞台上にはいるのに、物語にはいないことにして、見ないふりをしているのではないか。

かつては、指をさすことによって、オニに仕立てあげた。誰かが指をさし、その指さしに同意する者が同じように指をさす。多くの者が指をさすことによって、さされた者がオニになっていった。自分では指をさしていないが、皆が指をさしているので、さされている先がオニなのだろうと心のなかだけで指をさす者もいたと思う。ところが今は、指をさすことをしない。

指をささないようにして、オニを仕立て上げている。誰も指をささないことで、オニそのものがいないことになって、それが結局、指をさされないオニを仕立て上げている。表舞台から消されたオニはふつうの人たちには目に見えない……ことになっているだけで、やはり、オニは今でも仕立て上げられている。かつてと違うのは指をさしてオニを示すときに感じるチクリとした心の痛みを感じることなく、オニを仕立て上げている点である。

安吾はなかったことにされた「飛騨」を探偵の目で探った。それは夜長姫のように、ふつうの人には目に見えないことになっているオニを見ることなのかもしれない。これは歴史の話だけではないだろう。歴史といった、人が生きられる一生の長さを超える時間での話ではなく、一人の人生の、ほんのわずかな時間の間にさえ、なかったことにされようとしているオニがいるのだ。本当にオニはいなくなったのか。それとも、もういなくなったことにされただけなのか。

シンポジウムでは「だから、不正であるオニはクニの必然ではないか」と話していたが、今は、オニはヒトの必然ではないかとさえ思えてくる。ヒトは、ふつうのヒトになるために、オニを必然としなければならないのだろうか。指をさされないオニを仕立て上げながら、ヒトはふつうに生活しようとしているのではないか。

「耳男よ。目をあけて。そして、私の問いに答えて」(「夜長姫と耳男」)と、夜長姫は耳元でささやき続ける。

序章で書いたように〈隣人〉という言葉が重層的にもつイメージを前面に出したかったので、表題の言葉として選択したのだが、発表してきた論考を編むためにひとつひとつ読み直してみると、研究対象に選んできた創作家たちの〈隣人〉的気質の異質性を追究してきたことも改めてわかった。その論考のひとつには、実在しない〈隣人〉を結論としているものさえあって、まさに文学的であるとしかいいようがないのだが、この結論の意義は重要だと考えている。どのようにしたら〈隣人〉への想像力をもつことができるのか、それは文学の役目ではないのか、このような問題意識が大きくなった。

そのときそのときの小さな問題意識に引っ張られ、行きつ戻りつしながら考え書いてきた論考が、学位論文(平成二十七年度)の大きな問題意識へと繋がり、それをまた編み直すことでこのような書物として実を結ぶことができたのも、多くの先行者に助けられたからである。学位論文の主査・三浦佑之先生と副査・島村幸一先生には、研究と学務とは相反することではないといった研究者のあるべき姿勢を教えていただいた。学生指導や学務に追われ、なかなか研究の時間が取れないときにこそ、お二人の姿勢は励みとなった。その学位論文が、母校の立正大学文学部学術叢書として刊行していただけることは、またとない喜びである。角川文化振興財団の宮山多可志氏には数々の助言を頂戴した。三沢市寺山修司記念館の広瀬有紀氏、姫路文学館の竹廣裕子氏のご協力がなければ、自身の研究領域を新たに切り開くことはできなかった。そして、大学院生のときからお世話になっている詩人の嶋岡晨先生には、先生からの課題に対しての答案のつもりで、ここに収めた論考を執筆してきたことをお伝えしたい。嶋岡先生の教室で知った、ロシア・バレエ団の創設者ディアギレフが若き詩人のジャン・コクトーへ与えたといわれる「俺を驚かせてみろ」といった課題は、常に頭の片隅にあり続け、遥か遠くに憧れながら、羅針盤として大切にしてきた。答案になっているかどうかは甚だ心許ないが、研究を続ける動機としては、あまりある課題であったことは確かである。

二〇一八年二月九日　平昌冬季五輪開会式で南北朝鮮の選手団が合同で入場するのを視聴しながら

葉名尻竜一

初出一覧

第一章

「歌人・寺山修司の〈隣人〉上—マッチ擦る—」（『寺山修司研究9』国際寺山修司学会　二〇一六・四）

「歌人・寺山修司の〈隣人〉下—疎外された者への想像力—」（『寺山修司研究9』国際寺山修司学会　二〇一六・四）

第二章

「寺山修司・演劇への入口　上—嶋岡晨との〈様式論争〉を視座として」（『立正大学國語國文』四十六号　二〇〇八・三）

「寺山修司・演劇への入口　下—詩劇グループ「鳥」の演目にみる詩精神—」（『立正大学國語國文』四十七号　二〇〇九・三）

第三章

「岸上大作の寺山修司Ⅰ—歌句「マッチ擦る」の所作をめぐって—」（『立正大学文学部論叢』一三七号　二〇一四・三）

「岸上大作の寺山修司Ⅱ—「寺山修司論」、その多様な状況への「われ」の設定—」（『立正大学國語國文』五十三号　二〇一五・三）

第四章

「寺山修司の「机」と平田オリザの「机です。」」（『寺山修司研究3』国際寺山修司学会　二〇〇九・十二）

第五章

「ミステリのなかの寺山修司—第一作品集『われに五月を』初版をめぐる物語—」（『立正大学人文科学研究所年報』第五十三号　二〇一六・三）

第六章

「寺山修司の短歌、その鑑賞ノート—野田秀樹を補助線として—」（『近代文学合同研究会論集』第8号　二〇一一・十一）

第七章
「坂口安吾と演劇」（『国文学　解釈と鑑賞』「特集　坂口安吾の魅力―生誕百年記念」七十一号　二〇〇六・十一）
第八章
「演出された「桜の森の満開の下」―野田秀樹のなかの坂口安吾―」（『昭和文学研究』六十八号　二〇一四・三）
第九章
「「桜の森の満開の下」の舞台化―女と鬼との、かたどり―」（『坂口安吾研究』二号　二〇一六・三）

◆ま行

◆や行

◆ら行

◆た行

◆な行

◆は行

人 名 索 引

著者紹介・略歴

葉名尻 竜一（はなじり・りゅういち）

1970年　名古屋市生まれ
1994年　立正大学文学部国文学科卒業
1996年　立正大学大学院文学研究科国文学専攻修士課程修了
2000年　立正大学大学院文学研究科国文学専攻博士後期課程単位取得満期退学
2015年　立正大学大学院文学研究科博士（文学）取得

専門は日本近現代文学、特に寺山修司の抱えた問題意識を中心に演劇、短歌、詩などを研究。
現在、立正大学文学部准教授。

主要著書・論文
『コレクション日本歌人選040　寺山修司』（単著、笠間書院、2012年2月）
『坂口安吾事典〔作品編〕』（分担執筆、至文堂、2001年9月）
「牧野信一の「鏡」と「レンズ」」（『国文学　解釈と鑑賞』2011年6月）
「森鷗外『高瀬舟』―剃刀を抜く―」（『立正大学國語國文』2007年3月）
「三島由紀夫と島 ―『アポロの杯』『潮騒』―」（『芸術至上主義文芸』2006年11月）他

立正大学文学部学術叢書04

文学《ぶんがく》における〈隣人《りんじん》〉—寺山修司《てらやましゆうじ》への入口《いりぐち》—

2018年3月25日　初版発行

著　者　　葉《は》名《な》尻《じり》 竜《りゆう》 一《いち》

発行者　　宍戸健司

発　行　　一般財団法人 角川文化振興財団
東京都千代田区富士見1-12-15　〒102-0071
電話 03-5211-5155
http://www.kadokawa-zaidan.or.jp/

発　売　　株式会社KADOKAWA
東京都千代田区富士見2-13-3　〒102-8177
電話 0570-002-301(カスタマーサポート・ナビダイヤル)
受付時間11:00～17:00（土日 祝日 年末年始を除く）
https://www.kadokawa.co.jp/

印　刷　　中央精版印刷株式会社

製　本　　中央精版印刷株式会社

装　丁　　可野佑佳

DTP組版　　星島正明

ISBN978-4-04-876494-0 C0395

刊行のことば

立正大学文学部は1924（大正13）年に荏原郡大崎村谷山ヶ丘の地（現在の品川キャンパス）で産声をあげた。2014（平成26）年は、その創設から数えて90年目の年にあたる。本学文学部は日本の私立大学の中でも有数の輝かしい歴史と伝統を誇る学部なのだ。

本学文学部は創設以来、幾多の時代の荒波に揉まれながらも着実な発展を遂げてきた。学術研究の領域においては人文科学系に関する諸事象や諸問題を深く掘り下げ、現実に確固たる軸足を置きつつも未来への眼差しに寄り添った観点から、それらを根源的かつ現実的に捉えた独創性に富む研究を展開し、さらに知的公共財としてその多様な成果の積極的な公表と普及に努め、もって学術文化の発展に寄与してきたのである。

谷山ヶ丘での長い歴史の中で紡がれてきた伝統の重みを真摯に受け継ぎながらも、文学部は創設90周年という大きな節目を迎えたことを記念し、より広く学術の振興を図るとともに浩瀚な知の創成と継承に裨益することを目的として『立正大学文学部学術叢書』の刊行を開始した次第である。

この叢書の刊行を契機に、文学部はその成果を単に激動のグローバル化時代を牽引する知的原動力にとどめるだけではなく、豊かな明日のサステナブルな社会の構築にも直結させることで教育および学術研究機関としてのひとつの使命を果たしてゆきたい。

2015年3月　　立正大学文学部長　齊藤　昇